中国专业作家散文典藏文库

中国专业作家散文典藏文库

孙少山卷

花开花落

两由之

孙少山 ◎ 著

中国文史出版社

目　录

第一辑

第 二 辑

第 一 辑

最后的硝烟

1

日本天皇裕仁在 1945 年 8 月 15 日向全世界宣布日本无条件投降，经过了十四年抗战的中国人民欣喜若狂。日本侵略者在中国的广大土地上向中国军队打起了白旗，缴出武器。侵华日军中最精锐也是最顽固的关东军司令山田乙三在 8 月 16 日向东北三省的所有日军下达了停止军事行动的命令。17 日，他又将这一命令重复了一次，措辞更明确简捷一些。8 月 18 日上午，苏联远东军谢拉霍夫将军被任命为军事委员会特命全权代表，乘飞机飞抵哈尔滨机场，一百二十名苏联航空兵占领了哈尔滨机场。谢拉霍夫敦促日军尽快向红军投降。8 月 18 日下午 6 时左右，日军投降代表乘两辆插着白旗的军用汽车由哈尔滨向牡丹江方向进发，次日黎明到达牡丹江。关东军代表第五军参谋长河越重贞向苏联红军红旗第一集团军参谋长递交了投降书。

8 月 19 日，苏联二十六军军长在一份战报里这样向集团军报告："1945 年 8 月 19 日，日军第五军部队在横道河子地域大规模缴械投降。投降就俘的有：第五军军部、第一二六和第一三五步兵师团一部、被歼的第一二五步兵师团残部以及第五军其他勤务部队与分队……截至 8 月 19 日 19 时，接收俘虏约两万三千人。战俘人数仍在增加……"

3

此时此刻，在这个饱经苦难的地球上，一场席卷全世界的战争总算结束了。在满目疮痍的欧洲，人们已经在废墟上开始了重建家园；在亚洲大陆上到处都是喜庆的鞭炮与锣鼓……很少有人能注意到在中苏边境地区，依然炮声隆隆，硝烟弥漫。在一个偏僻的小县东宁，炮声一直延续到8月30日。也就是在日本天皇宣布了无条件投降之后，有一部分关东军仍然拒绝放下武器，抵抗了半月之久。

　　这段历史几乎不为世人所知，第二次世界大战结束日，世界公认的就是日本天皇宣布无条件投降的1945年8月15日，也就是在那天一场人类历史上最残酷的大悲剧终于落下了帷幕。然而，四十多年之后，由于东宁县武装部打开了一个日本关东军遗留下的保险柜，发现了三十多份军事地图，由此知道了在这里曾有过一个亚洲最大的军事要塞，从而才揭开了这一段鲜为人知的历史。

2

　　东宁的地理位置，决定了它必然是日本关东军的最重要的战略地带。长白山脉从吉林向东北方向延伸至黑龙江境内，地势逐渐趋向低缓，失去了那峭拔的气势，却更显得博大而雄浑。这一带山区千山万壑苍山如海。绥芬河于万山丛中蜿蜒西来，在冲出最后一个山峡神仙洞时，展开了腰身，形成一块肥沃的冲积平原，东宁就坐落在这块河谷平原上。继续向东十公里，在一个名为三岔口的小镇流入俄罗斯境内。占据东宁，就可以虎视西伯利亚大铁路上的一个重要车站乌苏里斯克，中国名叫双城子。这段距离仅有一百多公里。乘汽车顺河谷平原南下，两个多小时就可以抵达俄罗斯远东最大城市符拉迪沃斯托克。这是俄罗斯的重要军港，太平洋舰队就驻扎在这里。当年东宁是日本关东军进攻苏联的咽喉要地，同时，如果苏联反攻，就可以从绥芬河谷地直上，一日之内攻入吉林省的汪清、图们、延吉。众所周知，朝鲜半岛是日本进入中国的跳板，只要苏联红军攻下图们江一带，占领了这个跳板的北端，就切断了日本关东军的退路。到战争后期，关东军的司令部已经迁至朝鲜半岛。据守东宁，扼住绥芬河谷平原，就是保卫他们的命脉。

3

我是1968年的春天来到东宁的。我在山上开荒的时候，时常看到一些曲曲折折的交通壕，还有一些烂透了的铁罐头盒子，偶尔还能见到锈迹斑斑的钢盔，这些东西让我很好奇。后来我到一个煤矿的农场去放牛，那个农场位于绥芬河谷地的南侧，是一片平缓的漫岗。站在这片荒岗上，向北一望是闪闪发光东流而去的绥芬河，向东一望就是苏联境内的河谷平原了，隐约可见他们那边的一个白色房屋的村庄。这片漫岗的南边就是大肚川河，与勋山隔河相望。勋山和胜洪山的地下工事就是东宁要塞的主要部分。在这片荒岗上，战壕纵横交错，有的已经积水，竟然长出了山岗上绝对不可能生长的蒲草，我还从一个大的水泡子里捞出过一种小小的菱角。这种东西在东宁地区是绝对没有的，不知道为什么能在旧战壕里生长出来。最让人惊心动魄的是那一座座被炸毁了的炮台。钢筋水泥厚达两米，就那么被一种巨大的力量炸得四分五裂。断面上裸露出的钢筋生着红色的铁锈，在风中发出痛苦的音响。那时候我就知道我来到一个旧战场上了。

那时候我刚二十出头，常常把那十几头牛撒在荒野上任它们吃草，我就站在那战争的废墟上放开喉咙慷慨悲歌。当头一轮太阳在照耀着，大野寂静无声，荒草萋萋的旧战场上唯有我一个人存在。孤独，凄凉，举目无亲，与我相对的只有一群无知的牛。

数年后，母亲从老家给我领来了一个女人，我带着她却无处安身。从勋山要塞向西翻过一座不高的山岗，有一条山沟叫作狼洞沟，在这条山沟里有一座灰色的二层小楼，因前不靠村后不靠店没有人居住。我去看了看，已经破败不堪，墙壁上满是弹洞，门窗皆成了一个个的空洞，像人瞎了的眼。但是还能住人。我带着妻子就来到了这座荒山中的破楼房里住了下来。四周蓬蒿深可没人，风一吹瑟瑟作响。它孤独地立在山坡上，如同一个不久于世的老人一年一年默默地对着西风落日。来到后

5

我发现整条山沟里到处都是战争废墟，不知道为什么这座小楼竟然能在炮火中幸存下来。每天我沿山沟向上走去煤矿里下井，路旁全是房屋的断壁残垣，有被烟熏黑的厨房，有依然镶贴着白瓷砖的卫生间，有只剩下半截的烟囱，有炸断的小桥，还有宽阔的水泥地坪，不知是操场还是运动场。这段废墟要走很长时间，每当夜晚回家，我就有一种行走在街道上的感觉，两旁都是住满了人的房子，里面传出人声笑语。现在来看，那是一片要塞军人的住宅区，在那里住着那些军官的老婆和孩子。那是一条隐蔽的山沟，从那里到勋山要塞仅有六七里路。

我就在那条山沟里居住了十六年，并不知道是居住在一个亚洲最大军事要塞里。

1

从1931年九一八事变到1932年底，东北三省广大的土地，已经全部被日本关东军占领。只有一个县城——东宁，仍然是关东军的铁蹄所没有践踏到的地方，在这个三面环山、一面临国境的山间小城里，驻扎着中国国民抗日救国军的司令部。王德林本是中国东北军吉林军第二十七旅七团第三营营长，在东北军大部撤入关内，残部纷纷投降日本人之后，王德林奋起抗敌，成立了抗日救国军。在东北军数十万大军败退关内的时候，王德林一个小小的营长却要与强大的日本关东军对阵，失败的结局是必然的，可是他这种英勇不屈的精神是每一个中国人都不能不钦佩的。

救国军曾发展到数万人，在黑龙江省和吉林东部的广大地区里，纵横驰骋，奋战于白山黑水之间，几次重创日军。关东军不得不调集大军全力进攻。两年来，经过了几场浴血苦战，到1932年底，日军以六个师团的兵力向马占山和苏炳文的义勇军发起总攻。马、苏的义勇军大部被歼，残部退向苏联境内。11月底，日军挥师东进，围剿王德林的抗日救国军。王德林向全国发出求援电报，电文称：……德林以一营之众，誓死抗日，其具决心，宁做奋斗爱国之鬼，不做任人宰割之奴……

历程千余里，阅时十余月，与敌交馁，屈指难数……所有军械军需，因来源无着，率皆取自敌人，资为我用，实为当初意所未料及者也。但以无械弹、无饷糈、无救助、无应援之士卒，虽百折而不挠，负一隅而苦斗，其间艰辛情况……不能不据实述其最低希望，和泪国人告也……

天寒地冻，外无粮草内无救兵，救国军连御寒的棉衣也没有。在日军的疯狂进攻下，不得不放弃宁安，又放弃穆棱，几战下来，救国军损失惨重，不得不连连退却，终于被压缩到了东宁境内。日本军已经具有了足够向东南亚、向中国进攻的兵力，岂能容忍在他的后方还存在敌军一兵一卒？1931年1月，他们向东宁发起了强大攻势。在飞机和大炮的掩护下，三千日军与三千伪军进攻东宁县城。南天门、大甸子、老黑山相继失陷。东宁已无险可守。1月13日，这是一个大雪纷飞的日子。王德林不得不放弃东宁，率残部退入苏联境内。14日，日本关东军石田荣雄带领军队开进了东宁。至此，东北三省的最后一块国土陷落了。

救国军王德林的部下孔宪荣、吴义成、周保中、李延禄等都曾在国内组织过抗日义勇军，但均未能再收复东宁。

东宁县武装部文件
采访对象：侯怀恩，八十五岁，东宁镇三委十三组

问：你参加过王德林的队伍吗？

答：王德林的队伍不是救国军吗，我还跟着一块儿上河东来，上老毛子那儿去了。抵抗不住了。那时东宁就是现在的三岔口，有个姓原的他是财主家，接了日本来。

问：日本打三岔口时，你在三岔口吗？

答：我在三岔口。

问：在王德林的部队吗？

答：在。

问：日本打炮时你们还击了吗？

答：还击，也抵挡不住，俺们就同苏联交涉，这就上了河东。

问：当时王德林的部队有多少人？

答：一两千人吧，光我知道的就一两千人。

问：过去多长时间？

答：过了一个年，就过了一个春节，我想回来的时候是正月十四。

问：回到哪儿去了？

答：又回到三岔口。

问：日本人不是住上了吗？

答：是住上了，从三岔口南边有个大乌蛇沟进来的，进来就和人家（日本人）交涉，就得服从他们（日本）管。

问：又给他们干了？

答：给我们编进了警察署。

问：在三岔口干？

答：对，在三岔口干，在这儿干什么时候是个头儿，不能老当亡国奴啊，就回了山东老家。

问：警察、宪兵队抓过老百姓吗？

答：不用警察署抓，他（日本人）抓，特意让你看，使铡刀铡。

问：你看见吗？

答：看见过，在东门里我看见过，铡脑袋。

问：铡的谁知道吗？

答：记不清了，把铡刀放在那个地方，脖颈子那儿放两棵高粱秆儿，借着高粱秆的脆生劲儿，一铡脑袋就下来了。他们不是东西，我不相信他们，别看和他们友好。

5

1934 年秋天，日本关东军第三任司令官菱刈大将下达了关东军关于在国境地带东宁、绥芬河、平阳镇、海拉尔附近修筑阵地的"关作命"第589号密令。

1935年秋天，日本关东军第四任司令官南次郎大将的飞机降落在了东宁北河沿机场。南次郎走下飞机，向东看看延伸向天尽头的绥芬河谷平原，向南北看看连绵起伏的群山，东宁状如马蹄，向东方的另一片国土敞开着口，无论对防守一方还是进攻一方，这都是必争之地。他的心禁不住微微发颤，这理所当然的是一个战略要塞。他似乎已经预见到了十一年后那场惊心动魄的大战。他在严密的警戒下先是登上了绥芬河北岸的三角山，这是东宁一带的制高点，标高是五百八十米。站在这里向东看，绥芬河平原尽收眼底，那烟云苍茫处是苏联的领土，在一片宁静中看上去凶吉难测。三十年前，即1904年发生的那场日俄战争，虽然日本打赢了，但是这个巨大的俄罗斯帝国从来没有放弃对东亚的野心，也从来没有忘记日本帝国给予它的耻辱。这是一个潜在的对手，它时时在威胁着大日本帝国势力在中国的延伸。1917年日本借口干涉苏联的十月革命，与英、美、法等国一起对苏出兵，但是又一次失败，两国之间的关系已经毫无信任可言。对这个国家，只有动用武力。

绥芬河在山脚下流过，它紧贴着山崖流淌，年复一年，把山崖切削成悬崖峭壁。裸露的山岩在阳光下反射着白色的闪光。占据这座山将扼住绥芬河谷，这陡峭的山体易守难攻。在这上面修建一座工事将是一夫当关万夫莫开。他举起望远镜，先是找到了那条西伯利亚大铁路，它自西北向东南如长蛇般地蜿蜒而来。从铁路上他找到了那个远东重镇双城子，即苏联人所说的乌苏里斯克。毫无疑问，苏联人进攻将从这里发兵。如果日军进攻，这将是首先需要攻克的战略要地。只要占领此城，将切断太平洋军港海参崴与莫斯科的联系，苏联的太平洋舰队将不战自乱。从望远镜里所看到的俄罗斯白色的房屋都静静地立着，显得很安详。它们怎么也想不到有一双居心叵测的眼睛在盯着它们。

下午三点钟，南次郎大将乘车越过绥芬河，出县城向东直抵大乌蛇沟河边，这条河也叫胡布图河，是中国与苏联的界河，河边的一个村子多是朝鲜人，村名叫作三岔口。由三岔口沿界河向南，登上了勋山。与勋山隔河相对的苏联方面的一座同样形状的山，连高度也一样，这些山都由玄武岩构成，两面山坡陡峭山顶却是平坦的，与城墙相似。夕阳的光芒正照在对面的山坡上，纤毫毕现。那黑色的岩石、枯黄的蒿草，历历在目。特别是那经了霜变得五彩斑斓的树林，如同一幅巨大的俄罗斯风景油画，美丽得叫人几欲扑过去。这是东北大地最美丽的季节，千山万壑都给浓霜染红了，南次郎想起一首中国的古诗，繁霜尽是心头血，洒向千峰秋叶丹。是啊，如果战争起来，洒在这些山头上的将是真正的鲜血了，无论是从这边向苏联进攻，还是他们那边向中国方面进攻，这两道相对的山岗都将是争夺激烈的高地。任何一方要想守住或攻击都要尽一切可能夺取对面的山岗。

对面的山岗强烈地吸引着他，他贪婪地看着几乎不想离开，但是时间紧迫，他还要返回大本营，只好匆匆下山。在下山的路上，他已决心在这里修筑亚洲第一要塞。菱刈大将的意见是正确的，他心里想起了前任对他的嘱托。

6

已经到下班时间了，牡丹江电视台的两位记者还在闲聊，收发送来了一份文件，其中一个漫不经心地打开，顺手往写字台上一抖，一张地图掉了出来。他们一看，是一张使用过的旧地图，认真一看，职业习惯使他们敏感地意识到一个重大新闻就要出台了。他们家也不回，扛上机器连夜出发，直奔文件的发出地东宁。在东宁县武装部，他们拍摄到了三十一张半旧军事地图。从此，一个全国轰动的新闻就诞生了。东宁发现了日军侵华时的亚洲最大军事要塞。这是 1998 年的 5 月。

其实县武装部很早就发现了有一个日本关东军遗留下来的卷柜，也发现了里面的一些旧地图，只是没引起注意，认为那是一些过时的、没有什么用的旧地图而已。这是一间日本关东军遗留下的地下仓库，武装部仍然用来做武器库，卷柜就在这间仓库里。1997 年，他们在进行清理时又碰到了这些旧地图，这才发现这是日军侵华时用过的军事地图，就把它保管了起来，但仍然没有引起重视。1998 年的一天晚上，武装部政委韩茂才在家里看中央电视台的新闻联播，看到了四川某地发现了日军侵华时的一份军事地图的报道，他怦然心动，记起了地下四号库里的那些旧地图。第二天他就复印了一些，分别寄给好几家新闻单位。于是一个重大发现就揭开了序幕。包括中央电视台的全国多家新闻单位都进行了报道。之后，他们会同县委宣传部、文物管理所等单位一起对这些地图进行了实地考察。东宁要塞轰动全国。

又经过了各方面专家的多方考证，得出了东宁要塞不仅仅是亚洲最大军事要塞，而且第二次世界大战的结束地就在东宁。

7

东宁县武装部文件

采访对象：贾满顺，八十三岁，大肚川镇大肚川人

采访主题：日军抓劳工情况

问：你是什么时候来出劳工的？

答：是康德五年（1938年）在罗圈修桥，阳历年完工的。我们三十多个人又到了绥芬河，在绥芬河修小铁道。康德六年（1939年）东宁县就修了小火车道，这时部队就转到大肚川，我就跟着部队转到大肚川来了。我来那会儿，大肚川没有几间房子，洞子还没修，我在这一住就是这么多年。

问：你在哪地方修铁道？

答：罗圈水库那地方，从3月份干到阳历年，后来就到了仓库，就是存枪、炮、火药的仓库。

问：你从石家庄怎么来的？从那开头讲。

答：我是从张家口招工来的，开始招工没说到这儿来，说是修飞机场。从张家口来到了天津，招了能有五千多人，住一个多月，等走时，就跑了不少，其中有不少是战俘。从天津上了火轮船到了营口，下了船，在营口又住二十多天，就又上了火车，在营口又跑了一些，到了罗圈我看也就剩下两千来人。

问：修路基有多少人？

答：松浦组有两万来人。那年从东宁到老黑山修道台子，那是康德五年涨大水，一场水把松浦组都冲跑了，淹死了，一个也没剩下。那大水真大呀，那河北电车道上都是水。

问：你谈一下仓库的情况。

答：主要有三个仓库，二六三二部队是子药库，七六三是汽油库，二〇三就是山底下有个大榆树的那个仓库，南边的仓库是机械厂，存的都是造枪、炮的原料，技术兵有五百多人，大肚川那时连咱们人、他们人能有二十万人，当兵的都不让出来，每天进来的货车就一百多辆，往里拉物资，拉的物资能看到的都是豆饼、粮草、高粱米。

问：这地方劳工有多少？

答：我所在的这个仓库里有一千多人，粮库有万余人，整个劳工在大肚川有一万五六千人。这里的劳工六个月换一换，我是长期工人，是从劳工留下后转成工人的，卸火车。劳工庄稼人少，当兵的多，闫老西部队的多，主要是战俘（山西人）。那时我当工头，领着劳工上工、下工，我挣二元五角，他们挣一元五角，还发一个大烟，我不管怎么的还能吃饱，劳工吃不饱，吃不饱也没法，都吃那萝卜皮什么的。

问：日本子打人吗？

答：那怎么不打？亡国奴能不挨打？我干活的那个部队，当官的是满金一个豆，东宁县他都管着，叫什么名不知道，六十多岁，就在中学、南沟那地方住，他的车是小黄旗，仓库经费都是他批的。

问：弹药库、枪弹制造厂你说一下。

答：那时日本准备打苏联嘛，仓库车辆都存满了，康德八年（1941年）头一次着火。太阳升（地名）的日本人来送炮，想修理，用布盖着，十二个大仓库呀都装着子药，中午了有个老兵（日本）看样子官不小，他在门口抽烟，门口有箱硫黄

12

让烟头点着了，仓库就着了，火苗好几丈高，就是二〇三仓库，西边地里那个仓库。宪兵队就把那老头抓走了，再也没回来。

问：现在那些洞子能找着吗？

答：能找着，在草帽顶子那儿，那个洞子不让咱们去，听说那里放着药。那里当时都是日本兵把着，前几年来两个日本人打听这边仓库（汽油）的情况，说是在这里当过兵、站过岗的，都七八十岁了。

8

这个庞然大物是在1934年关东军司令南次郎视察东宁之前就启动的，直到1945年关东军覆灭还没有最后完工。历时十年，动用劳工多达十七万人。它总的名称就是东宁要塞，南起现在的东方红煤矿的300高地，北至太平岭的十八盘山，沿国境正面宽达二十公里，纵深约九公里，两个主阵地分别在绥芬河南北两岸的高山上。为修这座巨大的军事要塞，在1934年的4月至6月，首先以最快的速度，两个月从绥芬河到三岔口修筑了一条轻便铁路，全长九十三公里。在1938年至1939年7月，又建成了一条绥宁铁路，全长九十一公里。1940年12月，从图们的新兴站向东宁修筑的兴宁铁路正式建成通车，全长二百一十六公里。这样就把图们与中东铁路联结起来。东宁成了一个南北贯通的军事要塞。同时又修筑了全长一千一百七十公里的联结各要塞的军用公路。这些公路在山丛中密如蛛网，遍布了每一个山头。

建成后的这些铁路和公路如同一条条的血管，开始向东宁输送大量的粮食和水泥钢筋等建筑材料。劳工们也在一节节闷罐车里牲畜一样被运到了各个施工地区。在那长达十年的时期内，凡是开往东宁的客车一进入太平岭就要把所有的窗帘全部拉下来。东宁与外界完全断绝联系。

刚到东宁那一年，上级不允许生产队收留盲流，又不允许开荒种地，我只好到一个很远的深山里去开荒。那地方叫五排，距我住的村子佛爷沟四十多里路。我沿着一条路基往山上走，那是一条铁路路基，那时我就感到很奇怪，这条铁路通往什么地方？在这深山里铺一条铁路干什么呢？今天才知道，那就是通往图们的兴宁铁路。铁道都给苏联人拆走了，直到今天，东宁仍然没有铁路，计划了几十年也没有修成。我在向山里去的路上，还要经过一个名叫神洞的小村子，那里有一个废弃的发电厂。地下铺满了烧过的煤渣，被炸毁的水塔仍然立在那儿。还有那些屹立在山间的一座座桥梁，巨兽似的孤独地横跨在山沟上，它们已经被人们给遗忘了，极少有人在上面行走，遍体布满了青苔，靠近村庄的都当成了打麦场。种种迹象都表明，几十年前的东宁比现在还要发达。当然是一种畸形的发达。我的家乡在山东的胶南，那也曾是日本占领区，但与此处相比，真的是不可同日而语。曾经有过一些玩具似的碉堡或者土围子，早已经连痕迹都不见了。

日本人给东宁这块土地上留下了难以磨灭的伤痕，也影响到了人们日常生活中的每一个角落。农民用的铁锹、镐头，甚至镰刀都很多是日本人遗留下来的，他们那优质的钢材使这些农具非常锋利。我下井刨煤的十字镐、电石矿灯、轻轨都是日本人留下的，连管理我们的那个老工长就曾经是日本人手下的小把头。因为他待我们太刻薄，"文革"中我们把他一顿好斗，可是过后仍然不得不用他当工长，因为他对井下挖煤有丰富的经验。最具有讽刺意味的莫过于用日本钢盔做淘粪勺了，只要打下几个孔，用钢丝绑上一个柄就是。这绝不是有意要侮辱大日本皇军，实在是比铁工厂生产的好用得多，结实又轻便。最不可思议的是，在别处万一挖出个炸弹都惊慌失措，谈虎色变，在东宁却是司空见惯。常常见到在一些农家院子里躺着小猪儿似的一枚八百斤的大炮弹，做什么用呢？说来你不会相信，当铁砧用，在上面敲敲打打修理农具。其实那东西并非轻易就能爆炸的。更让人不敢相信的是狼东沟居然有一伙专门用这种炮弹发财的朝鲜族农民。他们坐地下，嘴上叼着烟，一边聊天一边嚓嚓地拉着锯，锯的是什么？炮弹。他们就那么用一根钢锯条把炮弹拦腰锯开，把炸药倒出来，一举两得，炸药卖给采石场炸石头，比一般硝铵炸药威力大得多，炮弹壳自然就当作废钢铁卖到废品收购站里去了。有没有防护措施呢？有，就是在锯的时候，不时地在锯口处洒上点水，不要摩擦过热。他们距我住的破楼仅仅三里多一点儿，我买火柴、盐、肥皂之类的都要到狼洞沟供销社里去。那是一个朝鲜族小屯子，全是一些圆圆的蘑菇般的稻草屋。他们就在供销社的院子里锯，我常常站下，看他们锯炮弹，有时他们会嘴里嘭的一声，吓我一跳，他们就哈哈大笑。

战争对人类是残酷的，但是一旦过后，遗留下的就是这样一些东西，即使在最激烈的战场遗址上，也只有笑声了。不能责备人类健忘，也只有在这样不断地遗忘中人类才能生活下来。

在我们居住的那一带山里，炸弹几乎犁遍了所有的土地。孩子们都知道到山上去捡炮弹皮到供销社换糖果或者铅笔本子之类的。那时我的儿子还小，也从我们自家的地里捡回一个爆炸过的弹头。我把它没收了，因为我想用它做一种纪念。现在我把它放在我的书柜上，是铜的，上面有刻度，还有昭和某年等字样，即使这种杀人的东西，日本人都把它造得如此精致，不能不让人感叹。

$$9$$

1941 年 6 月 22 日，德国对苏联开战。三天之后日本关东军做出了举行"关特演"的决定，即以后的一切军事行动都以关东军特别演习为名。关东军开始大量增兵，准备趁机对苏联进行军事行动。他们计划当苏联的远东军减少一半时，就发动全面进攻。关东军的总兵力从原来的三十五万人一举增加到八十五万人。仅东宁地区的兵力就达到了十三万人，共有三个师团、一个国境守备队。这时的关东军司令换成了梅津大将。东宁要塞增加了具有进攻性的远程大炮，在大肚川建设起一个数千人的兵工厂。

东宁要塞以绥芬河为界，分为河南、河北两大部分。河南部分由勋山要塞、胜洪山要塞、朝日山要塞和太阳升东山要塞。勋山要塞占地五万平方米。地下通道宽一点五米，高一点八米，顶部呈拱形，大部分由混凝土构筑，地面有流水槽，总长度为一千一百六十二点五米。设施有军官寝室、兵室、执勤室、作战指挥所、炮台口、发电室、仓库集结室、铁车库房、炊事房、浴室、地下储水池、通风井、升降口等。地下要塞与地面相通的出口共十一个，朝南四个，其中有两个是隐蔽炮。朝北也是四个出口，顶部三个出口，其中一个出口备有铁轨电动升降装置。每一个洞口和通风井的地面部分都是一个碉堡或观察所。地面上挖有纵横交错的交通壕与永备工事相通。反坦克壕深三米，宽五米。外围是多达六层的铁丝网。

胜洪山要塞比勋山要塞大一些，占地面积六万平方米。朝日山要塞也是六万平方米。太阳升要塞未及最后完工。

绥芬河北岸要塞海拔比较高。这里与苏联接壤，没有河流国界。分三个要塞：麻达山要塞、三角山要塞、409高地要塞。麻达山要塞长达五千多米。所有这些地下要塞都有暖气装置，有卫生救护室，都储备有足以支持三个月的食品。地面工事由两至三米厚的钢筋混凝土构成，可以抵御三十厘米以上口径的重炮或重达一吨炮弹的轰击。

关东军第三师团驻扎在东宁县城附近，司令部在马家大营，即今天的万鹿沟。最高指挥官是陆军中将昭源津多。第八师团驻扎在绥阳一带，下设绥芬河、绥西、二道岗子三个旅团。师团司令部在绥阳北山，最高指挥官是陆军中将前田。第十二师团驻扎在大肚川一带，司令部设在新城子沟，最高指挥官是陆军中将昭西多稼藏。第一国境守备队（一三二旅团）主要驻扎在东宁要塞前沿，旅团司令部设在泡子沿。最高指挥官是陆军少将鬼武五一。东宁要塞共有永备火力工事四百零二个，土木火力发射点五百一十一个，钢筋水泥掩蔽部一百个，火炮发射阵地七十九个。另外还有暗堡不计其数，军火库七十九个，军用飞机场十个，反坦克壕总长四百华里。

10

我们一行四人乘一辆小面包车去勋山要塞，说来惭愧，这座山原来没有名字，是日本人修筑要塞时起的名字，我们现在不得不跟着叫。如三角山、朝日山就是东宁北山，当我们来到勋山要塞一看，什么他妈的勋山！就是小乌蛇沟东山的一部分。爬上山顶我感慨万分，当年我就在这山的西坡挖煤。那时候只听说山东坡有山洞，没有进来看过。这座山很窄，就像一堵城墙一样，从那坡到这边来只要半个小时。对于我来说，这等于旧地重游。不料要进每人交十元钱。当年让我进我都不一定有兴趣，现在却要花上十元钱。

我们在山前照了几张相，绝对不是因为什么要塞，而是这片山上的景色非常好看。这就是此地人叫作五花山的季节。这一带的山属杂树林带，各种树的耐霜程度不同，形成各种不同的色彩，用五彩斑斓来形容也不为过，比北京香山的红叶胜过百倍，有红、黄、绛、绿、紫等各色。单是红色也有多种，如柞树红得如血，枫树红得如火，榛树就是一种暗红了。杨树是黄的，榆树是绿的，桦树的叶子就是一种褐色了。这是生命的最后光华，只过十几天这些色彩就会暗淡下去，叶子们的一生就结束了。

巷道里拉上了电灯，在一个宽大的仓库里办了一个展览室，这里面很多展品都是我曾经用过的，如尖镐、矿灯、锹等。如果要我来解说，肯定会比这个解说员强得多。只是巷道的长度出乎了我的预想，让我不能不想到劳工们当年是如何开掘的。在这种石头里掏一个洞，绝非易事，几乎每前进一寸都要付出大量的血汗。这真是难以言说，当年劳工们在山这坡掏洞，四十年后我在山那坡掏洞，只是我们的洞是在他们的下面，因为我们要掏山下的煤。大约用的工具是一样的，因为他们那时也有了电力，都是用电钻打眼，装进炸药放炮，再把炸下的石头运出去。人就像老鼠一样，成年累月地在这里面挖洞。这么长的洞，要挖上六七年才能成。我们那个煤矿刚开的第一年仅仅打进了不足一百米，这个五百多米的要塞可想而知。行走在这种阴暗而潮湿的地下通道里，我又闻到了一种熟悉的气味，这是一种地下的霉味儿，说不清是一种什么气味儿。二十年前，我就在这样的洞里生活过十多个年头，只有我这样的人才能体会到当年劳工们的艰难。

人在那种时候每活一分钟都是一种痛苦，都是一种煎熬，但是仍然要活下去，这就是那一线希望在支持着他们，他们总相信会熬过去，境遇最终会好起来。其实，你想一想，如此秘密的地方，日本人怎么可能让你活着出去？强烈的求生欲望总会被一线生机所迷惑。他们就那样在这里尽心尽力地给自己挖掘着坟墓。最终，也成了日本人的坟墓。害人的与被害的都没能逃脱在这里灭亡的命运。

我们看了他们的厨房，看了储水池，看了军官寝室，看了通往地面的出口。这些竖井不是直通上去的，有一个个的直角拐弯，可以防止外面的枪炮的攻击。后来我们还是在里面迷失了方向。这里同样的岔道太多，你无法记得是从哪里进来的。工程是如此浩大、如此完备，在岩石里掏出了洞，又用钢筋水泥浇注成拱形，混凝土厚达两米，真正是固若金汤。难以想象苏联红军是怎么样把它摧毁的。

走出外面，阳光灿烂。山顶上有一辆苏联装甲运兵车，完好无损，大约是他们从俄罗斯弄来的，现在连坦克也有人弄到中国来当个参观的景点。俄罗斯人现在什么都卖。有一个牌子上注明，游客如要开动每小时收费四十元。可惜参观的人太少。要真正开发成旅游景点还需要做一些努力。

站在山顶上，向东方一望，对面那道山岗就是俄罗斯的领土了。1968 年的冬天，我就曾站在这道山顶上，那时我被一个想越境的念头苦苦地折磨着。我在那个黄昏时分借着西斜的阳光把对面的山看得一清二楚，我打量着越界的地点，计算着越境后向纵深前进的路线。当然，我最终还是没有跑出去，而是在这里久居了下来。总的说来，我不是一个勇敢的人。

当年我看那边的山岗是那么平和与安详，强烈地吸引着我。今天，实在觉不出有什么吸引人的地方，不过是与这边一模一样的一道山梁而已。五十年前，这两道山岗之间虎视眈眈了十几年，最后终于爆发了一场大战。双方互相用重炮射击，天上有飞机盘旋轰炸，坦克隆隆地越过了界河开过来，步兵们不顾猛烈的炮火向山头攻击。在不足两千米宽的峡谷内聚集了那么多的军队与大炮，密集的炮火把这里烧成了一片火海。而同时，全世界都认为战争已经结束了，中国到处都在欢庆胜利。

11

八路军连长鲁毅光是在 1937 年被押到东宁县的，他们一起共有十一人，都是在胶东半岛的一次战役中被俘的。下火车的时候有两个人就死去了，他们九个就被押到了勋山要塞施工。勋山要塞是东宁要塞中比较大的地下要塞，鲁毅光在这里挖山洞挖了整整两年，后来，长川次郎大佐换防到勋山之后，他就被派去负责管理劳工营地。比如清理厕所、搭床铺、修工棚的屋顶等，都归他管。因此，七年之后，在他的同伙们都死掉之后，他仍然健在。原因很简单，长川次郎喜欢下围棋，他来到不久就让部下在战俘中寻找会下棋的人，于是就找到了鲁毅光。济南大学毕业的鲁毅光万万想不到自己的这一嗜好竟然能救了他的命。念书时他很为自己的这一嗜好苦恼，这耽误了他不少功课，他也曾暗暗地发誓要戒掉，可是最终仍然是下棋的兴趣大于读书的兴趣。他与长川次郎下棋互有胜负，也不是他绝对不敢赢，而是长川次郎的棋确实不在他之下。长川次郎是东京土木工程大学学生，没有毕业就被征兵来到了中国。他的毕业作品就是勋山地下要塞了。为建好这个要塞，他可以说是倾注了全部精力。1944 年的 8 月，勋山要塞终于完工。

长川次郎为了庆祝要塞的竣工，决定在这天晚上让全部劳工吃一顿饱饭，还准备了肉和酒。鲁毅光被勤务兵叫上来，长川次郎说为了庆祝要塞的胜利完工，他要和鲁毅光好好地下一盘棋。也许是长川次郎这天心情好，鲁毅光很快就中盘认输。像往常一样，每次下完了棋，作为犒赏，长川次郎都要从他的饼干盒子里抓出三块饼干给鲁毅光吃。长川次郎好吃零食，他的饼干盒子总是满的。三块饼干对吃麦麸和豆饼的鲁毅光来说虽山珍海味不能比。长川次郎这一点非常令鲁毅光满意，他即使输了棋也绝对不会不给，而且也不会少给一块，总是三块。

就在鲁毅光陪长川次郎下棋的时候，山下劳工棚子里已经开始摆好碗盆要开饭了，肉的香味儿已经飘荡在这条山谷里。为了便于看管，劳工棚子在谷底，两头都用电网和岗楼堵塞，长川次郎的临时指挥所在山腰。他已经有妻子和一个两岁的儿子，他们住在狼东沟营房里。长川次郎每个星期必定回去过两夜。他骑一匹白脑门的洋马，在黄昏时踏踏地翻过山去，第二天拂晓再返回勋山。长川次郎骑马的姿势很好看，笔直地端坐在上面如同一根钉子。在长川次郎的指挥所里向山下劳工棚子看，一清二楚。电工在两排工棚中间拉上了一溜大灯泡，照得如同白昼。长川次郎像往常一样从饼干盒子里抓出三块饼干扔给鲁毅光，鲁毅光揣进怀里向山下走。往常他是一边走就一边吞进肚子里的，今天有好饭吃，他决定把这三块饼干存起来，以后再吃。

这是一条隐藏在草丛里的小道，几乎只是他一人踩出来的。向山下走的时候两旁的榛丛扯拉着他的裤子。因为输了棋他非常沮丧，走着走着忽然停了下来。心情不好，人就容易把一些事情往坏处想，他看到山谷底那些喜气洋洋的劳工心中不由得打了个电闪，他们今后到哪里去？日本人能真的把他们都放回家去？他们真的会有这么好的运气？和他当年一起被押到这里来的人已经一个也不剩了，都一批一批地死去，新的又一批一批地运进来。这里总保持在六七百人。山下这些人与他相识的已经不多。看着山下劳工们的狂吃滥喝，他想到了一句俗语，人欢无好事。他决定不下去，摸索到一块石头坐下来。大约过了十分钟，突然四周的探照灯唰地亮了，一齐射向劳工棚子。紧接着机枪嘎嘎地叫起来，山下正在狂饮的劳工们如同被开水烫了的一群蚂蚁，乱钻乱跳，被子弹打中的尖叫声直冲上山来，有的急忙跑进了工棚子里，工棚子却立刻大火冲天而起。

鲁毅光掉头就往山上跑，他从一个岗楼下面逃出了封锁线。岗楼里正在全力以赴地向山下开火，没有注意到这个在他们眼皮底下跑过去的人。他顺着山岗向南跑，经过了这些年的观察，他已经大致知道了勋山的方位，他知道只有向南跑才能进入更密的林区，从而逃出要塞。拂晓时鲁毅光到达了朝阳沟，看看在微明的天光下的那些岗楼，他知道还远没有跑出要塞区。他决定隐藏下来，等到天黑再继续向南逃。山下是一个二三十户人家的小屯子，趁天还未明，他悄悄地走进了村头一户人家的院子里。东北的山区，农民的院子都没有院墙，只用一圈儿篱笆围着。他把树枝编的篱笆用手一分就走了进去。这家人已经起来了，一个男人在马棚里喂马。鲁毅光轻轻地叫了声大哥，那男人一看鲁毅光身上破烂不堪的衣服就知道是逃出来的劳工。他紧张地说，你快到别处去吧，我这里不保险。鲁毅光上前说，大哥，你让我上哪里去？我谁都不认识啊。那人说，不行不行，小鬼子经常进村里来搜，搜出来我全家就完了。鲁毅光站着不动，那人只好说，求求你了，快走吧，我给点儿吃的，你拿上快走吧。就在那人从屋里拿出一些煎饼交给鲁毅光时，鲁毅光问，大哥，你是胶州人吧？那人说，是，我是三里河人。鲁毅光接过那包煎饼说，我是城阳人，大哥，谢谢你了。

就在他拿着煎饼走出院门时，那人忽然叫了声，老乡，你等一等。鲁毅光站下，那人说，你到哪里去？这样走不多远就会给小鬼子抓住的。鲁毅光说，那有什么办法，不能连累您了。

老乡把鲁毅光一把拖进马棚，动手套上马车，又给鲁毅光换了件衣服。然后就让鲁毅光躺在马车的后尾，把马槽扣在上面，赶着马车就出了村子。受俄罗斯人影响，东宁这一带都是用那种四只轮子的欧洲式的马车，在后面有一个木框，这框子没有底，只用一些绳索联结着，所以谁也不会想到能够隐藏住人。上面倒扣一个马槽仍然给人一个空的感觉。鲁毅光就在这个马槽里给运到了东宁县城。他在东宁过了一夜，后来爬上了开往绥阳的火车，逃回了关内。他连这个老乡的姓名都不知道。

这位老乡姓姜，叫姜永福。长川次郎在第二天很快就发现鲁毅光逃跑了，他亲自带人在这一带的村子逐户搜索。当然是一无所获。姜永福回到朝阳沟后虽然没人看见，但是引起了怀疑。他把家人托付给亲戚，自己也逃回了关内。

解放后，鲁毅光专程回到朝阳沟寻找他的老乡，那时他在广东省当财政厅副厅长，但是姜永福的下落谁也不知道，他只能抱憾而去。他因这段历史不清，一直没能得到重用，在 20 世纪 60 年代提前退休。退休后他又带着老伴儿回山东老家去寻找姜永福，上次他已经知道老乡的名字了。打听到姜永福曾回过老家，但是在1958年又从家乡回东北去了。鲁毅光又到了东宁寻找，但是他来晚了，姜永福在一年前患肺癌去世。他和老伴儿在姜永福的坟前烧了一些纸，流下了眼泪。他的那段历史也就永远没有证人了。他独自一人爬上了勋山，但是根本就没有找到要塞的任何一个出口。要塞被炸塌后又长满了树和蒿草，一切都无从辨认了。

12

长川次郎的部队番号是4906，编制为一千人，属于第一国境守备队。勋山重武器装备有三百毫米口径榴弹炮两门，二百四十毫米口径榴弹炮两门，一百五十毫米口径加农炮六门，90式野炮六门，38式野炮六门，山炮十七门，步兵炮十六门，中迫击炮八门，高射炮十八门，高射机枪十挺，坦克二十辆。重炮阵地在掩蔽要塞勋山后，炮弹发射时由地下电动轨道从弹药库运进炮塔，再由一系列自动机械进行装填。炮塔由三米厚的钢筋混凝土构筑，高出地面四米，像一个探出海面的大海怪的头一样警惕地注视着对面苏联的那道山岗。长川次郎给那座山岗起了个名字叫扶桑台。修筑这个炮塔时长川次郎亲临现场指挥，完好地保护了周围的树林，因此在炮塔修成之后树林还完好无损，这样炮塔隐蔽在树林里，很难为外面发现。勋山要塞的左翼是290高地要塞，右翼是朝日山要塞，都归他指挥。这三个要塞共同控制下面这条国境河，他想象不出苏联军队怎么突破这个苦心经营六年的阵地。

通过观测孔，长川次郎久久地注视着对面的扶桑台，是他根据家乡的一座山给对面的山起了这样一个名字。8月正是山里草木最旺盛的时期，对面的山坡上什么也看不见，但他确信在那些树丛的掩蔽下一直都有眼睛在密切地监视着这边，当然苏军只能观察到要塞的地面设施。如果鲁毅光没有越过国境的话，那么苏军对勋山的地下要塞将是一无所知。长川次郎的这个观测所是由三十米深的竖井探出地面的，地面上是用十五厘米半厚的钢板做成球形天盖，天盖高出地面九十厘米，他所使用的这个观测孔是十厘米宽、二十厘米长的矩形。天盖可以做三百六十度旋转，对四周的环境都一览无余。这是长川次郎苦心设计的地下要塞的眼睛，它做得坚固而漂亮。国境河在山下哗哗地流淌着，河滩多柳树丛，大部分河面都在浓密的柳丛遮蔽之下，只有在偶尔树丛稀少的地方闪着粼粼的波光。在这边的河岸上有一片片的稻田，这是那些朝鲜人种的稻地。一股沁人肺腑的清香从观测孔飘进来，长川次郎心里一阵激动，这是稻香。他也是一个农民的孩子，似乎看到了自己的父母正在山下的稻田里劳动，两行泪水从他清瘦的面颊上流下来。

进入 8 月份，日本的灾难就接连不断，8 月 6 日，美国对广岛投下了第一颗原子弹。8 月 8 日 24 时，在莫斯科的克里姆林宫里，苏联外长莫洛托夫召见了日本驻苏大使佐藤尚武，向他宣读了《对日宣战书》，宣布从 8 月 9 日起，苏联对日本进入战争状态。当天晚上，长川次郎接到上级一份电报，电文是：日苏已断交，从 8 月 12 日 12 时 30 分开始，日苏两国进入正式交战状态，守备队原有口令，山、川改为，一人、十杀。为战时需要，密码将更换，等待新密码。因为电文上说 12 日进入战争状态，因此当 8 月 9 日凌晨第一发炮弹在勋山上爆炸时，长川次郎还误以为是什么人走火。大约司令部也没有想到苏联军队在 9 日就发动进攻，因此新的密码也没能来得及送达。从此，勋山要塞就与上级失去了联系。战后得知，东部几乎所有的国境守备队都没有接到新的密码。因此战后很多人都到法院起诉关东军司令部，就是因为他们没能及时更换密码致使通信中断，直接导致了后来部队没有收到投降的命令，上万士兵在停战后白白地牺牲了。

长川次郎一骨碌从床上爬起来，以最快的速度进入山顶上的哨所，只见对面的扶桑台只有几点灯火，看不出任何进攻的迹象。山岗像一堵城墙似的横在东方，变成了鱼肚白的天幕使得这山变得更黑黝黝的什么也看不见。第一发炮弹爆炸之后，陷入了一种奇怪的寂静，阵地上的草和树都是一种深灰色，满天星斗，天空宁静而祥和。士兵都已经进入了炮位等待命令，连声咳嗽也没有，难道真的大战要来临吗？不会吧？

时间过得很慢，终于，从遥远的天边传来一阵隐隐的马达声，由远而近，一架飞机在微明的天光里从苏联方面向这边飞来。隆隆的声音迅速增大，划破了清晨的寂静，雷鸣般地袭到了勋山上。突然三颗照明弹在阵地上空爆炸，勋山立刻如同白昼。长川次郎大叫：开炮开炮！

几乎同时，对面扶桑台的炮弹也呼啸而至，撕裂着大气。长川次郎这时才发现对方在一夜之间已经在山顶上构筑起了炮阵地，他们是用钢板和沙袋构筑的，炮火的闪光使那些钢板反射着冷光。要塞的所有大炮都对着预定的目标开始轰击，苏军的炮弹也一批接一批地越过河谷飞过来，拖曳着火光的炮弹在半空中相会，河谷上空交织着绚丽的火焰。两岸的山岩和树木都清晰地映现出来。

长川次郎像害冷似的浑身发抖，牙齿都碰得咯咯响，他既害怕又兴奋，苦心经营了六年的要塞终于要接受真正的考验了，他害怕这一天却又在盼着这一天。

三百毫米重炮的每一次发射都要震动得整个山体一阵颤动，巨大的炮口喷出熊熊的火焰，炮弹呼啸而出时带动一股强大的气流，如同一股龙卷风撕掳着周围的树木，有的树被连根拔起，飞向空中。炮弹在对方山顶上爆炸，一片火光冲天而起，烧红了半个天空。苏军回射的炮弹似乎威力更大，每一次爆炸都震得人脑袋像遭受到重拳击中一样。每次爆炸的间隙，长川次郎都能听到炮长们拼命地嘶喊：射击！射击！开头，苏军的炮弹大部分越过头上落到山后的田里去了，后来就一次比一次准确。几乎每一发炮弹都能命中要塞的炮阵地。长川次郎知道这是附近有间谍在给他们的大炮指示目标。在占领期间，一直都有中国人越过国境为苏联人送情报。

重炮炮台不断地受到对方炮弹的轰击，不能及时地把对方的重炮阵地打垮就迟早要被对方打垮。双方都处在极度危险之中，每一秒钟都关系到生死存亡，要么早一步打垮敌人，要么被敌人打垮。长川次郎构筑的炮台显然比对方的炮阵地更坚固一些，但是苏军的弹着点却比这边发射过的炮弹要准确得多，这都是因为有人在为他们指示每一发炮弹的落点，而在一片火海中，日方的炮手根本无法判断自己发射的炮弹落在了何处。终于一发穿甲弹打哑了长川次郎的重炮，又一发炮弹把炮台炸开了花。剩下的只有二百四十毫米的加农炮和迫击炮在向对岸开火了。苏军的重炮又掉转了炮口向要塞的加农炮阵地开火。

就在他们快要承受不住的时候，苏军忽然停止了炮击。没有等到长川次郎下令，要塞的炮也自行停止了射击，炮手们都累得支持不住了。炮战持续了一个小时，大地归于平静，天已然大亮。这是 1945 年 8 月 9 日黎明。

13

勋山三百毫米榴弹炮未及发射完即被苏军摧毁，大量的炮弹遗落在了石门子和太阳升村。因为太阳升村就在它的西坡。太阳升村原名叫小乌蛇沟村，就因为"文革"时，山东坡的大乌蛇沟村改名叫东方红村，这边就改名叫太阳升了。1986 年，我回东宁还有幸见到了勋山要塞三百毫米榴弹炮的炮弹。我到一个亲戚家串门，他家的院子里就有一个。他开着一个小四轮拖拉机挨村收废品，有一户人家从一个猪圈里又挖出了这个大家伙。他用十块钱卖了下来，结果人家废品收购站不敢收，他就只好放在家里了。现在已经没人愿冒险把它锯开了。我用上力气抬了抬它的一头，果然是纹丝不动，八百斤是有的。

太阳从扶桑台冒了出来，在未消散的烟雾里血一般红。苏军开始进攻，五辆坦克和四辆装甲运兵车眨眼就涉过了胡布图河。三路步兵跟在坦克和装甲车后面也在河谷上前进。同时天空出现了七架飞机，准确的配合使长川次郎大为惊讶。对面山上的大炮又开始发射。刹那间，天上飞机隆隆，地下坦克轰鸣，枪声、人喊声混合成一阵狂风暴雨席卷而来。长川次郎下令开火，他奔跳在各炮阵地之间亲自督战。飞机并没有对勋山投掷炸弹，可能是怕双方距离太近，没有把握。士兵们对驶来的坦克很是恐惧，它们像一些怪兽，一路上碾压着庄稼和树木无所顾忌地爬过来，炮塔上的红星在闪耀着，特别是那震天动地的声响使他们脸色惨白。长川次郎向正面阵地跑去，交通壕里阵亡的士兵被炮弹撕裂得血肉模糊。山脚下速射炮阵地的炮兵已经准备撤退，长川次郎怒吼一声拔

25

出军刀，士兵们又慌忙把速射炮拖回来。长川次郎亲自指挥速射炮阻击坦克。一场炮对坦克的对射开始了。炮弹在坦克群里不断地爆炸，但都未能击中目标。它们稍稍散开一下重新组队前进。坦克炮弹的威力要比速射炮弹大得多，但是速射炮的击发速度却比坦克炮要快得多。终于有一辆坦克被击中了，向一边歪过去。一发炮弹击中了一门速射炮，炮手当即被炸上了天。步兵的子弹雨点一样横扫过来，打得防护钢板叮当直响。长川次郎身边的一位炮手一声不响地倒下了。长川次郎下令撤退。

朝日山与290高地均已经被攻克。那边的阵地上飘扬起苏军的红旗，在秋天的艳阳下，那面旗子红得分外耀眼。勋山已经被切断了两翼，但是苏军向勋山的进击却在攻到山脚下被阻止了。山坡太陡峭，坦克无法开上来，而那朝日山与290高地又不相连，中间隔一道很深的山谷。

天色已经黄昏，长川次郎想今天的战事该告一段落了。不料就在他要士兵们收拾阵地的时候，苏军又发起一次冲锋，这次一直打到天黑也没有打退。苏联红军战士倒下一排，又一排冲上来，双方的炮火把夜空映得通红。地下要塞充分展示了它的威力，在夜幕掩护下冲上来的苏军也全部被打死在阵地上。战斗进行到下半夜才停止，苏军伤亡惨重。

这是1945年8月10日，河谷里飘着一层乳白的轻雾，如一缕轻纱似的覆盖着绿色的树丛。太阳出来时，雾渐渐消散，幽暗的河水穿过柳丛流淌着，在山上听得见那淙淙的水声。国境河两岸宁静而安详。长川次郎从观测孔里看着美丽的景色，有一种不祥的预兆。太阳照到谷底的时候，从三岔口方向开过来三辆卡车，每辆卡车上面架着绿色的棚架一样的东西，很像一种施工的工程车。它们缓缓地向这边前进，在赤羽山脚下停住，并掉转了车头，正当勋山上的日军迷惑不解的时候，突然从那些车的棚架上喷射出一排火焰，无数发炮弹同时卷向勋山。勋山像火山爆发一样，立刻燃起冲天大火，火焰高达数十米。整个勋山成了一片山海。躲在钢帽观测所里的长川次郎，眼看着那些未来得及进入地下要塞的士兵霎时间被烈火吞没。他知道这大约就是在苏德战场上令德国人闻风丧胆的"卡秋莎"了。这是一种火箭炮，名字很美，却是一种凶残的杀人武器。

卡秋莎发射完毕若无其事地开走了，勋山地面设施全部被炸毁。

东宁要塞动用了十七万劳工，这些劳工除了战俘外，绝大多数是从外地征来的。他们似乎有一个规定，不用本地劳工，这可能是因为当地劳工熟悉地形，容易逃跑。他们把每一个村子里的青壮年都编上号码，按照号码逐个征用。如有人敢拒绝不去，立刻就会被抓到宪兵队，进了宪兵队大多数都要死在里面。即使能从宪兵队里出来的人也大都成了残废。这些民工在被征的时候，都抱有能回家的希望，当他们已经死在外地的时候，后面号码的就再被征走。这些在家乡征劳工的把头大多还是本地人，他们声称那些没回家乡的人是在外面挣钱不想回来，其实是早已经死亡。这些劳工到东宁大部分都是修公路、铁路、桥梁、营房，重要的军事设施建设大部分是用战俘。例如老城子沟仓库的搬运工，都是榆树县一个姓刘的总头目和他的同伙从榆树县带出来的。榆树县到这个仓库来的人共有四千七百多名，回去的不足七百人。这个姓刘的把头就不敢再回榆树县了。

我见到过老城子沟的那位给仓库赶马车打短工的黄诗义，他因为觉得好奇，也跟我们一起上了山，他不知道我们挖出这些骨骸来干什么。那天我们在拍照那些尸骨，他就蹲在一旁抽烟，很少说话，问一句才说一句。农民都是这样，他们长期地面对着牲畜野外劳动，很少有说话的机会，因此他们的语言功能或多或少都会出现障碍。他能提供给我们的东西很少，翻来覆去只那几句话。他在这里干了近十年，总结起来只有不足十分钟的几句话。他给仓库干活，与这些征用的劳工不同，他是自由的，可以天天回家。他赶着自己家的只用一匹马拉的小马车给仓库做一些短途的搬运活儿，好像还给一点儿报酬。当年他十八岁，现在已经七十多岁了。五十年前他天天与这些劳工见面，他们都穿得破烂不堪，天冷的时候，很多人不得不把那些装粮食的破麻袋掏上孔套在身上挡一挡风。他也挨过日本人的打，但是比起那些劳工来轻得多了。那些劳工常常被打死。他们吃不饱，又要干很重的体力劳动，扛麻袋，抬木头，搬水泥。他曾亲眼看到一个劳工因为偷吃了一点儿豆饼，被罚在一块豆饼上立正站着示众。大冷天，那个人赤身裸体一丝不挂。旁边有一只很大的狼狗看着他，只要他一动，那狼狗扑上前就撕咬。他除了倒短之外，还有一项重要的活儿就是向外拉死尸。每天都有人死，冻死的，病死的，打死的。多的时候一天就拉出十几具，最少的时候一天也拉出去两三具。

与修筑铁路公路和工事的劳工相比，这些搬运工还是待遇最好的了，他们死后还给了一块专门掩埋的地方，别的劳工都是死无葬身之地，直到现在也不知道他们被埋到哪里去了。那年我在公社砖厂干活儿，取土时忽然掘出了一具尸骨。他的手骨和脚骨是用粗铁丝捆在一起的。据一些老年人推测，很可能是这个人要逃跑，给抓回来活埋了。像这种骨头上捆着粗铁丝的尸骨在别处也经常挖出来。

修铁路公路的劳工每天的工作时间叫"三、九点"，即从凌晨三点上工，到晚上九点收工。他们按规定是六个月一轮换，因为繁重的劳动，又吃不饱，这些二十岁左右的人常常在半年之内就死去。大量的人用火车从外地拉进了东宁，能出去的寥寥无几。

修工事、挖山洞的劳工几乎全是战俘。

东宁县武装部文件
采访对象：付德财，八十四岁，东宁镇大城子村

问：当时民主村日本的房子是谁盖的？

答：下边的劳工盖的。

问：劳工有多少人？

答：几百人吧。

问：这儿的劳工有没有死的？

答：这儿的劳工死得少。我在庙沟那边干过活，庙沟劳工死海了。那年我在庙沟干了一年，进去时先照相，然后就不让出来，在庙沟口有卡子。

问：那边死的劳工你看见过吗？

答：那天天看，那可真在跟前，那工人老个（很多）了。

问：能有多少人？

答：那没数，在沟两边用木板搭的工棚，天天上山挖沟，一天能抬出十个二十个的，死了之后用席捆着，工人抬工人，就扔到沟口大河滩上。剩下没死的就说往回送，在三岔口坐小火车，大冬天就穿着单衣单裤，都冻死了，赶着走赶着往下扔，一个也没回去，他（日本人）也不打算让他们劳工回去。

问：庙沟的劳工有几千吧？

答：有，都是南方人，这山上的洞子完全是他们修的。庙沟那些事我是亲眼看见的，在庙沟干活的人现在没有了，就剩我了。那些劳工受老罪了，监工的用洋镐把揍。

问：你看见了？

答：这事咱亲眼看见的，都是下边人，咱当地人没有。

问：能听出是哪儿的人吗？

答：哪儿的都有。外边跟车的人就有咱们八路军俘虏，都穿着八路军的衣服，说话咱不太明白。我就问他，你们是干啥的，他说，我们是八路军，在哪儿在哪儿打仗俘虏了，也老个了，哪个部队的都有，还有妇女，下晚干活回来，席棚用刺鬼拦着，事变时全没有了，不知道上哪儿了。

问：你在庙沟干，出来时离事变有几年？

答：那可有几年，反正修庙沟的时候，那时我们给他们拉水、拉给养。

问：三角山你知道吗？去过吗？

答：知道，那儿有个小部队，我们天天给他们送给养。

问：八卦洞知道吗，去过吗？

答：知道，那儿不让咱们去。

问：庙沟的仗一共打几天？

答：打了两天两宿，老毛子（苏军）飞机在上边盖着，都打交手仗了，那人死老了。

采访对象：李吉贵，男，八十八岁，大肚川镇太阳升村

问：你是什么时间到东北来的？

答：康德五年（1938年）来的。

问：从什么地方来的？

答：山东泗水县，在这儿说的家口。

问：怎么到这儿来的？

答：招工来的。

问：来了多少人？

答：五六十人一起，在沈阳招工来的。

问：来是直接到这儿吗？

答：不是，先上六站。

问：在六站干什么活？

答：通沟那儿有个大碴子，是咱们修的，叫三、九点钟。

问：是不是修路？

答：修大碴子。

问：劳工有死的？

答：康德五年发大水，工人、日本人道上、沟里死老人了，那天。

问：死多少？

答：那不知道。

问：干活累不累？

答：能不累吗？吃橡子面，弄不着吃的，那橡子面捂得那个样，又苦又酸，就吃那个。

问：住什么房子？

答：哪有房子，就是席棚。

问：干活有多少人？

答：那咱不清楚，人可不少呀，有几百人，几百人可有。咱这一辅，一个工棚一个辅，咱这一辅是四十二口子。

问：干活给钱吗？

答：干完活也没开支呀，只干活不给开支，到八月节休工，一个人交五块钱，上东宁办节。把钱交给二把头（把头是中国人），让他上东宁办节货，他拿着跑了，也没有吃了，干完活上东宁神仙洞了。

问：干什么活？

答：冬天干不了，上了神仙洞对过下面，姓宋，落下了。姓宋的吃得开。

问：在老宋那儿干完上哪儿去了？

答：上高丽庙子，也是招工去的，给日本人拉卫生、赶车、拉沙子，乱七八糟的（给日本部队，五七〇部队）。

问：部队是干什么的，是炮还是枪？

答：大炮，东山上，那儿都挖空了，那工人死老了。

问：工人有多少？

答：不清楚。

问：劳工有多少，有上千吗？

答：千八百的有。

问：劳工吃得怎样？穿得怎样？

答：吃得不坏，就是米和面，其他什么也没有，菜就是黄豆加咸盐。

问：有没有病死的？

答：有，日本怕什么，就怕拉痢疾，有闹肚子、拉痢疾，他把窝棚改个小窝棚，隔离的，给你送点儿吃的，不等死，就给埋了。

问：高丽庙有两个万人坑（乱葬岗子）知道吗？

答：万人坑，过去那个山，拐个弯，下去南边就是万人坑，死老人了，那地方，工人万人坑哪。他就怕传染哪！

问：你上高丽庙是哪年？

答：康德七年（1940年）。

问：你在高丽庙干了几年？

答：六年，七月十二，黑夜里，我就成家了，结了婚，在这屯子（太阳升原叫小乌蛇沟）一直住到现在。

问：干了七年活，看有劳工被杀的吗？

答：被杀的没有，庙沟有被杀的。庙沟不是有大洞子，这是一号阵地，庙沟是二号阵地，干完活，挖洞子的那些人，都给枪毙了，日本人监工的、安电灯的也给枪毙了。他们自己的也给枪毙了，他怕暴露消息。

问：你听说的这是？

答：听人说的，老人都知道。

问：苏联打进来，日本人投降，你看见了吗？

答：星期六我回的家，带家口的，星期六叫回家，我是星期六夜九点多钟，老毛子飞机就来了，炸水楼子。

问：打仗了吗？

答：打仗，都是黑里来打仗，咱们看不着啊，都在洞子那块。

问：打了多少天？

答：打了有七天，白天不来啊，白天飞机来投炸弹，就黑天里来。

问：打七天，从哪天开始打的？

答：想不起来，他不投降啊！都投降了，这里没投降，这里还抗争着，沈阳一个团副坐飞机来，叫投降才投降，他这是一团人哪，一团人，有一千多人，剩七百人啊，从这里走的，打大榆树底下向西，从闹枝沟向西去了。

问：他们投降是几号？

答：不清楚，快割稻子了，他投降，我想不是割麦子就是割稻子。投降时是大量吃香瓜子的时候，在高丽庙子，向阳山就站下了不走了。第二天，他们到走的时候都十二点才走的，日本人投降七百来人，押的苏联人才三个，看着向下送。他们不走，从大河走到西边，住下，休息了很长时间才走的，不愿走，他们。

问：从那儿你就住下了，没回去？星期六再没回去？

答：日本兵一个叫上野的，是个上等兵，他管这里种菜的（六户），在大榆树底下，还摆手，他在这儿待了十四年（在东北住了十四年）。

问：后来苏联撤了，你到洞里去过没有（高丽庙洞）？

答：老毛子都给炸了，洞口都给炸了，炮药一箱一箱放在洞都给炸坏了。

问：洞里你进去过没有？

答：半个月老毛子把着，咱中国人不让过去，不让进，烧的炉灰都拉走了，洋铁盖都拆走了。

问：听说山上有个狗圈吗？

答：有个狗圈。

问：狗圈是干什么的？

答：狗是送信的，把信用松紧带绑在脚上，那狗可听说了，叫警犬，人不在这儿，放出去送信哪。

问：听说劳工死了，丢在狗圈里让狗吃了？

答：那没听说，死的人都甩在万人坑了，从这儿下去山，拐一个弯南边一个大坑，那就是万人坑，还立一个大柱子，写着牌子"万人坑"。刘德林偷部队一个布棚，送到老太太那儿做衣服，那衣服能敢穿吗？他能走出去吗？卡子一道一道的，他上红门大栅子下面，带铁盖的，上那里头去了，拿着饼干，乱七八糟。部队的人一千多人拉大网，拉好几天都没拉出刘德林。在那里，他能拉出来吗？后来把狗（警犬）调来，刘德林是烧锅炉的，到锅炉闻闻刘的东西，到那里就把刘德林拽出来。

问：这些劳工最后有枪毙的吗？

答：这里没有，高丽庙（庙沟）的都枪毙了。

东宁县武装部与县委宣传部共采访了二十七个给日本人当过劳工的老人，但都是一些修路的或者是当地做辅助工的。修筑要塞的劳工在东宁没有活下来的。1945 年 8 月末的一天，苏联红军设在东宁的司令部里忽然闯进了三十多个衣衫褴褛的人，他们声称是从要塞里逃出来的。但是这些人以后到哪里去了谁也不知道。

三角山要塞直到战争结束也没有最后完工。8 月 8 日晚，苏军向三角山开了炮，战争正式开始了。日军把三千多名劳工集合起来，告诉他们要打仗了，为了安全，必须赶快转移到地下工事里去。这些人实际是被分批赶到了一条还未完工的巷道里。他们声称为了防毒气，让后面的一批把巷道口用五米厚的沙土封死，然后再用炸药炸塌。实际是把劳工封死在里面，而在同时，他们的后面同样有一批劳工在把他们封死到巷道里。就这样一节一节，把三千名劳工全部封死在巷道里。最后面这三十人正在全力堵塞巷道时，他们后面的洞口给炸塌了。这时他们才知道是上当了。七天之后，他们齐心合力扒开了洞口逃了出来。恰好这时日本军队已经撤退。这支军队就是第一国境守备队，即独立混成第一三二旅团，旅团长是陆军少将鬼武五一。

15

1941 年，太平洋战争爆发之后，南线一天比一天吃紧，关东军大量向南调兵。东宁要塞的第三师团、第八师团和第十二师团都入关作战。只有少数留守部队还留在了东宁，东宁的驻军锐减，从十三万人减到了不足一万人。实际上，只有鬼武五一的第一国境守备队在驻守东宁要塞了。当 1945 年 8 月 9 日苏联红军大举进攻时，那些留守部队几乎没有抵抗就大踏步地撤退。这些部队其实也没有多大战斗力了，差不多全是战场上下来的老弱病残。8月10日清晨，在天上有飞机、地上有坦克的掩护下，奇斯佳科夫的第二十五集团军势如破竹地突破了团山子防线，沿绥芬河平原长驱直入，占领了东宁县城。就在当天迅速向西推进，攻克了新城子沟、大肚川，截断了日军牡丹江集团军的南退之路。但是，鬼武五一国境守备队防守的绥芬河南岸的勋山要塞和绥芬河北岸的庙沟要塞都没有攻下来。

鬼武五一亲临庙沟阵地，大叫着，日本军人报效国家的时候到了！指挥炮兵进行反击。居高临下，炮弹炸毁了河谷平原上一辆辆坦克。苏联红军的大炮、坦克对准麻达山要塞和三角山要塞全力轰击。但是日军坚固的地下工事使他们的炮弹都收效甚微。当步兵发起冲锋时立刻被地下要塞的机枪扫射击下来。如此反复，始终没能攻上山顶。奇斯佳科夫命令集团军暂停向纵深发展，调回集团军所有的大炮和坦克全力进攻麻达山要塞和三角山要塞。第二天又有八架飞机飞临麻达山和三角山上空进行轮番轰炸。要塞的防空炮火进行反击，但是很快就被苏军飞机打垮。失去了高射炮的阵地完全暴露在了飞机的打击之下，盘旋的高度越来越低，投弹的命中率也就越来越高。庙沟阵地的反击炮火渐渐减弱。苏军步兵乘机发起冲锋，一举攻上了山顶。但是很快被地下要塞的火力给打了下来。反复几次冲锋红军伤亡剧增。但是他们顽强地又组织起来重新发起攻击。苏联军队后备力量充足，不断地有连队开上来。一拨又一拨猛冲。卡秋莎火箭炮也开进来，炮弹如飞燕似的一群一群拖着火焰飞向日军阵地。鬼武五一已经完全被孤立起来，没有援军。形势发展到如果再抵抗下去就会全军覆灭，他下令突围。在抵抗到第七天的夜里，混成一三二旅团向吉林方向撤退。这一战，苏军以伤亡一千五百人的代价才把庙沟阵地攻克。

采访对象：户广仁，七十六岁，三岔口泡子沿村人
采访主题：日军在中苏边境线驻军情况
问：说说当年日伪时期日本驻军情况。

答：我在这儿读书时，来了一个叫长尾部队，来了之后，把学校当团部，那时他们叫联队，相当一个团兵。他们当官的一开始叫长尾，上校军衔，当时他们的营叫大队，连叫中队，排叫小队，班叫分队，在这里住了一年多。我在这小学毕业后，到三岔口读书时，这个屯子的部队就换了，他们就上马家大营了，马家大营就是北河沿北那地方。他们这个联队三个营，其中，两个步兵营，一个炮兵营。

问：修碉堡、挖战壕的情况知道吗？

答：挖战壕我知道，总共修了三道大壕，主要是防苏联坦克用的，三道壕在八家子东边，这边一共四个碉堡，其中有一个苏联人没找到。

问：这里还有别的部队吗？

答：在东缸窑沟住有一个三九六部队，是一个师部，大城子南沟住一个一二三部队那也是一个师，东缸窑沟和西缸窑沟有山洞相通，洞子有房子那么高，有四五里地长，洞子两侧都有碉堡。

问：你了解劳工的情况吗？

答：在头道缸窑沟里有个劳工棚子，就在泡子沿三队和四队中间那地方，有四亩多地那么大，那些劳工都是战俘，干活时日本人在周围设四个小旗，劳工就在这中间干活，出线就用枪打你。有不少劳工逃跑了，有的让日本人抓回来，就喂狗了，狗圈就在劳工棚子东边，那个时候通信工具主要是用狗。

问：这里还有什么组织？

答：泡子沿有一个青年团，这个青年团都是十六至十九岁的青年组成的，全称叫青年义勇看守团，都是日本人。我在这儿读书时，他们就来了，住了一个中队，八家子有一个，李家趟子有一个，大队部在东宁。日本人进来时，不超过八百人，当时东宁有王德林的部队，叫救国军（四千多人），还有个二十旅十八团（两千多人）自卫军（抗日联军），结果都跑了，没有抵抗就跑了，让日本人进来了，一仗也没打。日本人是成两路进来的，顺老道进入三岔口，从西北门进来的。

问：苏联打过来时这里打仗了吗？

答：我不太清楚，只是听说。苏联人在老毛山杠上打了一天一夜，没打下来，又改到绥芬河北沟打了好几天，日本子那时都拼命了。后来，我们到那边洞子里去看，那边的洞子都炸塌了，我们从天井方口进去了，日本子死老了，男的女的都有。洞子有一百多米再往里都堵死了，什么东西也拿不出来。我家有一个亲戚，也去捡东西，看到一个日本兵和一个苏联兵都死了，两人枪对枪站在那里，他说"小日本还出洋相呢"，就去拉那个日本兵，结果枪响了，把他给打死了，一个死日本人打死了一个活中国人。苏联部队是 1946 年 4 月 26 日撤出中国的。

16

胜洪山要塞比勋山要塞略大一些，面积是六万平方米，但设施要完善得多，因此驻防司令松本也就非常有信心守住这座要塞。8 月 9 日的苏军轰炸并没有起到多大作用。当步兵攻上山顶时，松本全线出击，把他们打得只有少数几个退了回去，大部分死在山上了。受挫之后，苏军不再急于进攻。他们似乎不再把要塞放在心上。但每次进攻之后都大量增兵，而要塞的兵员却在一次次地减少。火炮当然更是锐减。最大火炮"丸三"发射了八十发炮弹之后出现了故障，并且再也不能修复。苏军却并不就此罢休，仍把它当作最重要目标进行攻击。终于一发穿甲弹钻透了四米厚的钢筋混凝土墙，进入炮塔内部爆炸，把顶盖掀开，"丸三"彻底炸毁。他们对准这座重炮残迹又连发三炮，直到夷为平地，炮塔内十二名军士连尸体也找不到。

这是一次规模空前的攻击，榴弹炮、"卡秋莎"、坦克炮一齐向胜洪山发射。炮弹像雨点一样密集地落到阵地上。松本在地下三十米深的要塞里只觉得像是一场大地震，地壳被一种可怕的力量揉来揉去，脆弱得如同一只木桶。混凝土里面的钢筋吱吱作响，两米厚的墙壁发生了断裂，顶板上一阵阵掉落下碎屑。坑道里所有的人都把双手抱住脑袋，趴在地下。电灯突然熄灭，松本大叫，拿蜡烛来！快，拿蜡烛来！

炮击终于停止，要塞里稳定下来。松本下令打开所有通道进行反击。他从观测所的竖井里手攀铁梯向上爬，竖井基本完好，两道铁门顺利打开，当他扳动最后一道铁门时，一道强烈的阳光突然照得他睁不开眼睛。他大吃一惊，观测所哪里去了？本来这竖井的上面是一个重达二十吨的钢帽观测所，现在却不知去向了。那么一个巨大的钢铁家伙还埋进地里半截，竟然给连根拔起抛得踪影不见。松本感到心都发抖。打开铁门，清除障碍物，当士兵们涌出各反击口时，苏军也爬上山来。不期而遇，一场短兵相接的战斗展开了。一方高喊着，乌拉！乌拉！一方发出嘿呀嘿呀的沉闷吼叫。松本刚拔出指挥刀，被一发子弹命中右臂。

苏军立脚不稳，又一次被打退。松本这时才能有时间观察自己的阵地。胜洪山上基本没有一棵树木了，连一片绿叶都不复存在。交通壕、永久工事、炮位，全都像遭遇到一场大洪水的冲刷。整个胜洪山给炮弹犁了一遍。松本命令全体士兵抢修工事，做个人掩体，但士兵们都没有信心。幸亏苏军没有继续发动攻击。

太阳落下去了，天空出现了一道绚丽的晚霞，映得胜洪山也一片红光，叫人很难相信刚才这里还炮火连天。

当天夜里，勋山要塞司令长川次郎和胜洪山要塞司令松本通了电话。他们已经与旅团司令鬼武五一断了联系，但是根据三角山已经平静下来，再根据飞机的方向，和西南方向传来的炮声，估计旅团司令部可能已经撤退。他们商量的结果认为只能坚守，离开要塞等于自取灭亡。但是，最后他们决定做出一个撤退的假象，让苏军撤下去，保存实力。在夜幕掩护下，他们把一些衣物、食品，甚至是贵重的金银等物抛到山顶上，还在西山坡上的大道上也抛弃了一部分，又欺骗一些伤兵说要提前把他们撤退，却在半路上把他们打死扔在大道上。

第二天苏军在一阵炮击后，不费一枪一弹攻上了胜洪山和勋山。把红旗插在了山顶上，然后他们就继续向西南方向推进。那里炮声连天，七十二道顶子正在激战。

17

我刚到东宁那一年，就多次听到一些老年人讲：在日本兵溃退那一年，毛毛虫在七十二道顶子把火车给挡住了，火车开不动，日本鬼子跑不了，就在那里和老毛子打了一仗，后来日本鬼子都给老毛子打死了，老毛子也死了很多人。那时候，我是始终当作一个故事来听的，毛毛虫能把火车给挡住，这不是瞎话吗？在东宁过了八年之后，即1976年的夏天，那一场大虫灾叫我忽然想起了老人们说的那场虫子把火车挡住的事情，的确是真实的。也不知它们从哪里来的，几乎就像一场大雨从天而降，在一天早晨，大家发现了漫山遍野都是毛毛虫了。所有的树上、石头上，全都爬满了毛毛虫。这些毛毛虫把山上的树林和公路两旁的杨树只三四天时间全都吃光了叶子，看着所有的山林在一夜之间突然变得光秃秃的，就像突然到了冬天，人们都在心里产生了一种非常恐怖的感觉。吃光了树之后，它们就开始到处乱爬。这些毛毛虫非常大，毛长得如同钢针一样，遍体是五颜六色的花纹，鲜艳夺目。据昆虫学家说，昆虫的长毛和鲜艳的色彩都是一种自卫本能。那年的毛毛虫的确是所有的鸟儿都不吃，我的院子里遍地都是爬来爬去的毛毛虫，所有的鸡都绕着走，一只也不叼。我对两个儿子说，你们想不想吃沙果？想吃沙果就给我守住这道水沟，不让它们爬过来！我在园子外面挖一条水沟，想把它们挡在我的园子外面，我给他们每人一根树条子，只要看到一爬过来就打死它们。但是经过了一上午的扑打，两个孩子累得哭了，不得不败下阵来，毛毛虫还是爬进了我的园子。后来我发明了一个办法，在树干上缠上一层塑料布，塑料布很滑，毛毛虫爬不上去。村里人一看大喜，都把园里的沙果树包了塑料布。汽车从公路上跑过，轮胎都给压死的毛毛虫染成了绿色。骑自行车时只听见压爆的毛毛虫像放鞭炮一样，一路啪啪直响。所有的路面上都铺了一层轧死的毛毛虫。

一三二混成旅团两千人乘上火车沿兴宁线向吉林方向逃窜。列车顺利地越过了新城子沟，越过了大肚川，也爬上了闹枝沟南山，到达太平川，老黑山也通过了，就在快到达七十二道顶子时，坡度愈来愈大，蒸汽机车终于呼哧呼哧地喘着，再也爬不动一步。鬼武五一开始以为是蒸汽不够，亲自赶到机车检查。用军刀的背打破了司炉的脑袋，列车就是不能加速。下车一看，发现是车轮在钢轨上直打滑，只能空转，寸步不动。钢轨上爬满了密密麻麻的毛毛虫，碾碎的毛毛虫如同在钢轨上涂了一层润滑油。鬼武五一下令全体下车清扫铁道。沿铁道展开了一场人虫大战。官兵们用树枝，用衣服、鞋底，把爬上路基的毛毛虫抽打死，踩死，把爬上铁轨的毛毛虫清扫下去，但是毛毛虫铺天盖地涌来，不断地爬上铁道，打死一层又一层，前仆后继。机车只能一寸一寸向前移动，士兵们已经累得筋疲力尽，任是军官们吼叫着也扑打不快了。白花花的太阳当头照着，又渴又热，有人昏倒在路基上。毛毛虫却是越来越多。放眼望去，仿佛是整块地皮在蠢蠢移动。鬼武五一长叹一声说"天不佑皇军啊"。

后面苏军的坦克隆隆声已经清晰可闻。三架飞机发现了列车，俯冲下来向人群一阵扫射。这是侦察机，盘旋一会儿又飞走了。鬼武五一下令放弃列车，下车布防，抢占七十二道顶子，决一死战。

七十二道顶子，顾名思义，是老黑山最高峰，也是东宁要塞最后一道防线。山势陡峭险峻，形成一道天然屏障。这原是七七七三部队的防区，驻有两个混合联队，有一千多人，但后来因南部战线吃紧，这里的部队全部调入关内作战，这里只有五十人留守。这一带山岗上原有战壕、机枪阵地等，一二〇混成旅团抢修了迫击炮阵地，把他们的重武器又拖上山来，把工事进行了加固，一道防线筑成了。两千多关东军布满了每一个山头，严阵以待。

天空传来殷殷的雷鸣，苏联飞机返回，这次是大队的轰炸机。它们沿着道路很快就找到了躺在山坡上不动的列车，但并不知道已经被放弃，对着这条僵死的大虫一阵狂轰滥炸。列车每一节车厢都给炸翻，掀下铁道。第二番轰炸又使它起火燃烧，如同一条火龙横亘在山间。钢轨都给炸得一段一段飞上天。

坦克从公路开上来了，打头的几辆辗响了一三二旅团布下的地雷。顷刻被炸得巨兽一般躺在地下直哼哼。鬼武五一在乘火车撤退前就派出了一支工兵沿线布雷。他们共有一百人，分乘八辆汽车，把两千多枚反坦克雷埋在了公路和树林里。这种大如脸盆的反坦克雷威力极大，只需一枚就能使重达三十吨的坦克粉身碎骨。苏联红军战士非常英勇，他们跳下坦克用手榴弹一路上为坦克炸出一条路来。

逼近七十二道顶子时已经是中午，两军交火。烈日下枪炮声、飞机声、坦克声响成一片。在这片深山密林里展开了一场生死决战。这是一条峡谷，两边是悬崖峭壁，易守难攻。二十五集团军把它的大部队肆无忌惮地开了进来，遭遇到了进入中国境最沉重的一次打击。日本兵士在鬼武五一的指挥下居高临下，向峡谷里的苏联红军倾泻着炮弹枪弹，手榴弹也成了杀伤力很大的武器。苏联士兵一批批地倒下了。他们不得不离开大道向两翼展开。幸亏飞机对山顶上的日军进行了压制，使得他们顺利进入了密林。这时天渐渐黑下来。双方停止了战斗。

第二天红军的后续部队开上来，他们凭着兵力的绝对优势，一次一次地发起进攻。枪炮把山顶上的树林打得渐渐稀少起来。直到第三天，最后一声枪响过后，战斗停息。鬼武五一拔出战刀剖腹自杀，他对着南方说，陛下，鬼武为您尽忠了。恰在此时日本天皇正在对着麦克风宣读投降诏书，无线电波传遍了全世界。在七十二道顶子，关东军第一国境守备队全军覆灭，两千人无一生还。苏联红军牺牲了两倍的军人。

采访对象：徐清，七十四岁，东宁县二街人

采访主题：苏军进攻东宁日军作战情况

问：说说当年你给日本人当翻译时的情况。

答：1944年在日本的二六三八部队当过翻译，我在三岔口学校学了几年日语，毕业后，十九岁在县政府（伪满时期）财务股做事，干了不到一年。那时我父亲在太平川当村长，当时日本人在老黑山有个叫小春的宪兵队队长到太平川来，见了我说，我给你找个好地方。他介绍我到了老黑山部队当翻译，当时二六三八部队在老黑山南村，它是个给养部队（存放汽车、汽油等），还有一个二六四三部队是步兵。物资就存放在土洞子里。二六三八部队的头叫山本一郎，上尉军衔，他们的本部在大肚川，这里只是个中队，解放前二十来天，那边就拉空了，都往延吉那边运走了。运完了我们就撤到大肚川了，回到本部有五六天，又坐火车到延吉了，我也跟着去了，走到了延吉就投降了。好像是 8 月 15 日左右。这之后就回家了，一个中国人也没跟日本人走。

问：投降后你怎么回来的？

答：走着回来的，回到了太平川。

问：打完仗你回来路过七十二道顶子吗？

答：路过呀，在七十二道岭子走了一天，就看到死了的鬼子一堆一堆的，脸都发黑了，身上鼓鼓的，都冒油了，走到这里，日本人投降后的七八天吧（这之前打完仗了），接着就回太平川了。

18

松本很为自己的计谋高兴，苏军果然上当了。他们把胜洪山要塞当成了一座被攻克了的阵地放弃了。胜洪山上一片寂静。当夜晚来临时，他们还可以到山顶上透一透新鲜空气。繁星灿烂，微风拂面，四周灰色的山岭在天幕下被一道白亮的线勾勒出轮廓，如同一幅水墨画。大战仿佛已经是很久以前的事了。旧电码不再使用，新电码也没有收到，他们与上级完全失去了联系，现在可以说是各自为战了。

第三天，发生了一件小小的意外。上等兵获村在山后一个哨所无意中被一个小乌蛇沟村的村民发现了。那是一个很隐蔽的哨所，设在一座仓库里，地道出口是一个特大的木箱。那天他带两个士兵正在出口休息，不想有一个村民突然打开了箱盖，仓促中他们以为是遇到了苏联军队，逃回了要塞，那个人也给吓得跑下了山。他们连那个人的样子都没有看清。松本当即抽了获村一顿耳光，把三个人都关禁闭。他认为那个人很快就会报告苏联红军。

勋山要塞也很快就暴露了。长川次郎因为要塞里储水池的水不是很多，怕不能支持长时间，便让部下在深夜里下山到河边去取水。他们自以为神不知鬼不觉，其实已经被村民发现了。

如同松本所担心的，苏军果然在第四天掉回头，重新包围了胜洪山和勋山。战火重燃，炮弹呼啸着宣布了平静的终结。飞机从乌苏里斯克机场起飞，顷刻之间就到达胜洪山上空。因为没有防空武器，飞机肆无忌惮地超低空飞行，把炸弹准确地投在了胜洪山阵地上。苏军以为这里也不过就是一些暗堡之类的工事，想用重磅炸弹解决问题。轰炸过一番之后步兵就向山上冲锋。哪知道日军在轰炸中并没有受到致命的伤害。他们从各个反击口钻出来，把冲上山顶的苏军又打下去。苏军吃苦头之后不再轻易冲锋，只是用重炮猛轰。飞机也换上更大的炸弹一轮一轮地投到胜洪山上，好像他们的炸弹是取之不尽用之不竭的。终于，胜洪山上不再有抵抗的士兵，全部转入地下要塞。

芳泽吉夫少佐向松本报告说，东京电台有重要新闻要广播，请他赶快去听。他们已经把收发报机改造成了一台无线电收音机，这是获取外界信息的唯一工具。在通信室里，松本看到尉官们都在围着收音机全神贯注地听着，见他进来也不起立。显然他们已听多时了。芳泽吉夫对他说，这是玉音广播，天皇陛下向全世界宣布，日本向联合国投降了。松本一愣，听到收音机里传出一个男人疲惫的声音。果然如芳泽所说的是读一份投降书。松本上前啪地关掉开关，怒目注视着尉官们说，浑蛋！这哪里是什么玉音广播？连敌人的阴谋宣传都听不出吗？

天皇这人几乎从来不在电台中讲话，因此他的声音尉官们都听不出。大家心存疑虑地离开了通信室。松本又打开收音机，天皇的广播还在继续。松本一听流下泪来，他在军官学校毕业典礼上亲耳听到过天皇的讲话。当然那时这个声音不似如此疲惫，但松本确信没有听错，就是天皇在宣读投降诏书。门外有人进来，他关掉收音机。进来的是芳泽吉夫，向他报告外面发生了一场骚乱。他看了看日历，这一天是 8 月 15 日。他在心里默默地念道，这将是载入历史的一天。

有一名尉官向士兵透露了收音机里的广播，有几名士兵要求见司令官。松本下令把他们关起来。

8 月 16 日上午 9 时，一辆装甲运兵车从三岔口方向向胜洪山开过来，直开到半山腰才停住，从车上下来三个人，每人手持一杆白旗摇着向山上一步一步爬上来。走到要塞出口时，岗哨大吃一惊，原来是要塞前司令寺园公一。哨兵向他敬礼，他摆了摆手径直向要塞走进来。在他的后面跟着一名高大而年轻的苏联红军军官，他戴一顶大得如同锅盖般的军官帽。还有一名黄种人，估计是翻译。在指挥室，松本迎出来，寺园公一指着身后的苏军军官说，这位是中尉吉洪诺夫，谈判代表。这位是翻译官金永浩，朝鲜人。这位苏军中尉个子很高，在指挥室里不得不低着头。松本对吉洪诺夫说，请坐。吉洪诺夫没听懂只是向他点了点头。朝鲜翻译在他旁边说了一句，他才坐下。

寺园公一开口道，松本君，我现在作为苏军特使敦促您投降。日本已经宣布无条件投降，我想您不会不知道，您这样再抵抗下去已经毫无意义了。松本愤愤地骂道，无耻，叛徒！寺园脸红了一红，又说，随你怎么说好啦，请你为这上千名守备军士兵想一想吧。并且，你无权拒绝投降，这是总部命令。松本说，我没有接到上级任何命令，你不要扰乱军心。

翻译把松本的话翻给吉洪诺夫听。吉洪诺夫站起来，居高临下地俯视着松本说，我代表苏联远东军第二十五集团军命令你投降，限你十二小时内放下武器，否则将于明日凌晨发起总攻。

翻译把话说给松本听了，松本冷笑一声说，我早就等着你们了。

寺园改换了语气说，松本君，我恳求你为这上千名官兵想一想吧，他们本来马上就可以回国去与家人团聚了，你不能让他们再做无谓的牺牲了。松本说，没有上级的命令，我决不投降。寺园说，天皇已经亲自广播了，难道你能听不见？松本说，你不要替敌人做宣传！寺园说，即便这一切都是假的，你以一千名守备队抵抗十万人的集团军难道还有什么希望？松本说，我们宁可全体玉碎！

寺园忍无可忍，说了声，岂有此理！拔腿向外走，并高声嚷着，我要向士兵们讲出事情真相！松本追上一步叫道，寺园站住！寺园一回头，松本的战刀闪着一道弧光劈下来。寺园举手抵挡，手臂被砍断。寺园大叫一声向外跳出一步，松本追进复一刀，劈在寺园脖子上，颈动脉的血流直射到顶板上。惊呆了的吉洪诺夫只看到一片红光。松本用军刀挑起带血的帽子对他说，你回去复命吧。翻译也要走，松本大叫一声，你留下！翻译脸色惨白，瘫痪在地。吉洪诺夫迈着坚定的步伐走下山去。松本目送着那高大的背影远去，只觉得两腿抖得快要站不住了，不得不用军刀撑在地上。

惨杀军使在日本军内并不罕见，在这方面他们远比德国法西斯还要野蛮残忍得多。拒绝投降的不是只有松本，在虎头要塞，在绥芬河的天长山要塞都曾发生过。即使得到上级投降的命令仍然要进行战斗，这恐怕也是日本军人的一大特点，在世界上这样的例子并不多见，而且在他们举国投降后，世界已经进入和平进程，还有上到将军司令下到低级青年军官等大批的军人自杀，这也是世界上独一无二的，日本是一个非常古怪的民族。东线的日本关东军都没有接到投降命令，这的确是司令部的责任。但是残杀军使好像就不能这么简单了，这是一个民族的素质所决定的。

8月10日，苏联第五集团军攻下绥芬河，天长山要塞的日军拒不投降，相持多日之后，苏联请一位既会俄语又会日语的中俄混血儿担任翻译，由一名苏联军官带领，上山进行劝降，这是一个只有十七岁的女孩子，名字叫作嘎利亚。她的父亲叫张焕新，是汉族人，母亲是乌克兰人。她在家里都是用俄语做日常语言，因为父母都会讲俄语，而她在学校里学的是日语，而且与她在一起玩儿的伙伴都是日本孩子，所以她的日语讲得也很流利。在中国会俄语的人有很多，会日语的人也很多，但同时既会俄语又会日语的人就很少了，所以苏军请了她当翻译。她两次随苏联军官上山劝降都拒绝了。第二次，日军竟然把这位女孩子给残杀在要塞里。

在第二次世界大战中，德国法西斯残杀了无数犹太人，但是对待别的民族好像比日本人要更绅士一些。日本人奸淫烧杀几乎是无所不为。表现得又低级又野蛮又残忍。

东宁县武装部文件

采访对象：王永发，七十八岁，大肚川镇太阳升村民

采访主题：最后一战见证人

问：光复的时候，你做什么来，苏联进来时？

答：在屯子吃劳役。

问：打仗没？

答：打了，东山一直炸了半个多月，日本子没退啊！老毛子飞机，天天冒黑烟，天天炸，那老毛子炮弹打进屯子来好几个，日本投降，高安村那边来个日本官劝降。

问：高安村来了什么官？

答：谁知什么官，早抓着了，以后给说合投降了。炸半个多月，炮打，飞机炸。

问：从哪天开始炸的？

答：光复（农历七月初二）第三天，我在石门子，日本的坦克车乱麻其槽的，不少老毛子，有个会中国话的一个连长，我就告诉，日本还没退，回去第二天，炮就响了。

问：当时怎么告诉的？

答：就说高丽庙日本兵没退呗。

问：谁领进的？

答：谁也没领，回去第三天就开始炸。

问：连长叫什么名？

答：那谁知道叫什么，会中国话。问那警察上哪儿去了，日本人都没了呢？大营的都跑了，就是高丽庙的没有跑。

问：庙沟的日本兵跑了没有？

答：庙沟大部分跑了，他那儿也打仗了，打的时间不长，日本给老毛子踢蹬不少，这里老毛子没踢蹬，全是飞机、大炮打的，那山打得通红，你说打多少时间？半个多月，白天炮打、飞机炸，晚上这边都是老毛子在堵着。

问：日本兵在这走的那天是哪一天，能记住不？

答：记不起，打完仗就走了。

问：押俘虏是白天还是晚上？

答：白天。

问：押俘虏那天你回来了？

答：我就在这屯子里，他（日本人）不敢出来了，白天飞机炸、炮打，下晚黑偷着出来几个兵抬水。

19

敦促松本投降的特使下山的第二天，被激怒的苏军动用了二十架伊尔－4轰炸机对胜洪山进行狂轰滥炸。胜洪山成了一片火海。轰炸一停，松本就给部下打气，他说，现在才到了要塞真正发挥作用的时候，我们闪电形的曲折隧道是任何炸弹都无法攻击的，十七道铁门可以防水，防毒气，防火，一切地面上的进攻手段对要塞都是无效的，这曾经进行过多次试验。即使他们炸毁通风孔，我们也有强大的鼓风机可以排出烟雾，抽进外面的空气。我们在进行一场世界瞩目的伟大的战争，全世界都在关注着我们。

电灯光照着一张张惊慌失措的脸，他们虽然不相信松本的话，但是此时此地已经不可能再有别的想法了，只有大家齐心协力抵抗下去。水电供应正常，食品充足，医药也不缺少，这多少给了他们一定程度上的信心。

经过了飞机和大炮数日的打击，胜洪山和勋山上已经不能站住一兵一卒。苏军不费一枪就登上了山顶。他们在山上安营扎寨，没有撤退的意思。他们开始清理战场，掩埋尸体。由于天气炎热，日军扔在山顶上的尸体都已经严重腐烂，山顶上臭气熏天。他们不得不想办法进行掩埋。之后，一架飞机又在山上撒了一些漂白粉。近中午时，一辆自卸卡车开上了胜洪山，它掉转车头把屁股对准要塞东反击口，像一只产卵的大蚂蚱似的竖起车厢，把满满一车炸药倒进了反击口。车开走后，反击口内发生了大爆炸。火焰腾空而起，高达五十多米。整个山体都在震荡不已。硝烟散尽，工兵们戴上防毒面具向里突进，一阵机枪子弹把他们全部打死。

要塞急攻不下，莫斯科方面却一再来电要求尽快结束战斗。只有这里结束战斗，他们才能宣布世界和平。

8月25日，在苏联远东军一个参谋陪同下，关东军第三军后勤参谋河野贞夫中佐乘飞机从牡丹江飞往东宁。苏联红军第二十五集团军司令部派一辆吉普车载着向乌蛇沟疾驰。他们首先在村子里找到了那位发现日军的张福忠，让他带路向勋山开去。他们打起一面白旗，爬上了勋山。长川次郎在山顶上的要塞出口接见了他们。河野贞夫向长川递交了天皇的投降诏书。长川次郎看了一眼说，我要见到关东军司令部发出的停止抵抗的命令，才能投降。

河野贞夫无奈，只好再飞回牡丹江。第三天，关东军第三军参谋长坂本亲自带着关东军司令部的命令乘飞机再次来到东宁。陪同的苏联参谋伊凡诺夫见了人就介绍说，这可是个大大的太君啊。关东军的命令上没有投降的字样，据说日本的词汇中不存在投降这样一个词。但要求停止抵抗放下武器却是一目了然的。长川次郎默默地接受了这一纸命令，回头对部下说，叫大家都出来吧。

8月28日，勋山要塞日军全部放下武器走出地下要塞，重见天日，逃脱了灭亡的命运。他们一千人当中死亡的仅仅五分之一。在狂轰滥炸中活着的还有八百多名。走出要塞的一些年轻的士兵并不很服气，说他们完全可以再坚持一个月。

坂本主动要求再去向胜洪山要塞日军劝降。苏联司令官冷笑一声说，不必了，我们已经有了对付他们的办法。

东宁县武装部文件

调查对象：张福忠，八十岁，大肚川镇太阳升村村民

问：光复的一些情况你知道不？

答：怎么能不知道呢！苏联红军打来时，我跑到石门子，在日本大营捡洋货，先前捡了一把日本战刀，因日本人的黄衣服不能要，怕苏联人认错了给打死。随后发现一箱子掀开一看，发现里面藏着好几个日本兵，吓得就往外跑，用日本战刀砸破玻璃，跳了出去，背后还划了一道大口子，后来把此事告诉苏联人。还告诉他们在高丽庙（矿山村）还有没退下来的日本兵。

问：是你带着去的吗？

答：不是，是苏联人用电台通报的。第二天苏联的部队就把高丽庙的日本人都包围了。

问：高丽庙那儿打了多少天？

答：十八天，天天是白天飞机炸、大炮打。这里（太阳升村）全被苏联的坦克和人包围着。高丽庙子留下了一千多人，这是后来日军降服后，一个日本排长（会中国话）从这儿过时说："大日本的死了二百多人，八百多日本的回，二十年后我们还会回来的。"

问：劝降的情况你知道吗？

答：知道的，我给苏联红军当过向导，从牡丹江来了一个日本大官（上将），是苏联一个红军军官对我说"这是个大大的太君"。当时第一天没有劝成，第三天才把高丽庙的日军劝降的。

20

芳泽吉夫少佐在门外听到了寺园与松本的谈话，他深信日本天皇已经下诏投降。但是他不敢说出来，松本刀劈寺园他亲眼看见了。要塞里还有五百名前来避难的妇女和孩子，他深为他们感到悲哀。虽说开动了鼓风机，但是由于通风井都被破坏，要塞里空气仍然很污浊。敌人攻不进来，这是确定无疑的，但是，里面也不可能打得出去。如果能有大部队来支援，还有重见天日的那一天，如果关东军都投降了，胜洪山要塞里的人就是等于是给活埋了。即使有干面包吃，有水喝，又能怎么样？要塞的铜墙铁壁是最大的优点，恰恰又是最大的缺点，只要把出口一守，你天大的本事也攻不出去。苏军曾向坑道内倾倒过炸药、汽油，但均被挡住。十二厘米厚的钢板门一关，一滴水都渗不进来。但是怎么出去呢？芳泽吉夫现在关心的就是什么时候能够出得去。

他贴在东反击口的墙壁上，倾听着外面苏军的手风琴声。一个小伙子还唱起了歌儿，调子很忧伤。大约他是想家了。但是只要你一探头，他们的机枪马上会把你打个脑浆迸裂。芳泽吉夫心想，你们还有回家的那一天，我们呢？就在这时，他脑袋里一闪，忽然想起一个秘密出口，那还是要塞修筑的初期寺园任要塞司令时挖掘的。当时因为那里水太大，就在与地面打通后又关闭了。现在除了他怕不会有人还记得。胜洪山要塞分三层，中间有一些很狭窄的竖井相通连。如果是一个大胖子要塞住肯定动也动不了，可那时的日本兵个个都又瘦又小。芳泽吉夫就是个仅有一米半的小个子，所以他在坑道里行动很灵活。他只用了十分钟就从最上面一层下到了最底下的一层里。他拿一个电筒，依靠记忆，果然找到了那个洞口。它几乎是原封不动地在那里，只是谁也未从注意到。他打开生了锈的铁门，悄悄地爬了进去。

在经过了大约两个小时的爬行，他来到了一个竖井下面。他攀着铁锈斑驳的梯子爬到了顶，用上吃奶的力气把铁板顶盖用肩膀扛起来。他听到一些草根噼噼啪啪地给挣断了。外面清新的空气使他不由得打了个喷嚏。月亮照得河谷如同白昼。这里已经是山的西坡，快到河边了，回头望，只见胜洪山顶上苏联军队营地上灯光闪烁。乌蛇沟河在月光下发出一种微蓝的光，哗哗的流水声在寂静的夜里非常响亮。草木发出的清香沁人肺腑。芳泽吉夫觉得自己是从地狱里爬出来，心想，就是打死我，我也不回去了。天明时，他走进了村子，被苏联军队俘虏，后来又被押到了哈巴罗夫斯克，三年后被遣送回国。

1993 年，芳泽吉夫带着他的妻子和一个孙女重回东宁，他要让他的妻子和孙女看一看他当年死里逃生的地方。他在县城里看到了当年专门赶马车给要塞送菜的李胜贵，他有一段在胜洪山要塞管伙食，与这个李胜贵常打交道。李胜贵蹲在市场卖豆角，芳泽吉夫一眼就认出来了，因为李胜贵眉稍那儿有一颗很大的黑痣，绝对不会错，但是并不知道他叫李胜贵。李胜贵却一点儿也认不出他了，不知这个日本人要干什么。翻译说了一大通，老李才记起这个当年的小鬼子。两个人都已经七十多岁了，记忆中的对方都停留在二十多岁的年龄上，两个人努力从对方脸上寻找当年的影子。李胜贵后来跟人说，这个小个子日本鬼子当年还打过他一个耳光。大家都说，你现在该还他一耳光。李胜贵说，他在那时算是不错的了，对中国人不算很凶。当然，芳泽吉夫完全不记得他打过这位中国人一个耳光。

21

1945 年 8 月 30 日，距日本天皇宣布日本无条件投降已经整整半个月过去了。胜洪山阵地仍然战火未停。一连两天，苏军停止了对要塞的轰炸，松本在工事里喘了口气，他在一块很难发现的山崖上清理出了一个反击口，当然不是想要进行反击，而是要改善要塞里的空气环境。这是一块巨石下面的一条天然的石缝，这条缝隙就是一个观测口。在里面打成了一条坑道，在外面丝毫没动。这天是难得的好天气。明亮的阳光照耀着山野，胡布图河波光粼粼。战地上的一切都平静下来，没有硝烟，没有炮声。向河谷那面望去，可以看到绥芬河平原延伸到苏联境内的部分，那里笼罩着一层淡蓝色的烟霭，这是旺盛的草木所呼吸的气体。松本心想，他们难道把这里给忘记了吗？就在这时，他看到有三辆卡车沿胡布图河谷开上来。车上装载着一些很大的桶，像一些汽油桶，难道他们又要向坑道内倾倒汽油？他急忙从竖井里下去布置防范。

这些大卡车向山上开上来，这条道路原是日本军用道路，可以直接盘旋到山顶，现在却给苏军用上了。汽车吃力地哼哼着，一步一步爬了上来，终于到了山顶。士兵们动手把这些大油桶卸下车，又一个一个地滚到各个反击口，然后就拧开盖子向地下坑道倾倒出一些深褐色的液体。这些东西似乎有一种黏度，缓缓地渗进了炸得乱七八糟的反击口里。倒完了这种深褐色的液体，他们又开始倒进一种乳白色的液体。倒完之后，士兵们就散开了。过了十多分钟，坑道内发生了大爆炸。原来这是苏联人专门制作的一种液体炸药。他们像一群恶作剧的孩子，很有耐心地进行着这项工作。爆炸过后，再继续向反击口里倒。这些液体渗入到坑道内，在铁门那儿聚集，化学反应使之发生爆炸，于是一道铁门就轻易地给打开了。反复进行，地下要塞的铁门就一道道给炸开。尽管地下要塞的通道都呈曲折的闪电形，但这股死亡之流无孔不入，眼看着这种可怕的液体渗透进来，松本毫无办法。

松本在地下储存了数十吨的炸药和炮弹。最终被这种液体炸药全部引发。如同火山喷发一样，从各个反击口一齐喷出了冲天的火焰和浓烟。胜洪山地下要塞至此彻底毁灭。

9月2日，在莫斯科，斯大林对全世界发表庆祝第二次世界大战结束的演讲，他说，1945年8月15日，日本帝国主义向联合国投降。8月17日，凶恶的关东军屈服于苏联红军脚下。但由于关东军的玩忽职守及其指令未能彻底贯彻执行，战斗仍然持续了十多天。8月末，远东战尘终于平息……

一千多名日本士兵和五百多名无辜妇女、儿童的生命，仅仅就换来了斯大林的几句轻描淡写。

22

这次我在东宁采访的时候，恰巧有一个日本战时的老兵也到了东宁，他是从牡丹江专门乘一辆小车赶到东宁来看要塞的，他在1944年到1945年间在东宁要塞当过兵。我对东宁宣传部长赵会平说我想见见这个日本人。赵部长就在中午宴请了这个当年的鬼子兵。

在年老的日本人中，他算是中等个子，但走起路来脚步非常矫健，叫你不敢相信他已经是七十六岁的人，而且头发也仅仅是花白，大约不比我白发更多。精神很好，显得神采奕奕。他是北海道人，是农民。我通过翻译请他讲一下当年东宁要塞的有关情况。他说，我在东宁只待了一年多一点儿时间，知道得不太清楚。他的名字叫山田久雄，原来是开拓团种地的，到后期日本兵源匮乏，他和他的弟弟一起被征入伍。他当的是炮兵，属于第一国境守备队，番号是七七七部队，驻守第四处。在勾玉山服役，驻守409高地。使用的是四英寸口径的步兵炮，碉堡号他也记得很清楚，是819号。所谓的勾玉山也是日本人给起的名字，就是绥芬河北岸靠近国境的一座山峰。在他的谈话中我听得出他说的什么"卡股流儿""郭林船口"等地名。对他来说，这已经是五十多年前的事了，他还能记得起来，也难为他了。我们边吃边谈，他喝啤酒。与他在对话的时候，我没有一点儿仇敌的感觉，只觉得他是一个很诚恳的老人。这也许是因为我没有亲身经历过当年的日本鬼子时代，我在心里对自己说，他只当了几年兵，也许没有杀过中国人吧？其实这只能是一种自我安慰罢了，他后来调到了南方去，不就是去杀中国人吗？只要他是一个当兵的，是一个扛枪的，他必定逃脱不了杀人这一事实。

可以说，日本的侵华战争，对他这个日本人，其实比对我这个中国人更有伤害。他的弟弟就战死在了东宁。他说得很具体，是1945年8月13日，在郭林船口被打死了。那是绥芬河上的一个渡口，他是在苏联红军进攻的第四天就给打死了，死的时候年仅十九岁。他刚十七岁就被征兵入伍，当了两年兵就死在枪炮下。他专程到东宁来，一是为了看一看当年自己当过兵的地方，二是来凭吊他弟弟的亡魂吧。弟弟只知道死在了这片土地上，尸骨抛在了何处也不知道。在这远离故乡的异国土地上，他一定是孤魂野鬼了。山田久雄已经七十六岁，他大约也知道自己是最后一次到这里来了。可以猜想到他的心情一定是很沉重的。

他说1945年如果他没有调走而留在东宁的话，那也一定就死在东宁了，他在中国南方当的俘虏。他说，我作为一个普通老百姓，要为世界和平、为中日友好尽自己的一份力量，再也不要战争了。他说这话的时候很真挚，流下眼泪来。他给我们提供了三张东宁要塞的地图，并表示向中国人民谢罪。吃完饭，他又取出一张日本的《赤旗报》说他是日本共产党员。最后，他在东宁县委的大楼前跟我们合影，他要求把"中国共产党东宁县委员会"的大牌子照上。

丑陋的英雄

世界上的大英雄都是高大英俊的，而中国的抗日大英雄赵尚志例外。赵尚志容貌的丑陋或许成全了那个以丑闻名的演员。如果没有赵尚志的丑，他这辈子兴许休想演英雄人物。当时找赵尚志的扮演者有一标准就是丑。他的丑陋仍然不够，起码他比赵尚志个子要高得多。赵尚志不但容貌丑陋，而且很矮小。

当年考军校绝没有今天这样难，大革命正像一头猛兽饥不择食，只要你投身到它的口里没有不能下咽的，但它就咽不下赵尚志这个丑小子。黄埔军校的一位教官皱着眉头把赵尚志上上下下打量了半天，任是赵尚志怎么表示自己的革命决心也不肯点头。他想象着这个又丑又矮小的人往队伍面前一站，无论如何也不像一个军官。培养这样的人当军官，不仅给黄埔军校丢脸，简直是给革命丢脸。经过了赵尚志的软缠硬磨，黄埔军校总算收下他了，但他不能做一名正式的学员。事实上赵尚志在黄埔军校仅待了一年就回去了，他到后来也不能以自己是黄埔军校的学生自称。

但是一到白山黑水的战场上，赵尚志立刻表现出了他卓越的军事天才，或者说表现出了他的英雄本色。他打得日本人直叫，小小的伪满洲国，大大的赵尚志！赵尚志当上了抗日联军第三军军长，又当上了抗日联军总司令。

我不明白这条河为什么叫梧桐河，在黑龙江地区是没有梧桐树的。

我们驱车二百多里专程来到梧桐河畔凭吊这位大英雄的遇难地。他就是在这里被刺客刘德山从背后开枪打死的。他没有墓地，只留下了这一个遇难地能供后人凭吊，他的尸体不知埋葬在何处。那是寒冷的二月份，赵尚志死后很快被冻结得跟石头一样硬，于是日本人就把他的头颅锯下来，从佳木斯用专机送往当时的日本关东军司令部所在地长春，检验是不是真的赵尚志。尸体就被随便扔掉了，而那头颅在长春被验证之后也不知下落。曾有人说被送到了日本的东京，但近来又有一知情的日本人说当时并没有送日本，是留在了长春，具体埋在了什么地方他却不得而知。

梧桐河在山下流淌，山上多是柞树和桦树，葱茏苍翠。黑龙江省前省长陈雷题写的一座花岗岩石碑立在绿树环绕的山坡上。陈雷当年是他的部下，曾在这一带跟随着他爬冰卧雪进行过抗击日本侵略军的斗争。

赵尚志生前威震四方，令日本人闻风丧胆。在他死后，哈尔滨市有一条以他的名字命名的大街——尚志大街。黑龙江省有一座以他的名字命名的城市——尚志市。但他是一个争议最多的英雄人物。他不仅在形体上不是完美的，在行为上也颇多过失。他曾多次被开除党籍，直到在他遇难时尚不是一名共产党员。对他的党籍的恢复解放后也几经波折，1984 年才正式由黑龙江省委恢复他的党籍。这时距他遇难已经是四十二年过去了。

赵尚志为人桀骜不驯，总是不能与上级和同事和睦相处。但是他对部下却又能倍加爱护打成一片。他最大的错误莫过于杀掉了抗联十一路军军长祁致中。人称祁老虎的十一路军军长祁致中，一直未能与三路军军长赵尚志和睦相处，当他后来被任命为赵的副官长的时候就更不能相容了。赵在借口祁要叛变时，令部下将这位矿工出身的英勇的抗日将领处死了。一说是枪杀的，一说是用麻绳勒死的。祁致中解放后被追认为烈士，可见叛变一说是立不住脚的。这是一位死于烈士之手的烈士，不知历史上可有第二人。赵是杀死烈士的烈士，不知历史上可有第二人。杀人者和被杀者同为烈士，可谓世界一大怪事。

路经一名叫尚志的小村子，这里也有一纪念碑。我们向这纪念碑献了花圈。开始人们认为赵尚志就是在这里遇难的，后经多方调查才弄明白，原来只是运送赵尚志尸体的马车在这里停留过，此处老百姓误以为他就是在此地被打死的。在老百姓的心目中赵尚志永远是一位当之无愧的大英雄。

当解说员讲到赵尚志被刘德山击中要害时，尚能回手连开两枪将刘德山击毙，我流下泪来。这是激动的泪。赵尚志就是在这两声枪响中轰然矗立起来的，一个大英雄光芒四射了。赵尚志不仅是一位道义上的英雄，也是一位在竞技意义上的英雄。刘德山是一个心狠手辣胆量过人的彪形大汉，他是日本人专为刺杀赵尚志而派遣的一号杀手，他伪装为一个投奔赵尚志的抗日志士，取得了赵尚志的信任。他在赵尚志毫无防备的情况下从背后向赵尚志开了枪。赵尚志却能在倒地的刹那间连发两枪命中仇敌，这出枪的速度和准确只有在美国的西部片中能看到。

霍利菲尔德击倒泰森那力量万钧的一拳，乔丹那大气磅礴的一扣，奥拉多那惊天动地的远射，与赵尚志这回手的两枪相比都如同儿戏了。这才是竞技场上真正的大英雄，他赢的不是奖杯，是头颅。

两声枪响震撼山河。叛国求荣者在这两声枪响中魂飞魄散。不可一世的东洋武士气概在这两声枪响里如风中之烛。

梧桐河仍在静静地流淌，一切都远去了，唯有那两声枪响又破空而来，震颤我的心灵。大英雄赵尚志，丑陋的英雄！

父 母 官

　　我的办公室隔壁就是东宁县大名鼎鼎的孙永岱。我们这位本家在东宁县任过四年县长、八年县委书记。他的任期之长不仅在东宁县没人能超过，在黑龙江省也是最长的。省委组织部的人曾总结了在黑龙江省他创下的三个之最，他是本省年龄最大的县委书记，他是在一个县任期最长的县委书记，还有一个我忘记了。我相信，在中国，一个县委书记在一个县任八年也是不多见的。孙永岱在东宁县就如一棵参天大树，即使他并非有意，他的根须也会扎到每一个角落里去。所以说，孙永岱在东宁县的权倾一时，是自然形成的，是历史的必然结果。据说有一次，他正上楼，一位局长从后面追上来向他问候，孙书记吃过饭了吗？我们这位本家一扭头说，什么时候了还吃饭！那位局长一下子愣在那里了，回家后越想越忧虑，我犯什么错误了？孙书记为什么对我不满了？怎么也想不开了，竟然大病了一场。

　　就是这样一个人物现在和我隔壁而居了。

　　我没见过他每天是怎么到办公室里来上班的，只有当我从他的门前过时，闻到一股很浓烈的烟味儿，才知道是他来了。他的门大部分时间是关着的，有时开一点儿，就见到他坐在桌子后面抽烟。用门可罗雀形容是不确切的，因为这是在大楼里。但他的门前的确是常常一个上午没有一个人光顾。同一条楼道，那边是县长和副县长们的办公室，门前站着等候接见的人。他现在已经不是县委书记了，任一个我叫不上名字来

58

的闲职。给我震动最大的是有一天早晨我往哈尔滨打电话，电话机坏了，趁通讯员打扫卫生时，我想用一用他屋里的电话，不料我一打，他的电话不能打长途。县政府为了节省电话费开支，规定副县长一级的电话可以打长途，而别的科室的电话都不能打长途。我当时一下子想到孙永岱第一次要打长途，一打不通时的样子，他肯定是愣了，想到了自己现时的地位。继任的县委书记徐维众让他抓东宁县的蔬菜大棚生产，他满腔热忱地投入了，但有职无权，好像也不很顺利。有一次他要下乡，向办公室要车，有人就说了，县长们用车都忙不过来，他还来凑热闹！

还有一个同志对孙永岱回到县政府大楼上班儿表现得特别热情，总要不分场合地叫他孙书记长孙书记短，或者硬要拉他去一些他不该去的场合喝酒，弄得孙永岱觉得很别扭。到后来孙永岱才知道这个人其实是对他很有意见，有一次这个同志在酒桌上喝醉了，说，当年，他要提科级的时候，常委们都同意，让孙永岱一句话给拿下来了。孙永岱一想，这个同志是误会了，当年恰恰是他把他提拔起来的。

现在的孙书记，每天早晨拿一个羽毛球拍子到体育场去打羽毛球。这是一个不大的县城，几乎全城的男女老少都到这里来锻炼。他完全是一个普通老百姓了，和许多当年他领导过的人打羽毛球，没人再畏惧他，打不好就说他臭球。他反而觉得这样活着很好。他一点儿没有老年人那种行动迟缓的迹象，无论是精神还是身体都一如当年任书记时。他已经完成了从一个父母官到普通老百姓的转变，这个转变对很多人来说是没有完成的。他们一旦从颇具权势的位置上下来之后，无法适应现实生活了，情绪低落，身体生病，急剧衰老下去，或者是躲在家里不出来见人。

有人曾对我嘲笑过孙永岱的衣着，他的衣服当然还是20世纪五六十年代的那种深蓝中山装，这倒也说得过去。他的鞋却是现在已经没有人穿的了，那是一种黄胶鞋，现在连农民也很少有人穿。他的衬衣领子皱皱巴巴，而且边角已经破了。对此我很感慨，一个当官的，只有在他退下来之后，你才能真正看出他为官是否清廉。孙永岱在位时，很多人对他总是板着脸不理人有意见，但他现在不是书记了，却仍然板着脸很少笑容，他生来就是这样一副面孔。现在大家才知道他是一个为人严肃不苟言笑的人，并非是因为有权有势才不爱理人的。像他这样的人很少，大部分有权的人在位时威风凛凛，一旦退下来失去了职权，立刻就变得态度和蔼可亲。

我们这位本家出身贫寒，少年时给人打过工，放过马。放马时甚至吃过日本兵撒落地下的饭粒。最惨的是他的母亲去世埋葬，竟连口棺材都买不起。他十五岁时就坚决要求参军，部队不收，他就赖在队伍后头跟着，一个当官的最后拿枪顶在他脑门儿上说，你再跟着我就崩了你。被迫分手时，这个当官的对他说，小兄弟，你太小了，我们这是去打仗，说不定明天就给打死了，你这么小，死了太可惜了。

孙永岱对我说，我当书记时，很多人都说我保守，我承认只有在一件事情上，我是太保守了。他说到这里，牵扯到了一位现在已经在全中国都赫赫有名的人物。这个人是当今中国最大的私营企业家之一，他的企业年产值在四五十个亿。当年他因为婚姻问题，曾带领他的情人跑到了东宁县，企图从这里越境去苏联，在三岔口给抓住了。按照当时的形势，以投修的罪名，判他死刑也不是不可能的。但当时孙永岱和公安局长刘平商量了一下，实事求是，没有判他刑，他非常感激，要求在东宁县留下，把一个农机厂搞好。但是孙永岱没敢用，这件事让他一直后悔莫及。

他说，如果当年把那个人留下，东宁县也许就不会是这个样子了。在所有关于这位大企业家的文章里，他从没有对人讲过他自己的这段经历，所以在这里我也不便说出他的名字。他也许认为这是不光彩的，但我对这件事的看法恰恰相反。一般搞企业发了大财的人，都是钻进钱眼里的人，想不到他竟能干出这么浪漫的壮举，为了爱情不顾性命危险。

这件事情也使我对全国十大英模之一的刘平有了一个新的认识，过去只知道他在东宁县治安上做出了卓越的贡献，想不到他在当年那样的情况下还能做到实事求是，以一个人的良知办案，这是要担风险的。当时应该是治罪越严越好的。

我挂职期已满，本来不想认识新调来的县委书记了，不料在临走时又揽了一个采访的活儿，匆匆忙忙就坐到县委书记姚寿鹏的办公室里来了。他不急于对我谈他的工作成绩，却从一个牛皮纸信封里叮叮当当地倒出一些古铜币让我欣赏。我惊异之后又非常激动，有一种恍如回到了童年的感觉。我们对头坐在一张沙发上，他给我讲古铜钱的鉴定方法，他说现在造的假铜钱，那上面的铜锈是用酸蚀上的，所以只是表面上一层，很均匀，而真的古钱就相反。他还说宋钱上面的书法最好，几乎每一枚铜钱都是一件书法作品。他对这些铜锈斑斓的旧铜钱那种由衷的喜爱令人感动。他非常舍不得，又表现得很慷慨大方地说，你要吗？我可以送给你几枚。这时候，他仿佛不是一个县委书记，我也不是一个五十岁的人，我们是一对在玩铜钱的光腚孩子。这是一种童趣，他是一个保持了童趣的人。

我常常听一些领导干部叫苦连天地说如何如何忙，忙得他几乎吃饭的时间都没有了，把过去的一切爱好都忙得扔掉了。那时我就想，你再忙也不至于比毛主席忙吧？他老人家还有时间吟诗作词呢，还有时间自己写文章呢。一个能保持了童趣的人，是一个大容量的人，比方说马克思已经是写出《资本论》的大学者了，却为了要和一个孩子交换一把小铅笔刀而斤斤计较。已经横扫了整个欧洲的拿破仑常常为了输一盘棋而懊恼万分。童心是一湾清水，社会的俗务是一股泥沙，只有当你这湾水容量特别大的时候，才会包容社会上这股泥沙的冲入而不浑，仍能保持一湾清纯明净。一个人能在成年之后仍保持着一颗童心，这就是一个大容量的人。

姚寿鹏果然反应特别灵敏，他能一边用手机对人下指示，一边给另一个人拨电话。他能记住他部下的所有电话号码和手机号码。他指挥各个部门得心应手，好像一点儿也不吃力。他的魄力也够大的，东宁县吵了多少年要修而没敢动工的公路，上级交通部门也列为下个世纪的工程，他来到不到一年就开始了前期施工。

姚寿鹏是孙永岱的隔一任的县委书记，也就是相差四五年吧，但两个人的风格却是截然不同了。姚寿鹏总是西装革履整整齐齐，打着领带，神采奕奕，说话办事雷厉风行，思维敏锐而开阔。每一个星期都要接待一次俄罗斯客人，当他举起酒杯祝酒时，俨然是一个举止大方颇具风度的国家外交官。

文人都有一种盲目的自负，接触了这两个人之后，我认识到了，如果我像孙永岱那样在一个县任四年县长、八年书记，我不敢保证我会做出什么事情来。如果要我像姚寿鹏那样忙，我干脆就受不了，别说欣赏古钱。

和列宁握手的人

列宁是共产党的创始人之一。我却有幸与一个和列宁握过手的人同炕睡了四年。

他叫安立全，是我们煤矿的五保户，长年和我们这些没有家的单身汉住在一起。我的铺位就紧挨着他。当时我二十二岁，他八十岁，他比我爷爷还大。但工棚里无老少，我们从来也不叫他什么安爷爷，他也是个没老没少的老家伙，总是和大家开玩笑。他风湿病厉害，两条腿已经不能走，成年累月躺在炕上，我们把饭给他端来，说，老东西，快吃吧。他说小东西放下吧。有一次我问他，老家伙，你爬都爬不动了，那事情还行？他生气地说，不行？抬上试试！

他出生在俄罗斯的乌苏里斯克，当年叫双城子。双城子距符拉迪沃斯托克（海参崴）只半天路程，他后来就到海参崴码头上当搬运工。他就是在那里见到的列宁。

去年我在符拉迪沃斯托克看到一份资料，当年列宁确实到过这里，并在码头上做过演讲，年代正符合安立全所说的年代。

他说，那时只听说列宁是穷党的头儿，那是秋天，个儿不高，跟我差不多，演讲完了就跟大家握手，我在后头呢，他大约看我是个中国人，就隔着好多人向我伸出手，那手也很小，比我的还小，后来才知道是个大人物。

安立全有过家，儿子在伪满时当伪警察，还是个小头目，光复后给

63

枪毙了，这就是个谜了，儿子当伪警察他这个做父亲的竟然没受到丝毫牵连，要么他太精明，要么他很正派。可他为什么又允许儿子当伪警察？

他当过邮差，打过猎，当过走私贩。在黑夜里，翻过山，背的货物有西药、白酒、毛皮、人参、丝绸等。他说，老毛子国防军抓到，问你，还干不干了？你一定要说还干。他们就会放掉你，并且给你留下部分，让你做本钱，下次好再抓你，如果你说再也不干了，他们就全部没收，还要打你一顿。

他教我赌博怎样用扑克牌作弊，同时说，当年给人抓住可是要剁掉手的啊，他亲眼见到过。他抽过大烟，他说幸亏解放了，要不他活不到今天，哪能活到八十岁？他说，我是真心感谢共产党啊。

他有一个奇怪的习惯，睡觉从来不脱衣服。一件单衣穿上，直到天冷了才换上棉衣。棉衣穿上直到天热得受不了才脱下换单衣。"文革"中，红卫兵说他从来不脱衣服是裤裆里藏着电台，结果什么也没搜出来。

八十三岁那年他死了。他最大的愿望是回他的老家双城子看一看，当时中苏关系紧张，根本不可能，他死去已经三十年了，在这个世界上我是唯一提起他的人。这个和列宁握过手的人。

家 畜 们

狗

在农村，家畜是一个家庭的成员，它们和城市里的宠物是大不相同的，它们也是一个家庭的支柱，常常和人共患难。我是从来不喜欢狗的，那时候，我也坚决反对养狗，人都吃不饱，哪有粮食养狗？我常见一些人家养着狗却又喂不起，只好任狗到处乱窜着找吃的，到别人家偷食吃。给我印象最深的是我们邻居家养了一只母狗，小狗送人之后，它稀里糊涂地竟然让一只小猪吃上它的奶了。从此，它把小猪当作了自己的孩子哺育着。要知道，猪的食量比狗要大好几倍，于是在我们村里常见到一只瘦骨嶙峋的母狗，满大街跑着找食吃，在它干瘪的乳房上叼着一只猪崽子跟着跑。小猪拼命地吮吸它的营养，它被迫疯了似的寻找食物，它吃下的食物转化成奶汁，马上进入了小猪的肚子里，它又饿得赶紧跑去寻找食物。饥饿逼迫得它发挥出了超常的智慧，它学会了开门闩，学会了揭锅盖，学会了偷邻居家的鸡吃，学会了钻进鸡窝里偷鸡蛋吃。全村的人都恨透了这只狗，最后终于给人打死了。它死了后那只小猪还哼哼着吃它的奶。我为这只母狗的愚蠢感到可恨，但又为它这个下场感到悲愤。

儿子们长大了，要养只狗，我警告他们说，谁要是弄家来，我就给他扔出去！但是小哥俩还是把后屋邻居的一只狗崽子给抱回来了。在农村，小狗和小猫都是谁要就可以抱回家养的，绝对没有卖钱这一说。两人一齐动手给它在玉米楼子下面搭了个窝，这两个家伙从来没有这么齐心协力地合作过。他们那小心翼翼的样子、那乞求的眼神，加上他们妈妈的讲情，我不得不同意他们把小狗留下来。

果不出我所料，妻子同意儿子们养狗，却又舍不得让儿子们拿大饼子喂狗。偷是不成的，她在这方面精得很，饭橱里少了一根咸萝卜她都一眼就看得出来。于是我发现了老大的一个秘密，他每天吃饭时，最后一口饭就拼命向嘴里吞，玉米饼子把嘴塞得噘了起来，几乎要撑破，然后就抓起书包向外跑。狗已经在门外等着了，他张嘴把饭吐出来，给它吃。这种亲口相哺的事情让我很感动。

在过去，农村养狗是很少喂的，任它们到处乱窜着自己找食吃，吃粪便，吃死孩子。那些年头儿孩子的死亡率很高，大约是生十个能有五个活下来就不错了。又没有节育手段，于是就大量地生，大量地死。每个村都有一个专扔死孩子的地方，叫作舍墓田。在那里总有野狗在转着，等吃死孩子。那时候的父母对死了一个孩子好像也并不很在意，让一个专门干这活儿的老头子扔出去就是，给狗吃了也不在乎。好像孩子死了就应该给狗吃。

现在人们说起当年的农村总是小桥流水，其实有些情景是很恐怖的。

好像中国农村养狗自古以来就很少喂，而且天南地北都如此，比方说鲁迅先生的《故乡》里提到他家里的一种家具叫作"狗气杀"，就是喂鸡用的，鸡能伸进脑袋啄食，狗却吃不到。想想吧，鸡吃的其实都是一些秕谷稻糠之类的，狗连这些东西都吃不上。

在中国，狗像人一样，就是这么一代一代挨着饿生存下来的，它们总是很瘦，到现在形容一个人瘦还总是说某人瘦得像狗似的。中国农村的狗是最近这些年才能吃饱的。说一句农民的话吧，唉，我们家养的那两只狗没赶上好时候啊。

狗一旦做了错事，儿子发现妈妈瞪起眼睛来了，他们就赶紧狠狠地踢它几脚，这一方面是向他们的妈表示，看，我已经惩罚它了，你就饶了它吧。另一方面是让它快逃，妻子打起来可就不是一脚两脚的事了。

儿子们打狗的时候，还有一种情形，平时他们和狗总是形影不离的，儿子要坐汽车进城，狗仍然要跟着，儿子上了车之后，它在大道上追着汽车拼命地跑，儿子心痛了，就每次进城时不让狗跟着，狠狠地打它，当然是忍着心痛。

现在想起来，那只狗除了看门，不让狐狸和黄鼠狼偷鸡外，也的确给了我们全家一些欢乐。冬天我们全家上山拉柴，还一定有一个成员那就是狗。拉着车子向山上走，白皑皑的雪地耀得人睁不开眼睛，积雪在脚下咯吱咯吱响。狗兴高采烈地在我们身边跑前跑后，儿子就找到一个耗子洞，把狗叫过去，引诱它在那里用爪子拼命地掏。正当它在那里专心致志地掏耗子洞时，儿子撒腿就跑。他搞了个阴谋，想把它甩掉。狗掏了一阵，猛然发觉上当了，急起直追，儿子和狗就在雪地上展开了一场竞赛。尽管他拼上全力地跑，而且还提前了很长一段距离，还是给狗一会儿就追上了。他们就在雪地上滚作一团。

有一次我写的文章里有一句话，刘易斯跑得再快也不会比一只狗跑得快。一个老作家提出质疑，人怎么会跑得不如狗快呢？其实，差得很远。风马牛不相及，这句成语是说牛跑得最慢，与马不可相比，但人跑得还不如牛快呢，可以说，风马牛人不相及。在赛跑这个项目上，人实在是没什么好吹的。

与狗感情深的当然是孩子，他们上山的时候总是带它一起。特别是老二从小就有一种爱独自沉思的习惯，他坐在山坡上，看着晚霞渐渐消失，天渐渐黑下来，这时候他的身边只有那只狗。他们就那么无言地相守在一起，风吹草动，天气凉下来了，老二就抱紧它的脖子取暖。那情景他怕要记一辈子。儿子们要离开家乡进城时，最难舍难分的是那只狗，上车时老二抱着狗的脖子放声大哭。老大能忍，一边威胁说不让老二哭，再哭就揍他，一边却自己也泪汪汪的。爷爷和奶奶向他们保证一定替他们照顾好这只狗。两年之后老大迫不及待地回去看那只狗，回来后我问起，他神色黯然地说，它不认识我了。

我一直不喜欢狗，但它们对人的那种真挚的感情也叫我吃惊，而且它对人并不像别的动物那样是因为你喂了它食物，才和你亲热。弟弟家养了一只狗，我没有喂过它一次，但只要我一进院子，它就扑在我身上又抱又舔，因为弄脏我的衣服，我曾狠狠地踢过它，但下次再见面，它还是那么亲热得让你承受不了。

猫

猫不如狗那样对人有感情，它们最依恋的往往是那个家。在一些遗弃的村庄里，你常常会发现一些野猫在徘徊，它们就是因为舍不得离开家而留下来的。狗跟人走了，只有它们守着老屋不肯离去。有一些村庄因修建水库而搬迁，人们把猫本来也带走了，但是它们又逃回到了旧村庄，守着老屋的废墟不肯离开，最后水淹上来，它们就给困在大水中央烟筒上，最后只好淹死。

家畜中，狗和牛马猪羊鸡鸭鹅都能和睦相处，唯独和猫不行。它们见了面就打架，幸亏猫会上树爬墙，否则不知给狗咬死多少。有那么一个笑话，动物们开大会，大象还没到，大家让狗去请，狗没见过大象，大家就告诉他，大象是个弓着腰的家伙。狗遇见了一只猫，猫一见狗就把腰弓了起来，狗就以为它就是大象了，把猫恭敬地请到了会场，对大家说，大象请到了。大家哄堂大笑。从此以后，狗和猫就结了仇。直到今天，猫只要一遇见狗，一定还是立刻就把腰弓起来。

小猫有好闹玩儿的习性，我家老二也是很难有老老实实的时候。他们总是要一起逗着玩儿。小猫的骨头太嫩，当你过于喜欢它，手一紧，也许就能把它的骨头弄伤，所以人们都是禁止孩子玩儿猫的。我认为我们家的头一只小猫就是给老二玩伤的，后来终于病死了，所以第二只我就坚决禁止老二碰。但是他是个最闲不住的孩子，总是要右手写着字，左手和小猫儿逗着玩儿。我只要看见他一伸手，就用笤帚狠狠地打下去。后来他就渐渐不敢再向小猫伸手，但是他悄悄地把手做一个动作，小猫立刻就跳到他身上。我就用笤帚狠敲他的脑袋，他哭着抗议道，我没有逗它，是它自己要跑过来的！老大就在一旁说，我没有逗它，它为什么就不跑到我身上来呢？老二就无话可说了。

小猫儿对凡是动的东西就特别爱好，对妻子的裤脚它百玩儿不厌。只要妻子一走，它就扑上去又抓又扯，没完没了。我曾经警告过妻子，小心把它踩死。妻子也数次把它扔开，但它总是忍不住那动的裤脚的诱惑，终于有一天妻子不小心，一脚踩在了它身上，妻子那只四十二码的大脚，对它来说千斤之重。只听得惨叫一声，它给踩得躺在地下口鼻流血。妻子很惶恐，我也气得痛骂了她一顿。但是过了几天它渐渐好了起来，我们都觉得不会有事了。有一天半夜，老大突然哭着醒来，嘴里嚷着，小猫儿，小猫儿……我大吃一惊，因为老大是睡觉非常死的孩子，只要他睡着了，你就是打他耳光都不会醒。我跳下炕去一看，果然是小猫不行了，它躺在桌子底下奄奄一息。我把老大哄睡，一会儿听见小猫在桌子下面折腾了几下，第二天早晨一看，它已经硬了。这件事让我一直很纳闷，难道一个生命的死亡真的会有一种力量惊动另一个生命吗？

我对死的东西天生有一种恐惧，哪怕是一只麻雀死了我也不敢用手去碰。第二天我命令老二说，不让你玩儿你偏要玩儿，把小猫到底给玩死了，还不快拿出去扔了！老二每当不承认的事情就抗议说，你们净诬赖好人！这次我可真是诬赖好人了，但是这次他没敢抗议，怎么能说得清不跟他有关呢？他一声不响地提着小猫的尾巴来到后园里，老大扛一把铁锹在沙果树下挖了一个坑，把小猫给埋葬了。

我们后来养的一只猫非常有本领，它不但能逮耗子，还经常从山上叼回来各种鸟儿。真不知道它是用什么办法捕获的。我亲眼见过它逮燕子。我们家住进了一窝燕子，我一直很担心，跟妻子说，千万别让咱的猫给逮住呀。那一天，我看见它一声不响地爬到门的上档上，在那儿蹲伏着，我感觉到它有些居心叵测，就注意上它了。农村的屋门上头有一道上档，夏天时就打开通风。燕子就是从那上档里飞进飞出的。它们通过上档的速度快得像闪电一样，但是我听得一声响，抬头一看，猫把一只燕子捕住了，我和妻子一齐跳下炕来又喊又打，总算把燕子给救了下来，但它从此再也不敢住进我家里来了。

那只猫野性很大，和我们相处总是亲近不起来。后来它在玉米楼子里生了一窝小猫，干脆就很少进我们屋里来了。它一点儿也没有用我们照顾，就那么自己把一窝小猫养大了。那窝小猫因为很少见人，野性十足，见了人又叫又咬，跟野猫一样，也不知道它们后来到哪里去了。

牛

我小时候放过牛，长大后流浪到东北也放过牛，但是真正对牛产生感情还是我后来当老板子赶牛车的时候。我那两头牛很大，不只在我们煤矿是最大的牛，在附近屯子也没有能相比的。一挂牛车三头牛，另一头是一只小牛，只要你有两头出色的牛，你这挂车就很引人注目了。走到哪个村子里，人们都会注意到，一齐说，呀，真大啊，这两头牛。在农村，只要你赶着两匹大马，或是两头强壮的牛，人们就会对你表示羡慕和敬意。就像你现在驾驶着一台高级轿车一样，如果你开着一辆奔驰600，不管走到哪里也没人敢小看你。哪怕你仅仅是个给老板开车的司机，而你也必然会因为自己开着一辆好车而感觉良好。那时候我就因为赶着一辆牛车而感到自豪。甚至曾一度想，我这一辈子能永远赶这两头牛就心满意足了。

东北的牛很老实，有句俗语说，东北的女人关里的牛。那意思是东北的女人很享福，关里的牛很享福。当年在东北的女人一般是没有下地劳动的风俗的，差不多一年四季都坐在家里，而关里的牛呢，只用来犁地，不拉车，所以它们一年就只干很少几天活儿。因为闲，关里的牛就很厉害，一牵出来，顶人，打架，发毛儿。关里的牛就像斗牛场上的牛，非常好斗，而东北的牛就不行了，它们从春天种地开始，一直到冬天都不闲，大雪封山还要驾车去拉木头。因为一年到头的劳累，它们就根本没有了精神顶人。常常见一个刚会走路的小孩子赶着一头硕大的牛到处跑。劳累，使得东北的牛全然没有了脾气，老实得像绵羊。不管什么牲畜，只要你让它一年到头不得闲，它就会变得老老实实。

驾辕的那头牛已经老了，大家都叫它老牛牤子，它虽老但是威风犹在。当干完活儿大家把牛全都放开让它们自由玩耍时，只要它低下头一吼，任何一头牛都要规规矩矩地躲开。拉长套的那头牛已经长得比老牤子还高大了，但是在它面前总是低声下气从不敢耍威风。只要有老牤子在场，就是有头母牛，大牤子晃着它高大的身体只能远远地看着，从不敢走近。但是老牤子毕竟还是老了，它拉车的时候总是脚步跟不上，这从它的后鞦上可以看出来，在平道上它几乎是让别人拖着它走。我很生气，曾狠狠地打过它几次，它只快走几步就又慢下来。一位赶车多年的老板子对我说，它有关节炎，腿痛，所以走不快，你别打它了。许多年后，当我也得了关节炎时，我才相信它的确是有关节炎。不管人或动物，只要它年轻时出过力，十有八九都会在年老时患上关节炎。但是在关键的时候，它还是显出威风来了，遇到凶险的山道，别的车翻到山沟里去，只有它毫不慌张，把车驾得稳稳当当地走过去。在遇到陡坡时，不用你吆喝，它会立刻竖起耳朵，瞪着眼睛，抖擞起精神，勇猛地往上冲。所以在我这辆车上，它仍然占主宰地位。

有一次偶然的事件，它的地位给推翻了。它的蹄子伤了，我只好把它放到牛群里疗养。牛群里除了还不能拉车的小牛就是要生育的母牛。它在那里很好地养好了伤。但是当它回到车上时，发生了政变，年轻的大牤子不再服从它，它们进行了几场决斗，每次都以老牤子失败而告终。从那以后，年轻的大牤子就不再怕它了，它们的关系颠倒了过来。我让年轻的大牤子驾辕，把老牤子放到长套上，这样，老牤子时刻担心大牤子从背后袭击它，总是一边走着一边警惕着身后，一路上斜着身体走，样子很痛苦。后来我终于把它放到牛群里去了。在农村都是把不能用了的老牛先放到牛群里过一年，然后再杀。放到牛群里的老牤子算是走到了它生命的尽头了。

就在它放到牛群里后，我还用过它一次，也就是它还帮了我一个大忙。我在一条深沟里种了一些黄烟，收割后要运回家，这在当时是不被允许的，只能偷偷地干。我借了一辆两轮牛车，从牛群里把老牤子牵出来，把它套上车。在装车的时候我在心里暗暗地对它说，你可千万给我把车拉上去啊，拉不上去就坑我了。那次真是表现了它的一股神力，那条沟里并没有路，在沟底向上爬必须从荒草丛里硬把车拉上去。当时我一看那么陡的坡度腿都发抖了。但是在我向它大喝一声时，它猛地瞪圆眼睛，竖起耳朵向上冲去。它高大的身体突然矮了下去，整个身体由于过度用力而变了形，像一只壁虎那样紧贴在山坡向上爬。在只差几步，快要爬到沟上的时候，它一下子滑倒了。这是千钧一发，爬不上去就会倒下去翻车，只要一停，就再也别想爬出沟来。我心想这下完了，但是它一秒钟都没停下，用两只膝盖跪着继续向前爬。它终于把车拉上沟来。那时候我不知怎么对它感谢才好。

老牤子在我接手的时候它就已经老了。它在我们小煤矿可以说是有功之臣，有一年煤矿的人上山采伐坑木，结果被大雪困在山上，据说那场雪平地一米多厚，道路都阻断了。最后就是靠这头老牤子在前头开路，硬是从雪里拱出一条路，人在后头跟着，大家才回到家。大家都说如果没有老牤子那次说不定要冻死在山上。还有几次在山上用爬犁放木头，赶爬犁的人给树桩绊倒在地，眼看就要给木头压死了，老牤子狠命向后一坐，把急驶而下的爬犁给顶住，人从死亡里爬了出来。然而，它的下场当然和别的牛一样，还是卖给人家给杀了。

如果你细心观察，牛的形体也是有很大差别的，有的美，有的丑。我用的那头大牤子就是一头形体极美的公牛，它不像别的牛那样有一个大肚子，它的腹收得很紧，就像那种善跑的马的肚腹一样，它的前胛又特别大，很雄伟，这样整个看上去即使在它站住不动时，也有一种向前奔的气势。有一天傍晚，我去给它添草，在走到距它有几十米的时候，我忽然站住不动了，我被它的那种雄健的姿态震住了。当时，树林、山、房屋都已经处在一片昏黑中，它凝然不动地站在山岗上，背景是青白的天空，它如同一个剪影。它高高地昂着的头，短粗的犄角，肩上是一个小丘样突起的肉瘤，它的脖子宽大得难以形容，像一头雄狮一样。我站在那里看了它好长时间，心里充满了一种说不清的感情，反复地对自己说着，这是我的牛，是我的牛啊。甚至觉得它有种神秘。在我的印象里，没有比那天晚上更美的动物图画了。它的脚下是一道黑色的山岗，山与天相接处有一条白亮的线，旁边稀疏地竖着几棵小树。它就那么横空出世般地紧贴在青白的天幕上。

牛的寿命是很短的，它们大多在十岁左右就老了，能活十五六岁的很少。现在，它们都不知到哪里去了。即使有重生这一说，与我相处过的那几头牛也已经重生过好几次了。当然它们不会还记得我这个人了。

马和牛

我对于马没有什么好说的，我没有使用过它们，仅知道它们的一些与牛不同之处。人们都习惯于马牛相提并论，其实是大不相同的，别说是从生物学的角度它们不属于同一目，就是性情也相差很多。俗语说打马抚摸牛，这是说，教育马的办法就是打，而对牛，恰恰相反，只能用抚摸安慰的办法。常常见到马车老板子们把一匹调皮的马拴在一棵树上，前后两个人抡起鞭子打，一会儿就会打得这匹马规规矩矩地不再调皮。不管多烈的马，只要一顿鞭子打得它大汗淋漓，你喝一声，都会吓得它瑟瑟发抖。牛正相反，你越打它越怒火冲天，哪怕你打得它皮开肉绽，只要放开它，它就要给你点儿颜色看看。不怕你手里拿着刀枪棍棒，它都会毫不畏惧地向你冲过去。牛是一种不知道害怕的牲畜，而马恰恰是最胆小的牲畜，只要有个风吹草动，它们都会惊得一路狂奔而逃。

马拉车全凭一股冲劲儿，当车拉不上去时它冲了几冲不行，就会再也不干了。牛不同，牛会闷住头，一个劲儿地向前拉，一寸一寸地向前挣扎。马非常敏感，伤了皮就不容易好。牛却不在乎，皮破血流照常干活儿。马的眼睛很容易瞎，累大了，或是鞭子打了一下，都容易使马的眼睛瞎掉。你看到的那些拉车的马，很多都是瞎马。四条腿的动物就有这样的优势，瞎了眼睛可以照常走路，只要你别把它放到前稍上，而牛的眼睛是很少有瞎的，老百姓说打不断的狗腿，瞎不了的牛眼。狗腿的复原能力非常惊人，但毕竟还是能看到有断腿的，牛你却很难见到有瞎眼的。人人都知道牛反刍，马不反刍，但很多人不知道牛没有上牙。就是它没有上门牙，只有光秃秃的前颌。有一个笑话，一家人杀狗，媳妇

73

把狗的肝给偷吃了，婆婆找时，她说，俗语不是说牛没有上牙狗没有肝吗？当然狗是有肝的，牛没有上牙可是真的。你仔细观察，会发现牛的舌头很长，而且非常灵巧，吃草时全凭舌头把草卷进嘴里，而马的舌头很短，几乎看不见，也很笨，但是马的上唇却非常灵巧，像一只手似的可以做多种动作。牛的上唇却几乎是死的，一动不能动。牛跑不快但是它有角，马没有角，但是它跑得快。当你仔细观察牛和马的时候，你会觉得冥冥之中造物主在万能的同时还坚持了一个平衡的原则。

我是不喜欢马的，但在农村马的价钱往往是牛的三倍乃至四倍，其实它并不能比牛多干多少活儿，唯一的长处是它速度快。这种不平等在人类社会上也是同样，比方说一个农民一年流血流汗比不上一位歌手到台上吼一嗓子挣钱多。

如果你当过赶车的老板子，就会知道那句把劳动人民比作牛马的比喻是极不恰当的。比方说，旧社会农民给地主当马牛，工人给资本家当马牛。其实一个赶车的老板子对拉车的马牛那份爱护，真是跟对自己的孩子差不多。冬天怕它们冻着，夏天怕它们热着，干活时又总怕它们累着，在生产队时常听见队长跟老板子吵起来，十有八九是因为队长分派的活儿太累，或不公平。其实装到车上五百斤和一千斤对赶车人并没有什么区别，他是怕累着他的马牛。我曾经因为另一个老板子在我的车上多装了几根木头，差点儿和他打了起来。我就是不让我的牛受累。一般的情况下老板子们是不互相喂草料的，因为你喂的时候就会不知不觉地给自己的牛马多添料。以己心测人心，所以别人替你喂时你就会知道他一定也偏心了。当然老板子们手里都有一根鞭子，但是不到很不得已的时候，老板子是轻易不用鞭子抽打马牛的。你常常听到他们把鞭子甩得叭叭响，其实那是他们在显示自己的技艺，真正打在马牛身上的鞭子是一点儿也不响的。

如果你的领导或者是你的老板真正把你当他的马牛一样对待，那你真得感激涕零。

兔

《木兰词》有一句：雄兔脚扑朔，雌兔眼迷离。读到这句诗的时候，我对古人观察动物的细致佩服得五体投地。雄兔脚扑朔是说雄兔经常用后脚跺地，它们能把地面击打得叭叭直响。这可能是一个示威或者向雌兔示爱的行为。但是如今养在笼子里的兔子就没有这些动作了，现在的孩子就永远无法再读懂这句诗了。任何动物，只要你把它养在笼子里，它就会在精神乃至气质上都与原来的动物大不一样。就是养在笼子里的老虎也很难说它是真正的老虎了。

小时候，我们家在院子里养过兔子，有几十只，这是家兔，当然已经与野兔有天壤之别，但是它们还保存了一些野性。有一只咖啡色的公兔是它们中的王。别的公兔都不是敌手。让我难忘的是它居然敢袭击人。只要有外人进到我们家院子里，它都会突然扑上去攻击，让来人吓一跳。当人动手打它时，它并不逃开，而是围着你转，找机会攻击你，它就那么不屈不挠地和你纠缠，实在让人恐惧。有一次我放学回家，它不知为什么突然双耳紧贴在脑后，炮弹似的向我射来，一下撞到我的胸口上把我撞倒在地，我给它吓得大哭。让一只兔子吓哭了，这是我一辈子的耻辱。

我们家还有一只大红公鸡，也是长得出奇的高大美丽。它要在鸡群里维护自己的形象，于是就与这只在院子里称霸称王的公兔水火不相容了。鸡兔相斗，这是世界奇观，大约很少有人见到过，但那时在我们家里就天天见。它们每天都在斗，每次都斗得鲜血淋漓。公兔把公鸡那美丽的鸡冠给咬得血肉模糊。公鸡把公兔的脑袋啄得少皮没毛。它们闪跳起来，扑在一起，倒在地上滚在一起。越打越有仇，分都分不开。院子里到处都有它们撕打下来的鸡毛、兔毛，还有血滴。母亲常常大声叫着我的名字，快来啊，又打起来了！她是小脚，追不上它们。那段时间里我每天早晨起来都有一个任务，就是给它们拉架。

我手里拿一根棍子满院子追着它们打，但是双腿却禁不住一阵阵发抖，它们那刻骨的仇恨真让人感到可怕。后来我忘记它们给怎么处置的，它们那拼死相斗的场面到现在仍旧清晰地在我眼前。

鹅

我们家在煤矿时几乎同时养了所有的家畜，猪、羊、狗、兔、鸡、鸭、鹅，满满一院子，真是一个庞大的家族。内中有一只鹅给我留下了深刻的印象。那一天好像是狗没在家。半夜里突然听见鹅发出一不寻常的叫声，我翻身跳下炕就跑到了院子里。下炕、穿鞋、开门，这一系列的动作都是在无意识中完成的。我跑到院子里时还光着身子。我睡觉比一般人都灵醒，我们在煤矿时几十个人睡在一个大房子里，上夜班时，我总是第一个听到下班的人开门。有很多次黄鼠狼刚进了我家的鸡窝，鸡发出第一声惊叫我就能听见，在黄鼠狼一只鸡还没来得及咬死时，我就跑到了鸡窝门前，打开鸡窝门时人才完全清醒。人是能在无意识中做很多动作的。

那已经是下半夜，天上只有微微的一点星光。院子里空荡荡的，我看到在院子的东南角上有一黑一白两个东西在搏斗。我发出了一声恐怖的大叫。突然一道白光向我飞过来，撞到我的胸口上。同时，我看到那个黑乎乎的东西翻过障子跳了出去。扑在我身上的是我们那只鹅，它是从那个黑东西嘴里挣脱出来扑向我的。它凌空飞了起来，两只翅膀拥抱似的搭在了我身上，过于用力，砍得我的两臂很痛。从那次之后，我才相信了兔子被狼追急了会向人求救的故事。动物在紧急关头会产生一种超常的机智。

那只黑东西我一直也不知道是什么野兽，它已经咬住了鹅的脖子，这只鹅很年轻，它奋力地挣脱了，扑到我身上，让我很感动。我把它抱进屋里，打开灯。在雪亮的电灯光下它静静地躺在地下，受伤的脖颈上渗出一些鲜红的血。鹅的羽毛是不透水的，那些血并不渗进羽毛里弄得血糊糊的，而是像一颗颗晶莹的红珠子一样滚动在洁白而颀长的脖子上。一时间我精神恍惚，觉得那只鹅就像一个浑身雪白的女人一样躺在

76

那里，由于受了伤，用一种求助的目光哀哀地看着我。它那时美丽得异乎寻常。多少年后，我看芭蕾舞《天鹅湖》时才明白，年轻漂亮的女人的形体与鹅的形体某种程度上是极相似的。

但是我无法帮助它，它的伤在脖子上，如果扎紧，它就不能呼吸，不扎紧却又无法止血。我只能看着那些鲜红的血向外涌流，我蹲在它的身旁看着，心痛欲碎。这时妻子醒了，问我怎么回事，我像突然被她发觉了隐私，慌张得只说，没、没什么，一只鹅给咬了一下。我不想让她看到它。后来它还是死了。

羊

我放过很多羊，包括我喝过奶的羊，但产生感情的却是一只相处很短时间的小羊。姐姐家的一只小羊，我牵到我们开矿的山坡上替她养着。每天早晨我把它牵到青草茂盛的地方拴在小树上，让它在那里吃草。晚上下班就去把它牵回来。每当我拴下它要离开时，它就拼命地挣着要跟我跑，但是绳子拴住了它，它是很依恋我的。我走很远还能听到它很凄惨的叫声。下班时我去牵它，只要它一见到我就高兴得又蹦又跳。我牵着它向回走，它亲切地在我的腿上不停地蹭着。它很怕孤独，那时候我也是单身，也很孤独，所以能体会到它的孤独。我只要一下班就尽可能早地跑去把它牵回来。有时候我下班后悄悄地绕到后面去向它接近，我躲藏在大石头后面，看它不时地向我来的小路上张望，一会儿焦急地叫着，一会儿又失望地垂下头有心无心地啃几口草，马上又抬起头来张望。我突然从大石头后面一下子冒出来，它高兴得一蹦老高。

那是一只全身洁白的小羊儿，干净的四个小蹄子也是白的。粉红色的小嘴巴，黄色的眼珠中央有一个大大的蓝色的瞳孔，真是美丽又善良。可是有一天我又悄悄地走到那里时，没听到它的叫声。我心口咚咚跳起来，它跑了？它不会跑到别处去的。我走到我拴它的地方一看，心一下子沉下去了，它躺在地下一动也不动，原来是缠在另一棵小柳树上给勒死了。拴羊你一定要在绳子所能达到的半径之内不能有另一棵树，否则它会缠在上面，越转越紧，最终自己把自己给活活地勒死。那天我没有注意到另一棵小树。羊就是这么笨的动物，这种事情经常发生。

最笨的是绵羊，有时候你把它仰面朝天放到一条田垄沟里，它自己是爬不起来的。绵羊是哑巴，从来不叫唤。有个故事，牛闯东北回老家看家的时候，绵羊说，牛大哥，听说东北很好，你带上我去闯关东不行吗？牛说，你大喊大叫的到东北吃不了苦。绵羊说，只要你带我去，我到了东北绝对不叫喊，杀我也不叫喊。真的，在东北的绵羊你就是杀它的时候，它也是一声不响。我已经忘记关内的绵羊在杀的时候叫不叫唤了，但山羊是要大喊大叫的。

绵羊最让我瞧不起的是它们在遇到敌害的时候不仅不抵抗，而且还拼命地挤作一团。牧羊犬只要围绕着羊群跑一圈儿，所有的羊就会立刻跑到一起，团成一团。你用鞭子抽打一群绵羊，绝对不可能打散它们，只会越打越紧。最后挤得几乎是针插不进，水泼不进。同是羊，山羊一打就会四散跑开。如果你仔细观察一下就会发现，你打一顿之后，所有的强壮的年轻的绵羊都钻到中央去了，钻不进去的老弱病残只好留在了边缘。这就是它们的生存本能，当遇到敌害的时候，绵羊就是这样把老弱病残贡献出去让狼吃的。牺牲别人保存自己，多么卑鄙！

大道上你遇到一群绵羊，永远休想它们给你让道，你鸣喇叭也好，叫骂也好，它们只会更紧密地挤向道路中央。放羊的老头儿就会笑嘻嘻地说，这叫武官见了要下马，文官见了要下轿啊。

江天辽阔

　　嫩江在这里左弯右转，荡开了一条长长的地平线。阳光明丽，空气透明度极高，远远望去，只见大地苍茫蓝天高远，江天辽阔。只有在大海上能看到如此广阔的天地。江水平缓波光粼粼，这些均匀的水纹，如同旧时的屋瓦，有规则地平铺在江面上。江堤上微风习习，岸草青青。天际有大块的云朵，上半部被太阳照得雪白耀眼，是峥嵘的气象，如山峰，如蘑菇，如草垛，如浮冰……下部则被上行气流托成水平的，它们凝然不动，如同漂浮在水上的雪堆。云块儿的灰暗的阴影，一道道投射下来，这些灰色的柱子就从地下长长地伸到了天上，于是把天地联结成一体。那些闪亮的云朵下面有几栋白色的楼房，与天空的云形成呼应。一种天上人间的神秘图景。

　　我已经很少见到如此广阔的天地了，长时间局促的视线得到了舒展。面对着这神奇梦幻的天尽头，在江岸上坐了下来。丁香花浓郁的香气袭来，春天已经真正地来到了北国。我低下头看着一只在水泥地坪上的蚂蚁，地面太过明亮，它在这个耀眼的世界上东一头西一头，茫然不知所措。我忽然觉得这就是我，我也同样在这个世界上失去了目标。今天我在这里是不知道为什么的，我只是一个偶然的存在。此时我又一次进入了一个空无的情境，世界上的一切都与我无关了，包括我的家人。此时此刻，他们的存在与我是无任何关系的，我就是这只茫然的蚂蚁。

　　就在我起身要离开的时候忽然又转过身沿江岸走下去。我不想瞬间的情境消失。

我朝前走下江堤，越过一条河沟，向着那青草覆盖的江滩走去，这些特别细的低洼地的草毛茸茸的，让我记起了童年时在这样的草地上赤脚走过的感觉。

几只羊在江滩上吃草，一个包着头巾的妇女在放牧，很有些诗情画意。我一步步走近。当我犹豫着可不可以上前跟她说话的时候，一阵风吹起她的头巾，我忽然看见了她头巾下面露出的白发比我的还要白。我打消顾虑开口问，你这是几只羊？她没听清我的问话，但是抬起了头，果然是一个真正的老太太了。我又重复了一句，她才听清楚。她说，你不会看吗？只有这五只了，原来的羊群都卖了，只剩下这几只不像样子的。

她原来就住在江边，有一处房子，靠养一群羊生活。开发商让她搬迁了，给了她三万块钱，结果这三万块钱在这里什么房子也买不了，没有房子到处流浪。羊也养不成了，只好卖掉。

她说，三万块钱不能花呀，花光了有病有灾的怎么办？

她身边还有一把破铁锹，她说，我去年用铁锹挖了点儿地，种的土豆吃到如今，今年又种了点儿叫水给淹了，还得再种一点儿，要不吃什么？

今年春天江水特别大，是几十年没有的情形，当然她不可能预见到。

她已经七十四岁了。

她指给我看她的老房子的地方，就是云朵下面的那一栋高楼。那一带临江边，又是平房，拆迁成本极低，自然是开发商理想的好地皮。于是，她就只能给拆迁了。如今成了无家可归的人。开发商只是想到自己做成了一笔好生意，却没想到有的人会因此而流离失所。开发商在这种侵占行为中也很有道理，你的房子只值两万块钱，我给了三万，你应该感激我才对。至于地皮嘛，地皮是国家的不是你的。这样，他们名正言顺地把一个老人赶出了她的家，占有了她原来赖以生存的那一点儿地皮。

现在她夜宿在桥洞下面以避风雨。我问她，冬天怎么办？那么冷。

这座城市比冰城哈尔滨还要寒冷。她指了指羊。她可以和羊挤在一块儿抵御严寒。

江天辽阔，却无这位老人的立足之地。她只能伴随着这群羊流浪在江滩上。让她感到不平的是那座占了她的地皮建起来的高楼好几年了还在闲置着，根本没人住。

江天辽阔……

山里的孩子

　　微微是内弟玉功的女孩儿，今年十六岁，山里的孩子发育晚，十六岁的少女还没脱去孩子模样。她的父亲扔给她一条塑料口袋，对她说，微微拿上袋子摘西瓜去。她说，我不拿，你拿！

　　做父亲的对她这种蛮横无理毫无反应。我想，这大约是因为弟弟死后她成了父母的宝贝，受到过分宠爱的原因。她有个弟弟叫波，去年春天刚死了，十一岁。波从小就得了一种很难治好的病，弄得内弟穷困潦倒，负债累累。去年春天又犯了病之后，实在无力给他治了，波哭着哀求要去医院，他的妈妈就哄他说过几天种上地瓜再去，过了几天又说等收拾完果园再去。波不停地哭叫。妈妈临上山时就把屋门锁上，出门时再把院子大门也锁上，不让邻居进去。后来波一天天不行了。最后那天，波对妈妈说，娘，你今天不用锁门了，我要死了。这天回来后，他果然死了。波活着的时候微微不受重视，现在波死了，微微当然就地位提高了。

　　我和玉功往山下走，瓜地在水库边。微微跟在后头，不声不响，她还是把那塑料袋子拿上了。她一边走，一边抽打着路边的玉米叶子。西瓜刚熟，打开一个，我们三人吃完。玉功又摘了两个大的装进袋子里，对微微说，这两个背回去。她说，你背！我背不动。玉功还是没听见一样，拾起镰刀向山上走。微微背着西瓜跟在后头。太阳火辣辣地照着，两个西瓜很重，微微背着向山上爬，一会儿就汗水湿透了衣裳。我拿稳了客人的架子，不管。玉功也像不知道孩子背着西瓜上坡累，只顾自己走。奇怪的是微微一声也不叫苦，只是努力地向山上爬。就这样一直背到了家。

我说，微微你带我去看看西沟里那间石头房子吧。她点点头就向西山走去。她穿着半截短裤，两条晒黑的小腿在崎岖的山路上敏捷地跳跃着，挡在道上的野草、灌木都被撞得东倒西歪，石子给踢得哗啦啦滚下山去。当我们要过一条很深的水沟时，我问，能跳过去？她一声不响，一跃而过。对岸是陡峭的石头，还没跳我就觉得腿肚子发麻，但是她用眼睛看着我，我只好硬起头皮猛一跳，她在对岸一双结实的小手接住了我。

石屋隐在一片洋槐林中，蝉声震耳，我生平没有听到过如此响亮的蝉鸣，千万只蝉一齐大合唱，简直是排山倒海。我仿佛走进了一个远离尘世的蝉的世界。一些小盆大小的蛤蟆瞪着金色的眼睛百倍警惕地监视着我们。这是一座被废弃了的小院，四周一片很高的茅草汹涌澎湃，像要把这座石屋淹没，但它总是挣扎着浮了出来。我们在石阶上坐了下来，破裂的门板给雨水冲刷得发白，木纹毕现。如十年前我来时看到的一样，那把旧锁仍旧还挂在上面，只是锈得更加厉害。那一次我独自坐在这石阶上忽然听见院子里传出一阵咯咯的笑声，抬头看，那把锁没动。我慌里慌张地跑下山。

这次身边有这个山里的女孩儿，她神态自若地站在我身边，我不再害怕。我趴下身子从门下的破处向里张望。石板铺成的窄窄的甬道从门这里穿过天井向里延伸，好像长得没有尽头。茂盛的野草从石板缝隙长出，几乎要掩蔽了甬道。黑洞洞的门窗，斑驳的土墙，失去了人烟的屋子是那么凄凉。蓦然，我看见了在西窗下有一株月季花正在怒放，明亮的阳光下红得耀眼，有几十朵。它们就在这空院里无声地开放，没有人浇水，没有人施肥，更没人剪枝，连看的人都没有，但它就管自开放，年年月月，一任风吹雨打。

我一回头，微微的眼睛也给这株月季花照得发亮，这时我才发现她的眼睛与妻子的眼睛极像。在这一瞬间，我心里忽然明白妻子那些显得愚蠢的行为了，祖祖辈辈生活在这山野间的人，移到喧嚣的城市里，他们无法适应人与人间那些钩心斗角，所以生活得很愚笨。等到有一天，我还是要把她送回到这里来。

童年记忆里的"明星"们

半个世纪前，中国农村没有电视，也没有剧场，什么娱乐设施也没有。能给孩子们以些许欢乐的只有一些精神不正常的人，他们，也许便该是人们景仰的明星。

首先，我不能不提到北村王金玉。他其实是一个间发性的精神病病人。王台镇逢大集就会看到一个很强壮的汉子在人群里像舞大刀一样舞着一把铁锨，嘴里不停地嚷着，我是北村王金玉，三个五个不在乎！其实他并不会什么武术，仅仅是那几个无师自通的招术，但在孩子们眼里，那实在是了不得。舞完了铁锨，他下一个节目就是掀石条。那些砌在街上的大石条几个汉子都抬不动，他却能掀起来，倚到树上。最后一个节目是哭他的兄弟，这很奇怪，他不哭父母倒哭弟弟，而且哭得涕泪纵横。这时候就需要人们往他脑袋上浇水，冰冷的水。浇一会儿才能好。数九寒天，他就那样光着身子，让人把一桶水兜头浇下去。他的这些节目能让孩子们看得如痴如醉，百看不厌。不发病时他跟正常人一样在家种地，一发病必来这么一出，谁也拦不住。孩子们都盼望着他发病。

第二个"明星"是痴巴八爷。八爷并非是痴巴，没有精神病，他只能说是半吊子之类的人物。我看到的他总是鼻涕挂在嘴唇上，满脸灰，腰里扎一根草绳。他基本上是一个靠大集讨吃的乞丐。他穿的衣服常常是从枪毙的死刑犯身上剥下来的。但他人缘不错，时常从肮脏的怀里掏出一块糖果给孩子们吃，只要叫他一声八爷爷，他就很慷慨。痴巴八爷本人没什么有趣的节目，他的热闹必得另一个角色配合。

这个"明星"叫皇娘子。她是一个完全疯掉的农民的老婆，自称皇娘子。她总是骂人，破口大骂，见谁骂谁。后来去了趟胶州城回来就不再骂人了，她发不出一点儿声音来了，据说是有人给她吃了哑巴药。我至今也不知道是否有这样的药。但她肯定是声带彻底坏了，愤怒时只见她恨恨地瞪着眼睛却没有半点儿声音。她不像八爷那样靠乞讨，她是靠抢。一个女人如何抢？她就是趁你不注意，把吃的东西一把抓到嘴里，你总不能再从嘴里抠出来，只好让她吃掉。不能一口吞下的，如馒头，她抢过之后就咬一口或是往上吐唾沫，因为她特别肮脏，你无法再吃，只好归她了。我记得我一个舅舅过年到我家拜年，半路上不小心被她抢去一个饽饽。但舅舅还是把那个咬去了一大口的饽饽又夺了回来，说，不碍事的，回去还不是一样吃？

那时候吃的东西珍贵，一个农民到集上饿极了才狠下心吃一碗面条儿，一旦被抢了去那愤怒岂是现在人能理解的？于是只有打，狠狠地打。我看见过她抓了一个人碗里的面条，那人跳起来抡起拳头只往她脑袋上暴打，她全然不顾，只管往嘴里吞吃。也有一些狠心的人是用器具打她的，扁担、凳子，甚至铁秤砣。她的脸上头上总是鲜血淋漓，旧伤疤夹新伤疤。

皇娘子是靠皮肉受伤来换生存的，痴巴八爷是靠取悦观众换生存。八爷遇见皇娘子就有好戏看了。他像猫见了老鼠一样，眼睛发亮，立刻上前去调戏她。任是皇娘子破口大骂，他总是笑嘻嘻的。骂他断子绝孙他会生气吗？他本来就断子绝孙。这时就会围上一群人，齐声叫好，他就越发精神。皇娘子是孩子们所惧怕的人物儿，大人们总是这样吓唬孩子，再哭就让皇娘子把你抱了去！或扔给皇娘子吧！孩子们从小就惧怕的人物，八爷敢欺负她，自然就是孩子们眼里的"英雄"了。其实这样脏的女人也只有八爷这样的人才会调戏，八爷却因此而得意扬扬。

这三个人就是王台镇上的"明星"。提起王台镇必然会说，啊，我去过你们那里见过王金玉；或是，啊，见过皇娘子，而我们，就像今天某某市出了个某某某一样，很是自豪。

　　北村王金玉七十多岁，花白的胡子，还能搬动石条，却也是有力气。但有人说他那时已经不再犯病了，是装的。这样说他已经是表演成瘾了，不犯病时也要表演一番。这很像某些过气的明星耐不住寂寞，常常要找机会上台表演一番，尽管没人欢迎。

　　我离开家乡到东北，多年后回到故乡，第一个打听的人就是北村王金玉，人们说，他已经死了，我非常遗憾。他当时就八十多岁了。

同桌的你

曾经有一首流行歌曲叫《同桌的你》，很伤感，也很温馨。我回老家也遇到了一个"同桌的你"，但他是个男的，给我的不是伤感而是很严重的愧疚。现在，我每到那个大商场门前，他都会热情地上前招呼我，给我把自行车摆好位置。他的职务就是在这门前看管车辆。对我是另一份热情。可是，我知道他到现在也并没有记起我。这让人很别扭，就好比你隔着一层玻璃看他，一清二楚，他看你却总是隔着一层纸，总也不能看到你，虽然在和你对话。你非常想帮他把这层纸捅破，却总也捅不破。

那天，我看到他坐在大门的台阶上，忽然脑子里一闪，觉得我认识这个人，我上前问，你是不是×××？他说，是呀，我怎么不认识你？我说出自己的名字。他仍旧一脸茫然。我继续说，咱们是小学的同学，还是同桌呢，你好好想一想。他仍旧是摇头。我做了很多努力，说起了过去的老师、同学，还有一些小故事……我越说他越显得发蒙，我只好打住。离开时，我安慰自己说，毕竟将近五十年了，那时我们都是十多岁的孩子，我敢确定他，也许是因为他唇上那颗黑痣。但我说了这么多，他难道对我就没有一点儿印象？

少年时的存在竟然不被人承认！他正是因为这一点对我越发热情，他越热情，我越别扭。

已经记不起是哪个学期了，一开学，老师安排了一个新同学在我的旁边。模样倒也不错，瘦瘦的，唇上有颗黑痣。人也很老实，不久，却听说他的父母都是麻风病人，只有姐姐和他在一起生活，因为怕他传染，学生都不愿和他同桌，只好把他安排到了我们这个班级。我也找到老师说自己不愿和他同桌。我们那个班主任是一个戴着厚厚眼镜的刚毕业的师范学生，人很软弱，分到我们班也是欺负他。他用哀求的语气对我说，你是班长，你不支持我的工作，我怎么办？我也是没办法啊。我妥协了。但我从此对我的同桌冷若冰霜，严格地划分了界限。再后来他退学了，我就没再见到他。我一个伙计和他家是邻居，据说，我这同桌本来是愿意上学的，但他实在受不了同学的歧视。他回到家，说不上学了，他姐姐坚决不让，动手打了他，一直逼问为什么不上学。他眼里涌出泪水，只说了一句话：这你还不知道吗？

姐姐哇的一声号啕大哭。她什么都明白了。她是一个很漂亮的女孩子，大约没受到过人们很直接的歧视，但是也没有人敢娶她做媳妇。这姐弟俩终于在家乡待不下去了，他们迁移到冰天雪地的东北去了。

五十年后回到家乡重见，今天来看，他当然没有遗传上麻风病，看上去比我还健康，那么当年我们都是过于小心了，而对他那是严重的伤害。我打电话问学基因的儿子，当他说，麻风病并不遗传，我心里就压上了一块沉重的石头。每次在商场的门前和他相遇，我就庆幸他没有认出我。或是他认出了而不说？这又让我心里一阵发冷。

往事知多少

　　去年春天，我在东宁县城里遇见了我们煤矿过去的谢支书。那是一个早晨，东宁地处东经一三一度线上，刚刚五点太阳已经照得满大街明晃晃的。谢支书退休后给一家商场打更，他正在商场的门前跟一帮闲人在那里发牢骚，这是现在一个到处都兴的话题。我们二十多年没见过面了，寒暄了几句后，他又挺直脖子骂现在当官儿的个个腐败人人贪污。我在一旁听着，觉得他好像在说自己当年多么好似的，于是我心中开始鼓动着一个恶毒的念头。终于，我以很平静的语气问了他一句话，我问，你在永青村的那个姑娘今年多大了？他一下子愣了，我装出一副闲聊天儿的样子，傻乎乎地望着他，等他回答。他涨紫了脸皮，气哼哼地说，我怎么会知道？我能去问一问吗？

　　他毕竟还是过去的那一代人，不能正面回答这个问题，如果真的连她的岁数都不知道，那更是荒唐，他是一时给我问糊涂了，打死他也想不到我会问他这样一个问题。我继续说，她今年是二十二岁了吧，我记得她和我儿子同年生的。他一句话也不说，转身进屋去了。我非常得意地离开那个地方，觉得阳光从来没有这么灿烂。我总算报复了他一下，他曾给过我伤害。我已经很多年没这样高兴过了，我是个睚眦必报的小人。

　　小玉是我们煤矿当年最漂亮的姑娘，刚刚十九岁，是我们那帮小跑腿子人人都梦想过的。她在食堂里做饭，谢支书一调到我们煤矿就对她动手动脚，她吓坏了，跑回我们矿的农业生产队铲地去了。但是谢支书命令生产队长不允许她下地。他说，我连一个小姑娘都管不了还怎么干工作？小玉是和她一个快六十岁的妈妈在一起生活的，不让她干活儿就等于断了她家的生活。她在家里坚持了一个月，只好再去食堂做饭。就这样重复了两次，谢支书终于得手了。后来就怀孕，再后来就挺着个大肚子嫁到了永青村，再后来就生下了一个姑娘。二十多年后我再提这件事，对谢支书无疑是件很残酷的事情。我就是存心伤害他。如果说这件事情还情有可原的话，那么仅仅是因为我的一个伙计和他吵了几句嘴，就把他打成反革命，送到监狱里去蹲了五年，这件事就是永远不可宽恕的。一个青年人蹲上五年大狱，就等于毁了他的一生。不错，他是比现在的干部廉洁，到他下台时工作队也没有查出他有经济问题，但是比现在的干部要坏得多。他没有资格骂现在的当官儿的。现在有许多人居然怀念20世纪六七十年代的干部廉洁了，难道转眼就忘记了他们的专横？

多年以后我到永青村看过小玉，我曾问她，你恨他吗？她淡淡地说，不，我恨他干吗？我很震惊。她在生这个孩子的时候受尽了折磨，就要临产了，她突然从永青村跑回煤矿，不知是婆婆不容她还是她不愿生在婆家。那时候从永青村到煤矿没有公共汽车，她必须步行翻过一座山，跑十五里山路，这对一个临产的女人该是多么艰难！不料娘家哥嫂和妈又坚决不让她生在这边。也许他们是对的，这个孩子生在煤矿将无法再送回婆家去。或许是出于一种迷信。反正他们用一辆手推车又连夜把她推回了永青村。那是个冬天，她已经痛得不能走了，天气又冷，她就在一辆颠簸的手推车上生下了这个孩子。这个在寒冷黑暗的夜里生在路上的孩子居然一天天长大起来。有一年夏天我到永青村看父母，正遇见她站在她继父的四轮拖拉机后架上下地回来。小玉嫁到永青村又一连生了四个女孩儿，这个谢支书的女儿只能刚刚十二三岁就下地帮家里干活儿。拖拉机开过去之后我回头看，只见这个孩子的上衣都给汗水湿透了，拖拉机跑起的灰土沾满了她的衣装和头发，整个人像从土里扒出来一样。

前几天我回永青村，又去看了看小玉，我发现她的眼角已经有了皱纹。这次我没有提谢支书，我发觉我前次之所以要提他，是因为心里多多少少有一种对她的怨恨在里面。我曾经苦苦追求过她，多年之后每次见到她都忍不住心情激动，毕竟上年纪了，这次就已经没有了那种情绪。她的家里很简单，几乎没有什么家具，但收拾得很干净，我们坐在炕上，默默地相对，心里很平静。她说自己前些日子患了心脏病，曾经抢救过一次，现在一点儿活儿也干不了，只能在家里待着，好在孩子们都大了。她生了六个孩子，最后总算生出一个男孩儿。我问她，他对你还好吗？我问的当然是她现在的丈夫。她很淡漠地说，也就是那么回事罢了。说完她深深地望了我一眼，我忽然内心一阵感动，就是当年也从来没有这么在心里接近过。我说，你到我那里去吧，我带你去医院好好检查一下。她摇了摇头。

　　一个年轻的女人怀里抱着一个孩子在门口探头问了句什么，见我在屋里又转身走了出去，小玉对我说，这就是那个老大。意思是告诉我她就是谢支书的那个女儿。啊，她已经当妈妈了。

先我而去的弟兄们

/

我是在看电视的时候忽然想起膘子来的。电视上一个人物在展示他那肌肉块块饱绽的身体，一个同样健壮的裸体就在我的记忆中苏醒了。这就是膘子。对他的裸体我是非常熟悉的，在那些朝夕相处的日子里，他健壮的身体曾经让我羡慕得要死。现在让我感慨万端的是那样一个强健而优美的身体已经化作泥土了。你想，一个人的身体埋进地下三年，能不腐烂成泥土吗？

他是我们那个煤矿身体最强壮的人，也有几个人似乎和他一样高大，但身体都远不如他那么健美。在一个以体力为生的群体里面，最崇尚的就是躯体。这很自然，一个赛跑运动员，只要你跑得快就是一切；一个拳击运动员，只要你能把对方击倒这就是一切。别的都是次要的。在我们那个完全依靠人力开采的煤矿里，只要你力气大，就是一切，就会让人尊敬。

我看着窗外新发的树叶在阳光下生机勃勃，想到那样一个活力汹涌的躯体已经化作了泥土，而我这样一个瘦小的躯体仍旧存在于这个世界上，心里就不免感到有些奇怪，同时也无限地欣慰。他并不是死于事故，而是正常死亡，也就是说他是病死的。

膘子是我们那一带的方言，具体要讲出它的意思来很不容易。比方说吧，大家在一起都说，某人的老婆从那边过来了，谁敢去摸她的奶子？内中一个去了。大家就会说这家伙真膘。还有，树上有一个老鸹窝，谁敢爬上去捅下来？一个人爬上去了，大家就会说这人是个膘子。如果一个男人穿了他老婆的衣裳在大街上出洋相，大家也会说他是在发膘。

那年我们在煤矿的农场种地时，有一次打赌他曾一口气吃了一碗辣椒。还有一次他吃进去一盆很咸的咸萝卜头。那是伙夫给我们二十多个人准备的一天的咸菜，他说他能自己一人就吃进去，大伙儿说，你吃吧，你能自己吃进去我们都不吃了。他就一个人坐那里一气儿吃光了。我怀疑他后来的胃病跟那几次打赌很有关系。他的赌就是这样毫无意义。我们还有一个家伙也常爱打赌，他却是因为馋。常常跟大伙儿赌吃鸡蛋。已经吃过晚饭了，他躺在炕上说，谁赌二十个鸡蛋我吃？保证不超过十五分钟。大家就知道这小子又馋了。

春天的阳光暖洋洋地照着山野，打起垄的地里岚气在袅袅地上升。三头牛拉的犁杖翻开黝黑的土地，泥土散发着亲切的腥气，在雪白明亮的犁铧上擦过，合起一条垄。我跟在牛的后头扶犁，曼跟在我的后头用她的脚在松软的垄上踩出一串坑。膘子则跟在曼的后头把金色的玉米种子撒进坑里。他一边撒一边说，曼，我的种子撒进你的坑里了。曼笑嘻嘻地说，撒就撒吧。膘子又说，曼，你的屁股扭来扭去的扭出水了。曼依旧笑嘻嘻地说，没有呀，俺没觉出来呀。

那时候我还年轻，觉得膘子这样真是可笑。这样下流的样子曼会喜欢你吗？曼是猪倌老陈的独生女儿，说不上很漂亮，但是皮肤很白。老陈中年丧妻，他一手把曼拉扯大。老陈有一次挨斗了。革委会主任说，老陈，等会儿再下地，我们先颂扬。那会儿吃饭前，开会前，上班前，都要先颂扬。老陈说，我不送羊我要去送猪呢。晚上，大家就把他当成了反革命狠斗了一番。膘子是会上发言最热烈的一个。我心想，完了，曼这次可是要彻底恨上你了。但是第二天他照样和曼开那样的玩笑，曼依旧是笑嘻嘻地答应着。

我们躺在地头的干草上歇气儿。太阳晒得干草发出哗哗剥剥的响声。山坡上的树林绿了，斑鸠在里面咕咕地叫着。牛们半闭着眼，嘴巴咯吱咯吱地咀嚼着反刍上来的草料。曼瞌睡得不行，把一块手帕蒙在脸上要睡觉，膘子就扯起她的裤管往里面灌土。曼动一动说，别。膘子不住手。她再说一遍，别。膘子还是不住手。曼就不再出声了，任他作，直到把裤管灌得满满的。

应该说从那时起，膘子就开始欺负她了，到结婚后更是变本加厉。曼是个从来就没有反抗意识的女孩子。

2

当年的大楼居民已经有两个不在人世了。令我感慨的是因为我们一共才有七户人家。我的同代人七分之二已经死亡，这不是一个微不足道的比例吧？身为这七分之二之外，你能不感到幸运吗？

大楼其实是一栋日本关东军遗留下来的二层小楼，但是在一片四无人迹的山野里，你会觉得它巍然耸立，很高大。它已经破败不堪，门窗大半被毁，如同一个个盲人空洞的眼睛日日夜夜对着荒凉的山林。它的四周是一片废墟，碎砖烂瓦遍地，被没人深的艾蒿汹涌地包围着。黄鼠狼和狐狸大白天在其间出没。原来整条山沟都是房屋，战争中全部被毁，不知道为什么这栋小楼得以幸存。它是灰色的，在一片苍黄的山沟里像一只衰老的巨兽似的蹲伏在那里。

我们从煤矿下班回来，拖着疲惫不堪的身子翻过山坡，当一眼看到楼顶上竖起来的炊烟，心里就不由得激动起来，炊烟旗子似的在楼顶上飘扬，对这荒凉的山野耀武扬威。对我们而言，那里不仅有肚子里迫切需要的食物，还有另一种重要的生命需求。有几次我看着那股在蓝天下一动不动棍子似的炊烟，心里感到很奇怪，那里真的有我的一个家吗？其中那一柱真的是一个属于我的女人烧的吗？她真的是我的老婆吗？

大楼另一个先我而去的居民叫林德。他矮墩墩的个子，身体很结实。但反应有些迟钝，刚到煤矿一口一个地叫我师傅，他推车总是跟不上，我不知训过他多少次，但他总是不行。我用最恶毒的话狠狠地骂他，有时甚至气得把唾沫吐到他脸上，他用手擦掉，嘿嘿一笑也不生气。但愿他于今在那边能原谅我。

除了膘子，大楼居民的老婆都是从关里骗来的。在这里干上三四年之后，有了点儿钱，临走时买一件新衣服穿上，把脸洗干净。回到老家就大言不惭地说在东北找到工作了，在哈尔滨某某工厂当工人，或在牡丹江某单位当保管、会计之类的。骗得那些一心想穿花褂子的傻姑娘跟屁股后头来了，越走越远。还没到吗？快了，快了。哈尔滨过了，牡丹江过了。还没到吗？快了，快了，单位在城外呢。来到了这个荒凉的山沟里一看，一心想穿花褂子的哭了，但生米做成了熟饭，后悔也来不及了。林德的老婆叫李秀芝，大家都叫她小李子。细高的个子，面貌看上去也很秀气。她一来，大家都说鲜花插在牛粪上了。只要她一哭，林德就慌了，他低声下气地说，要不，我送你回关里去吧？小李子哭着骂道，×你娘，俺来的时候是个姑娘，这回去算个什么了？成个破货了谁还要啊？

这个李秀芝就是这样的一个人，看上去是个很清秀很文静的女人，但一开口就吓你一个跟头。什么话都敢说，什么脏话都骂得出来。那天晚上我们都在林德家玩，大家开始进入那个话题，在李秀芝的前一句是谁说的、具体说的什么我都忘记了，只记得她说，每次呀，俺刚刚觉得来痒痒儿了，他就下来了，真叫人生气！一屋人都不出声了，叫她吓住了。林德骂道，你他妈的还要说什么？还说什么？她也忽然觉得不妥当，发出警告道，你们听着，我这是只说给你们听的，如果给我传出去，我可不让！我们都表示坚决不外传，给她保守秘密。当时屋里很暗，看不清任何人的表情，我那时忽然觉得很害怕，具体怕什么却又说不清。这是我迄今为止，遇到的唯一敢在公众面前说这种话的女人。她那时大约只有二十五岁，还是一个刚结婚的小媳妇。

大楼只住了我们七户人家，大部分房间都空着。楼上一户住的也没有。每当黄昏时分，太阳从西山顶上向这座破败的孤楼倾泻着金色的光辉，山野间静悄悄的。突然一个女人的尖音打破了宁静，这声音在两旁的山林上空回荡；在大楼的空洞的房间里，从门窗穿入穿出。初听似唱歌，细一听去又没旋律。这就是李秀芝开骂了。她几乎每天吃过晚饭都要来这么一场，就是骂大街。她的声明是，谁心惊就骂谁。有时是为了谁踩了她家的地，有时是为了谁打了她养的鸡。她就那么坐在窗台上唱歌似的骂着。从人家的曾祖骂到人家的孙子，从头顶骂到脚跟，从最想让人看的脸面骂到最怕人看的最隐秘的私处。她是位语言大师，对每一部位的形容五花八门，打的比喻形象生动。她能滔滔不绝地一口气骂两个小时，不许有一句重复。她并不生气，常常骂着骂着就被自己的巧妙逗得嘿嘿笑了起来。她的骂街大半是为了消遣。如果你能确定她骂的不是自己，那么你在什么事也没有的晚上听听倒也是一种娱乐。

有一天我下班回来，又听到那种拖着长腔唱歌儿似的叫骂声，但声音不对。到楼前才发现这次不是李秀芝了，是曼。她也是像李秀芝那样坐在窗台上，两条腿悠闲地磕着墙，扯起嗓子，对着山坡骂。我走上前去对她说，哎，曼，你这是干什么呀？她脸一红，不好意思地说，不知哪个坏种把俺家的鸡腿打瘸了。我说，你别骂了，也许是叫狗咬的呢。她很听话地从窗台上下来，进屋去了，不再出声。

那是一个夏天的晚上，小李子刚开头骂了两声，膘子忽然从屋里出来了，叫道，大楼里住的都是贫下中农，没有阶级敌人，你骂谁也不行！小李子倏地一下从窗台上溜下去退进屋里，就像断了电似的，一声不再响。膘子却开骂了，他大骂林德，说他是个王八蛋，是个畜生，是个忘恩负义的坏种。大约那天膘子又喝上酒了，直着脖子骂了半个小时。奇怪的是林德和李秀芝就跟两只鸡似的，给一下子捏死了，待在黑洞洞的屋里没有一点儿声息。膘子并不罢休，在他们的窗外叫着，林德，你他妈的给我出来！跟我到矿上去找领导来处理这个问题。林德慢腾腾地出来了，说道，明天不行吗？明天再去吧。膘子说，不行！出了这么大的问题能拖到明天？这是一个大是大非的问题，不弄明白了今天谁也别想回来。

林德好话说了许多，膘子坚决推着林德向外走。他们要经过我的门前，我上前拦住了，我说，天这么晚了，明天吧，明天叫他跟你一块儿去见领导。从大楼到矿上要走五里多路，如果再回来就要半夜了。大楼的邻居们都出来替林德求情。膘子说，好吧，看在大家伙儿的面上，今天就饶你一次，明天咱们到矿上再说。

在这段时间里那个李秀芝躲在屋里一声不敢响，我发现了她原来是一只纸老虎。到后来我又发现她原来是一个很老实的人，只是有点儿半吊子。

5

林德比膘子死得早，他死的时候还不到四十岁。他是死于肺气肿。有一次刚放过炮，掌子里还没有排出烟来，他就抢着跑进去装车，他一进去就被浓烟呛昏过去了。后来我们把他拖了出来，当时我们都说，活该，叫你他妈的往里抢！从那以后他就得了很严重的肺气肿。炮烟是有毒的。他在死前的那十几年就活得非常痛苦，张着大口喘气却总是不够用的，每时每刻都要憋死的样子。行动像个老人一样迟缓，一步只能挪动几寸的距离。他活不下去了，自杀过两次，却又没死成。他的个子和我一样高，但比我要强壮得多。有一次我们夜里一起偷木头，我用上吃奶的力气也没扛起来的一根木料，他居然一气儿扛了五里远。

说到"同情"这种东西，我现在才发觉，只有在你的地位或处境比对方优越的时候，你才能产生同情，当你和他处于同一境地时，你其实是绝对不会有一种同情心的。这是因为他在那时就是你的竞争者，他的利益和你的利益总处于一种利害关系。比方说，他常歇工伤，就可能影响到你的奖金。他病休了你有可能就要替他去完成那份工作。反正我不记得当年我曾对林德有过什么同情。我甚至对他那活不起的样子有一种厌恶感，心想，你别他妈的叫喊了，你原来就有气管炎。当时公家就不承认他的工伤，不给他报销药费，他到处找人打证言，有的人就很不痛快。当时我给他打了证言，但我是没法拒绝。我从心里就认定他是要赖公家一把。在他死后十多年的今天，我回头来看一看，他只是有一种轻微的气管炎，哪至于不到四十岁就病死？

98

我明白了为什么过去老百姓造反需要有人鼓动，有人组织。在没有外人给他们讲明利害的时候，他们的大部分怨恨都是对着自己的弟兄的，只有当别人给他们讲明了道理，进行了组织，他们才有可能一致起来。即使工人阶级内部也不是原来就团结一致的。同阶级的人往往缺乏同情心还有另外一个原因，那就是他们的处境相同，会觉得一切都是正常的，没有什么大不了的。例如你在井下碰得皮破血流，大家习以为常了，有人要休工伤大家嘴上不说但心里都觉得这小子是滑头。我常常对一位姓白的大夫感到不解，有的人分明是还能干活儿，他为什么会给开休息好几天的工伤条子呢？现在才明白，他是可怜我们，或者说是同情我们。他对我的伙计们的同情心远比我要大得多。

和林德我们是邻居，又在一个煤洞子里干活儿，但那时候我从来就没有同情过他。我现在来说这些，也没有表示道歉的意思，我没有必要向他道歉。我似乎看到他的样子了，他笑笑说，你这小子，我死了你还要糟蹋我呀。是的，在他活着的时候我们从来没有能够谈到一起的事情，总是别扭着。他那人太固执了，固执得叫你不可理喻。比方说有一次他给我们掌子里运支柱，我说他运进了五根，他说他运进了七根。我让他进掌子里亲自数一数，他却说一定是我埋起来了。那次我们掌子里是两个人，但是有人做证也说不服他。他给人的感觉就像是一头猪，不管你怎么打它，它都是要向它认定的那个方向钻，碰得头破血流也不知道回头。真能叫他活活气死。

那是一个夏天，我们一块儿从矿上回家。在经过水库的时候，对岸有一个身穿红上衣的女人在洗衣服。他说，看呀，伙计，那边插上了一杆小红旗儿。我笑得腰都直不起来了。他说，你笑什么？你看不见还在那里飘呀飘的？那个女人在搓衣服，身体一冲一冲的。我要拉他到对岸去看一看，他又不去。我气得把他摔倒在路沟里，他爬起来说，你小子讲理讲不过动野蛮，啥玩意儿！

还有一次，他一到矿上就神秘兮兮地问我，伙计，瓜熟了没有？我一愣，说，我他妈的怎么知道什么瓜熟不熟的！他挺宽容地笑笑说，我都看见了你从那瓜地里过来。我说，我求求你了，我的确没到瓜地里去过，就是去了，偷个瓜吃，也没什么大不了的。他说，伙计，你这个人就这点儿叫我不佩服，什么事做了就是做了，不敢承认，我亲眼看见了你在瓜地里低着头找了半天，难道我会瞎说不成？我不再和他讲理，一把揪下他的帽子从窗户扔了出去，骂道，去你妈的吧。他不恼，说道，看看，看看，没理了吧，拿人家的帽子出气。

许多年后，我才想到，他是近视，高度的近视。那时候在我们那个煤矿没有一个近视眼，不是说绝对没有，而是说没有一个人承认或知道自己是近视眼。大家都不看书也不看报，谁知道谁是谁不是？全煤矿没有一个戴眼镜的人。后来有两个编辑到我们家去，从大街上一走，后头跟着一群孩子看稀奇。因为她们俩都戴着眼镜。在我们那个闭塞的小矿村里他们长那么大从来没见过眼镜这种古怪的东西。

今天哈尔滨的气温突然升到了三十四摄氏度。昨天晚上我看天气预报是全国温度最高的城市，简直让人不能相信。我推开窗户向外面看，那棵大杨树在风中摇动着。繁茂的叶子起伏动荡，让人感到了一种大海一样汹涌的生命力。二十年后的我来回想林德，不能不感到人生真的是如梦一样。他那高高的额头、龇牙笑的样子如在眼前。他的人实际上早已经烂得只剩骨头了。他一口黄牙，他从来不刷牙。

1

再来说说膘子吧。膘子在我们都是单身的时候，觉不出有什么大的差别，大家都是吃了饭就上班，下了班就往大炕上一躺。只是他出工要少一些。成了家以后，他的懒立刻就突现出来了。我们像套上牛套的牛，拼命往前拉，每天下了班就扛起镐头到山上开荒种地。一天要干十几个小时。他却是连他的班也总是干不满，一个月要有半个月歇在家里。他的酒可是每天都要喝，每顿饭没有一个小时吃不完。高大的身体坐在一个只有半尺高的小板凳上，看上去就跟蹲着似的。他每一口酒都要吸出响亮的吱儿的一声响。他让酒的每一滴都在他的口腔里充分发挥作用。然后他拿起筷子，在一只大酱碗里轻轻地啄一点点，放进嘴里，舌头贴在上腭上，咂巴咂巴半天才恋恋不舍地咽下去。那时候他那种全身心的享受，那种如梦如幻的陶醉，真让人看了感动。

人的某些特点，在一种人身上可以是优点，而在另一种人身上就会成为缺点。

膘子显然是一个味觉特别灵敏的人。如果在富裕的人身上就可能成为美食家，而在他身上这就是致命的缺点了。随着时代的不同，人的一些特性也有不同的说法，在当年的农村，女人馋，这是一种不可饶恕的丑行。说某某女人又馋又懒，这几乎就跟说她的罪恶一样，而今天一个姑娘好吃似乎不算是缺点了，她会觉得自己会吃是一种特长。

膘子就是一个又馋又懒的家伙。大家都为他空有了那么一个好体格而不拼命干活儿感到惋惜。我曾经想尽办法要拉住他，和他组成一台车，但是他干几天就逃了。

那时我们连提升绞车都没有，刨出的煤全靠人力运出井口。那个矿井只有几十米深，通过一个斜井三个人就可以把一矿车煤拉出来。这就需要有力量又要有速度。向上来的时候要三个人齐心合力，一个前面用绳子拉的，两个后面用力推。往井里放车时就要前头一个人推着矿车倒退跑，后头一个人拖住。矿车没有闸，向井里面下的时候真是风驰电掣一般。你只听得耳边哇哇的矿车叫声，根本无法看清脚下的道路。这就需要速度又要能记住铁道的情况，否则矿车会脱轨。我真不知道是谁发明了那种倒跑的方式，我也没有想到人倒着跑竟然会跑得那么快。也只有那样你才能有效地控制住矿车。但是如果你脚下给绊倒，就会被矿车压在下面。劳动往往会不自觉地产生一种竞赛，它的价值就不再仅仅限于经济利益，而会具有一种荣誉价值。如果膘子能顶住班儿，我们的车将是全矿的王牌车。人有时会为一些实质毫无意义的事情而高兴或悲哀，比如说你输了一盘棋或赢了一盘棋。几十年后来想，我有什么必要去争那个王牌车呢？但是在当时那就是我的一种理想。最后我不得不对膘子彻底失望了。

膘子的另一大特点是吹牛，不，也不全是吹牛，具体来说就是他的话没有准儿。连他的哥哥也说，他说的话呀，你要听就得用簸箕撮起来让风刮一刮。那就是里面真实的东西太少。现在来想，他并非要有意骗人，而是他容易信口开河。比方说你盖房子，需要车运瓦，他会主动地对你说，包在我身上了，到时候我一定给你找到车。为了让你相信他还会说他的朋友某某人是开车的，还有他的一个什么亲戚是运输公司的。你如果当真了，那就等吧。等你墙砌起来了，房梁都架上去了，急等上瓦，他的车还没影儿呢。

我说，伙计，大家都开荒，你也去开一点儿吧，到时用玉米换酒喝也行呀。他说，当然了，我刨了好几亩地呢，在南沟里，现在玉米都长得这么高了。他一比画足有一米高。后来我偶然地发现了他在南沟里的那块地了。只有巴掌大一点儿，种的是玉米不错，但只有一尺高，筷子那么细。

膘子就是那样吃喝玩乐过日子。见到他总是高高兴兴的，让我们这些成天挣命苦干的人既眼馋又嫉妒，但谁也不能放下心来学一学他。那时候我常常对人说，到死那一天，咱们很难说是谁活得对。

5

膘子后来的穷困主要是孩子太多。曼一连给他生了五个女孩儿，他不罢休，一定要她生个儿子。曼是个最没有主意的人。只要膘子说了，那就是圣旨。膘子让她和她爹断绝关系，她就直到老头子死也没敢回家去看一看。膘子让她生她当然更没理由不生。公社的计划生育工作队也拿他没办法，他声明谁要是敢叫曼做绝育手术，他就敢把她杀了。要罚款他更是不怕，我家里有什么你们就尽管拿吧。他家的炕上连炕席都没有。全家人盖一床被子。幸亏那年代还是口粮分配制，那就是不管你有没有钱，口粮还是要照样分给你，只是给你挂账。膘子才不管什么挂账不挂账呢。我不知道他死后那些债还没还上。只要分给他们口粮，膘子就有酒喝，他可以拿玉米去换。

他成了我们矿上最穷的一个，那时候我家里也很穷，但是妻子还要经常把我们家的破衣服送一些给他们家的大人孩子穿。妻子对曼说，臭子他妈，我这件布衫还不算太破，你要是不嫌就补一补穿上吧。曼说，还敢说什么嫌呢，有人能给，再破的衣服也是好啊。

妻子总是找一个膘子不在家的时候去送，怕膘子不让曼收。其实膘子也是装作看不见罢了。膘子常常打她，但她从来不哭也不叫，就那么不声不响地老老实实地让他打。有一次妻子去看曼，曼坐在炕上。妻子问，臭子他妈，怎么好长时间没看见你了？曼不好意思地一笑，说，让他打得一直下不了炕呀。妻子回来对我说，曼那个人叫你可怜也没法可怜，她自己一点儿也不生气，你怎么去给她争气？

十几年后的今天，我在饭桌上又和妻子说起曼这个女人。我说，她这个人嫁给了膘子，受了一辈子罪。妻子说，可是她也从来不生气。我和妻子数了数，我们那个矿上有这样的两个女人。她们一辈子没和任何人吵过一句嘴，没和任何人红一红脸。对这个世界上的一切都能默默地接受下来。妻子说她还见到过另一个女人挨打哭过，但曼挨打连泪都没见她掉过一次。

在农场曼还是一个女孩子时，有一天我在半道上将她逮住了。我紧紧地抓住她的两只胳膊，她的胳膊圆润而粗壮。女孩子在刚发育成熟的时候会有一段特别健壮的时期，这一时期过后她们才能慢慢地瘦下来。她无力地挣扎着说，好哥哥，放了我吧。我放了她，她的一声"好哥哥"让我心满意足了。后来每当我看到她穿得那么寒酸地从我面前走过，我就会又想起那个当年的曼。她扎两个小辫子，脸色红润，牙齿雪白，笑起来很好看。

膘子的五个女儿也都怕他怕得如同老鼠见了猫一样，只要他咳嗽一声，她们就吓得气儿不敢出。他每晚上喝完酒就开始给他的女儿们开大会，让她们在地上站成一排，他坐在炕上就开讲，从国内的大好形势讲到国际的大好形势。从世界革命讲到打倒地、富、反、坏。他当过几年兵，在关里老家也当过红卫兵小头目，这类的话还是学了一些的。他能讲上两个小时不休息，他的女儿们就只好立正站上两个小时。

把膘子说成是一个暴君是不公平的。他也时常表现出他那温柔的一面，比方他一旦把曼打厉害了，就赶紧做好吃的，亲手端到曼的面前说，吃吧，吃了还想吃什么我再给你做。曼躺在炕上，他就一天到晚守在旁边伺候，那体贴周到是我们这些人都很难做到的。

大楼的居民除了曼之外，都是从关里流浪到此地的盲流。我们没有户口自然也就没有结婚证明，应该说都是一些非法同居者。我们就那么在光天化日之下男男女女睡到一起，一个个地生出了孩子来，公然视法律于不顾。孩子们又迅速地长大。公社有时候也去管一管，有一年派了一辆大客车去抓大楼的居民。幸亏那天我和妻子都到另一个村子去了。有的给抓住关到了车里，但大多都跑到山上去了。曼有户口，当然不用逃跑，她急中生智，打开炕柜把膘子藏进去。以他那么大的个子，肯定在里面吃了不少苦头儿。但后来膘子一口否认他给藏进炕柜里，他说，他们大了胆儿啦！你去问问，敢抓我吗？

他们把抓到的人在公社里关两天，又给放回来了。你想，两口子只抓到一个，另一个又再也不可能抓到了，即使把这一个押回关里去，他早晚还不是要跑回来吗？就是猪狗也会再跑回的，何况还是人。领导们只好作罢。

6

大楼的位置在一条山沟的中段，向上五六里就是我们的煤矿，顺沟向下走出三里地是一个朝鲜族屯子。有一个很凶的名字叫狼洞沟。他们后来自行改了，叫浪东沟。他们的房子都是一些蘑菇形状的稻草房。因为他们种水稻，很少到山沟上头来，只有一到冬天去山上来砍烧柴。太阳刚出来时，气温降到一天中的最低点，他们从那座灰色的小村落里出来了。他们好像比汉族人抗寒能力强得多，就那么站在牛车上啊啊地唱着他们民族的歌儿，从大道上走向山里去。镶着铁瓦的车轮在冰冻的大道上嘎啦啦地滚动着。也有汉族农民赶着牛车走过，他们却是一个个都把脑袋缩在羊皮大衣里面一声不响。两个民族的特点在这时泾渭分明。

大楼的后面是一条小河沟，过了河沟就是通向煤矿的那条大道了。整条山沟里都布满了废墟，据说这里原来有一座日本关东军的陆军医院。两边的每一座山头上都有被炸毁的钢骨水泥工事，纵横交错的战壕蛛网一样遍布每一个山头。大楼的前面是一个平缓的山坡，山坡上是一片柞树林子。我常常扛一把巨大的斧子，到树林子里把一些柞树砍倒，等它们自己干了后，就叫妻子去把它们扛下来烧。大楼的居民都是女人们上山拖柴。她们在楼前叫一声：走啦！上山扛柴火啦！便一个个从屋里出来，每人手里拿一根绳子，排着队似的向山上走去。臊子叫道，你们要去上吊呀？

这些女人当中最能干的是林德的老婆李秀芝，她能像头驴一样驮老大一捆柴，我们男人都扛不动。拖得最少的是曼。拖回来之后就各人在门前抢起斧头劈成桦子。空房子有的是，大家都把木桦子存放进空房间里。每年的冬天就把一年的烧柴准备足够。春天一开化大家就上山刨地种庄稼。

夕阳照在大楼残缺的墙壁上，那黄澄澄的光辉常常使我感到一种荒古的宁静。四无人声，我看着那万古不变的山沟，精神恍惚，不觉自己身处何地，身在何时。废墟上的艾蒿长得是那么茂盛，它们在黄昏的时光里不停地喧哗着，仿佛一万年前它们就在这里似的。

那一年春天，大楼被县里来人拆了。我们像一群狗似的给驱散了。我们搬到煤矿借住在别人的家里。到夏天我回到大楼前的山坡上给玉米铲草时，恰好又遇见了林德。我扛着锄头在林间小道正走着，忽然看见前面草丛里蹲着一个黑乎乎的东西，吓了我一跳，我以为是遇上什么野兽了，细一看却是个人，是林德。他就那么蹲一动不动地透过树叶的间隙向山下望着。我心里一颤，知道了他是在看我们的大楼。我站在他身边，他回头看了我一眼，我发现他眼里竟然满是泪水了。我也一声不响，拄着锄头从树林间向下面看着大楼的断壁残垣。夕阳照在那一片碎砖烂瓦上面，似乎一切都在浮动，一种透骨的凄凉使我打了个寒噤。大楼对我们的意义在于，在这里我们有了第一个家，这座战争中的遗物这条荒凉的山沟，在我们无家可归的时候，庇护了我们，使我们在此以避风雨。我们在这里娶妻生子，我们年轻的生命在这里得以繁衍生息。在这里我们度过了新婚最甜蜜也是最凄凉的时光。在这里我们第一次领受了人生中最重大的奥秘。我们对它有着深深的眷恋和感激。它逃过了战争的炮火最终却没有逃脱被毁的命运。不是我们不需要它了，而是城里那些有权力的人不需要它。它被毫无意义地给拆毁了。我们就那么看着山下大楼的残骸，看着它在夕阳下的断壁残垣，半天没说话。我和他像是无家可归的两只狼又回到了老地方，无可奈何地看着自己被捣毁了的巢穴。最后，林德长长地叹了一口气说，唉，他娘的，再也不会有大楼了，还是住在这里好啊。

特别对于林德，在大楼的那段时间，是他一生中最好的时光。他离开大楼不久就得病了，他的肺给炮烟呛坏了，不停地哮喘。用"苟延残喘"来形容他的生活是最恰当不过的。每一分钟对他来说都是艰难的。他不能下井了，他买了头牛想种地。但大部分的活儿是李秀芝干，他只能放一放牛。有一天早晨他放牛时，我们在山上的小路相遇了。我发现他望着我的两眼像一只伤残的老狗一样，是一种哀哀的乞怜的目光。它不能动了，你要踢它它都逃不开，而任何人都有权力踢它一脚，那么它只能以一种无可奈何的目光乞求你。它瘦得只剩一把骨头，只要你踢上一脚，它会痛得要命。也许只有不具备语言能力的动物才能发出那样的目光，那是一种能叫你灵魂都颤抖的目光。他的生命每时每刻都处在痛苦中，他向一切人都在哀求一种帮助，不管是你能否有能力，哪怕你是一个三岁的孩子他也投向一种乞怜的目光。牛在他身边嚓嚓地吃着青草，这是一头四岁的公牛，强壮而年轻。浑身的毛皮闪闪发亮，粗壮的脖颈像一棵树那样结实。它的全身都洋溢着一种勃发的生命力。它和牵着它的林德正形成了一种巨大的反差。我不能不在心里说，你呀，还不如早一天死了呢。

他有四个孩子，一家六口全靠李秀芝一人干活养活。从地里回来，劳累得爬不上炕的李秀芝常常指着他的鼻子哭骂道，×你娘的，你还不死呀？你不死我这辈子什么时候能有个出头的日子呀？我不知道哪辈子造孽，从跟上你那一天就没有享一天福呀。

这时候林德就一声不响。他死过两次没有死成，再也没有勇气自杀了。他有一次是喝下一大碗硝铵炸药。不知道他听谁说的那东西就能药死人。在煤矿那是最容易弄到手的。硝铵炸药是又苦又涩的东西，有时不小心沾到嘴里一点儿就难受得受不了，他能喝下去一大碗是相当不容易的。但没有死，他白白地受了一场罪。结果是经过了那一折腾，病得更加厉害了。

7

以上的故事，林德就是亲耳听到也是不会怎么反对的。下面我就要讲他最难受的事情了。他若地下有知是绝不会饶恕我的。

李秀芝是这样一个人，一张嘴没遮拦，什么都能说得出口。但是动真格儿的，她却是不敢的。有那么几个人觉得她什么都敢说，一定是对那种事情上很随便。结果是闹了个鱼没吃到，空惹了一身腥。她大声大气地满村子吵嚷着某某人要对她怎样怎样。当然，只要你没有很深的企图，她还是不在乎动手动脚的胡闹。我抓住了她的两个奶子，那是在一个山坡上。她没有反抗，十分抱歉地说，唉，都干巴没了，没有什么可摸的了。我立时感到很可怜她，什么兴趣也没有了。她才刚刚三十岁，但是长年的繁重劳动累得她像一个铁人似的，脸皮经常年地风吹日晒粗糙而又黑。头发像一丛乱草。一身蓝布工作服，脊背上的汗碱白花花的。当年那个一双细长眼睛的挺漂亮的小媳妇不见了。她本来高高的个子，现在也弯下来了，变成了一个驼背的介于男女之间的人。

林荣从关里来到了哥哥家里。父亲知道了林德在这里生活得很艰难，让小儿子到这里来帮着大儿子这一家种地。开头，大家都取笑李秀芝说，小李子，这下该达到你的满意了吧？这是个小伙子呀。她说不过大家，只好说，好啦，好啦，我满意了。不料到后来竟然成了真的。也许是这种玩笑开的时间长了起了作用。林荣是一个二十八岁的单身汉，和嫂子天天两人一块儿到山林里干活儿，难免就发生了那种感情。时间一长，林德知道了，孩子们知道了，这个家就不太平了。林德一面是亲弟弟一面是老婆，有苦说不出。倒是他们的孩子不能容忍这个外来者的侵入。他们已经大了，对什么都明白。他们常常吃着饭就吵了起来。

妻子她们再和李秀芝开玩笑就问，小李子，还是小伙子好吧？李秀芝说，那还用说吗？

林德心里的痛苦是无法形容的，终于有一天他出走了，到哪里去了谁也不知道。他的孩子们就把林荣的被褥从窗户里扔了出去，关上门再也不准他进屋。第二天，林荣背着他的行李回山东老家去了。也有人说这是林德有意出去让孩子们把弟弟赶走的。林德看上去是一个很迟钝的人，但有时也能生出一些心眼儿来。如果事情到此为止，那么还只能说是半公开。闹得沸反盈天的是李秀芝。林荣一走，她就不顾一切地也回关里追去了。她边收拾包裹边对孩子们说，我要回关里和你们叔叔过两天好日子去了，顾不得你们这些坏种了。

她想得太简单了。山东老家的农村比东北的农村要正统得多，回到关里的林荣干脆就不敢再承认在东北的事情。山东的农村是世世代代在一个村子里生活了多少辈子的人们，已经形成了一种很牢固的传统习俗。不像东北农村，大家都是来自五湖四海，什么也不在乎。一个月后，李秀芝又自己挟着那个小包袱灰溜溜地回到了村里。大家发现她一下子老了许多。这大约是她一生当中唯一的一次浪漫。

人的内脏器官中，大约肺是一个最能经得起折腾的，据说肺烂掉一半儿人还能活。林德就那样半死不活地挨了十多年才死。当他死的时候，李秀芝也不年轻了。她后来找了几个老头子，好像是都过得不好。那些老单身汉自己一个人生活惯了，往往会养成一些坏毛病，很难和别人生活到一块儿。另一个原因是李秀芝还总是惦念着她的孩子们，实际上也很难一心一意地和人家过日子。所以她找了一个很快分开了，又找了一个还是不行。林德死的时候她觉得这下可要过几天好日子了，事实上她一天好日子也没过上。

几乎可以说她这几年过得有些得不偿失，和那几个老头子过的那几年总是吵闹。要回家时和孩子们的感情已经破裂，孩子们都很反感她。她常常对邻居们说，小向南不让我回家了，要打出我来呀。向南是她的儿子。

8

曼在生了五个姑娘之后，第六个总算生出了一个儿子。膘子高兴得不得了，取名叫亮。亮从小就娇惯得不行，那些姐姐他可以爱打哪个就打哪个。如果他撕扯姐姐们的头发疼得厉害，姑娘们哭了，膘子就会大骂道，你他妈的号什么？扯下把头发就能把你扯死吗？我们常见的是富人家因为有钱容易把孩子给娇惯坏了，其实穷人家也有娇惯坏了的。亮在家里横行霸道成习惯，到外面来仍然是一个魔王。谁要是惹了亮，膘子就会跑出去像只狮子似的吼叫起来，有时甚至动手打别人家的孩子。我亲眼见有一天晚上，没看清是谁家的孩子和亮打架，膘子冲上去一脚就把那孩子踢倒了。亮就是在这样的宠爱下一天天长大的。

他生得皮肤像曼，很白。别的就再也没有一点儿像曼的地方了。他像他的父亲一样高大，四肢也同样地匀称强健。只看样子真是一个标准的小伙子。但一开口就满嘴脏话，不骂人不会说话。

他和邻村的一个姑娘搞对象，后来那姑娘到他家里一看，全家连一条像样的被子都没有，又不同意了。那是一个春天，他最后一次约了那姑娘到一个山坡上。他掏出一把刀子，在那姑娘的肚子上捅了七刀。他扔下刀子跑了。他是个没出过门的孩子，到了外面晕头转向。刚跑到吉林省的一个叫作梅河口的车站，就被公安机关的人抓住了。车站派出所的人本来不知道他是一个杀人犯，只是看他形迹可疑，一盘问，他就什么都说了。你想，在一个人来人往的火车站上都能叫人觉得他可疑，可见他是多么慌张。

真是很巧，就在儿子要回他的老家去的时候，在火车上正好遇见他童年的伙伴了。他高兴得大叫一声扑上去，亮坐着没动，他感到诧异，低头一看，亮的手上戴着亮晶晶的手铐。这时，坐在对面的一个人把他推开说，你别和他讲话。儿子很激动，但他发现那两个人很严厉，就什么也没敢说。亮朝他笑了笑，也没说话。回到老家，伙伴们立刻告诉他，亮杀人了，跑了。他说，我在火车上遇见了，他给抓住了。

亮在处决的时候倒是表现得很不凡。一起被判处死刑的有好几个，当一宣布死刑时，别人都像给一下子抽去了脊梁骨似的脑袋立时耷拉下去，只有亮神色不变，大声说，再过二十年又是一条好汉！其实他那年才十九岁。

在亮死去五年之后，膘子也死了。膘子到底是什么病大约连他自己也不知道。在农村大部分人都是在不知道自己是什么病的情况下死去的。就像在林德死时一样，我听到他死了几乎是什么反应都没有。听到林德死的消息时，我只说了一句，他早就该死了。听到膘子死了的消息时我什么也没说，倒是妻子从女人的那个角度说，这下曼总算熬出头了。我相信事实并不一定这样，曼对他的打骂已经习惯了，不会觉得挨打是一件很痛苦的事情。失去一个常在身边的人她是会觉得有许多不适应的。

十几年后，我忽然想起他那强壮身体已经化成了泥土，觉得很惊讶。那是多么强壮、多么健美的身体啊。它的样子我仍然记得很清楚，我记得他的胸部的轮廓，记得他肩头上的肌肉块儿，记得他发达的腿肚上的筋键。他的全身充满着一种跃跃欲动的力量。外面是明亮的阳光，碧绿的树叶子在微微动着，闪闪发亮。天气很快就要进入夏季了。现在是各种生命最旺盛的季节。人的生命的消失常常比一棵树还要迅速得多。

9

很多宣传画上画的一个矿工手举大镐刨煤的画其实是完全错误的。刨煤用的镐头要小得多，而且也绝对不是那样像刨地似的抢镐头。如那样干，累死你也刨不下多少。在矿井下面的煤层坚硬得石头一般，手工采煤必须有两道程序。第一道叫作掏槽，就是在煤壁上用镐头刨出一道很窄的横槽来。这道横槽一般只有二十厘米宽，但你要把它横着刨进去一米左右深，这就需要很熟练的技术。一个没有经过训练的矿工第一次下井掏槽，他会连别人的十分之一都掏不了。掏槽用的镐头只有一尺多长，简直像玩具。但这玩具就能每个班都把你累个半死，有人数过，一个班下来要刨三万六千镐。每一镐只能刨下玉米粒那么一点儿煤块儿。就那么不屈不挠地刨下去，直到把煤壁刨进去一米深。掏槽镐头的柄更是可笑，它只比人的大拇指粗一点儿。它必须是有弹性的，颤悠悠的，大多是用坚硬的柞木制作。

　　第二道工序叫"卸货"。掏槽工把槽掏完下班升井后，"卸货"工就下井去把钢钎用大锤打进煤壁里去，再用钢撬棍把钢钎压下来。就这么一层层地把煤剥下。这工种需要有更大的力气。十磅重的大锤你必须一口气抡上千锤。比一般石工更难的是锤不是向下打，而是横向打，这就要十倍以上的力气。

　　膘子当年是我们那个矿速度最快的卸货工，一般人八小时才能干完的活他只用四小时就能干完。但是他顶不住班儿，干一天几乎就要休一天。到后来我才明白，他活儿干得快恰恰是因为他最怕干活儿。他一下井就没命地干，只盼着尽快地干完爬上来。每次他升井时浑身的汗都如同水里捞出来一样，但他的优点是干活从来不要滑头。在重体力劳动的行列里最让人看不起的就是要滑头不出力。有很多活儿是无法准确衡量每个人出力大小的，例如推矿车，只有你觉得自己吃力时才知道对方不出力，可是这又无法说出来，也许他会认为你比他出力更少。膘子是绝不少出力的，大家都愿意和他做搭档。遗憾的是他总不能顶住班。

　　在煤矿比力气更重要的是一个人吃苦的能力，也就是说一种毅力。煤矿工人总是走马灯似的轮换，常常有人下到井里一个班都干不下来就爬上井逃跑不干了。可以说，在煤矿能站得住的人，个个都是好汉。当然这只是从能吃苦的角度上来说的。事实上能吃苦并不见得是一件好事，大部分从煤矿逃跑了的人，到后来都比在煤矿站住了的那些英雄好汉混得好。我说过，体力劳动常常也同时就是一种竞赛，当一个人在他的劳动岗位上总是比别人强，他会醉心于这种竞技而不再打别的主意，那么他也就只能在这方面逞英雄了。到头来他也就只能是一个了不起的力工。倒是那些干活儿油头滑脑的人往往到后来成了领导干部。

　　我们那个煤矿煤层较浅，没有瓦斯，因此就安全一些。但因是手工开采，体力劳动强度就很大。每天早晨的一顿饭就是推车工的一道难题，如果不能吃下去一斤玉米面的两个大窝头，你就干不下一个班儿来。但早晨一起来，这一斤玉米面的窝头是很难吃的，我们都是硬着头皮往下塞。一下到井里就像进入了赛场一样，大家拼命地跑。巷道只有一米多高，你必须弯着腰跑，如果你跑慢了后面的矿车就有可能追上把你撞倒。第一天下井，听着后面的矿车呜呜地叫着在后面追，像有一只野兽要吃我一样，我吓得没命地跑。跑进掌子里装满矿车向外推，每前进一步都要付出巨大的努力，喘着，喊着号子。坡陡的时候就必须四肢着地在泥水里爬着用肩膀扛。有时候你觉得脊梁骨都要折断了，但你不能停下来，只要你一不用力沉重的矿车就会倒退下去。那时候你常常会觉得生命对你是一个负担，你会觉得活着不如立刻死去。

第一天下井我推到三个车的时候觉得已经筋疲力尽了，两条腿像不是自己的，一点儿不听使唤，每向前挪一步都很困难。但是要想在这里吃这碗饭，你就不能停下，我就那么跌跌撞撞地咬紧牙关忍下去，一直推了二十个车。从那我知道人的忍耐力简直是无限的。

在煤矿也是论资排辈的，刚到的是推大车，第二步就是卸货，最高层的工种就是掏槽。我在第四个年头儿总算熬到卸货工了。卸货最难受的是通风不好掌子里面缺氧严重。特别是一到夏天，常常是在掌子里连火柴都划不着。我们用的是电石灯，最易燃的电石气也仅仅能发出一点儿蓝色的火苗儿。如果一不小心灭了，用半盒火柴都点不着。火柴在磷面上划过只能嚓的一声留下一道绿色的痕迹，一点儿火苗也起不来。多少年后我在一篇小说里写到这情形，一个煤矿读者来信指责这不真实，因为煤矿下面是严禁明火的。他不知道我们那种浅层煤矿是没有瓦斯气体的。缺氧的时候就是心跳剧烈，呼吸困难，两条胳膊软得像棉花一样，用上吃奶力气才能把大锤举起来。但是你还不得不干下去。抡几下锤就像狗一样趴地下呼呼地猛喘，喘一会儿，爬起来再干。一个班常常要十几个小时才能干完。

林德的耐力比我要强得多，他能一边大口喘着还叮叮当当地连续打十几锤。现在来想，到后来他的肺子的确是给炮烟呛坏的。

在一些公社办的小煤矿中，我们那个煤矿还是最先进的。很多小煤矿连矿车也没有，刨下的煤要用人背出来。冬天，我们从满是泥水的井下推车跑出来，浑身都是水淋淋的。外面的北风一吹，衣服立刻结冰，像铁的盔甲似的咔咔直响。我们都穿着单衣单裤，冻得倒下煤就一溜烟儿往井下跑。那些拉煤的马车老板子看着我们都吓得龇牙咧嘴直摇头。

下煤矿的人在人群里很好认，他们个个都累得面黄肌瘦，只要你看见一个年轻人像瘟鸡似的走路连头都抬不起来，那他不是得了重病就是下煤矿的。

10

回忆永远是美好的。即使最艰难的日子，当你过去之后回想起来，也会给予你一种凄凉的美感。

那条荒凉的小山沟，那些抖索在路边的蒿草，当夕阳照在那有着废墟的山坡上时，世界就在那金色的光辉中凝结成一幅永恒的图画。这幅图画永远留在了我的记忆中，而那些人物，当年我们并不算是很亲密，但在今天我不能不深深地怀念他们。林德和膘子都死了，变成泥土了。特别是林德，他的一生可以说是吃尽了苦头儿。你几乎不能说他比一头牛或一匹马活得更好。林德死的时候可能还不到四十岁，膘子也只有四十多岁。对他们的死，我都没有觉得什么意外，更没有像许多悼念文章中写的那样"无限悲痛""非常震惊"。我常常感到怀疑，那些人都八十多了，对他们的死真就是叫人那样震惊、那样悲痛吗？在我看来他们是已经该死了，难道还要活一百岁？

在山东老家，我们都是一个县的，相距不过几十里地，真是不约而同地千里迢迢跑到这条小山沟里相聚到一起的。曾经很多年在一个锅里吃饭，在一铺炕上睡觉，在一个坑里干活儿。我们都是为着逃避家乡的贫穷到这寒冷的东北来挣钱的，结果却是谁也没有挣到钱。他们都不是那条山沟里出生的人，却一个个埋在那条山沟里了。在过去，闯关东的人死后是要千山万水用车把尸骨运回老家去安葬的。小时候，我常常看见在大道上有头扎孝布的汉子拉着车子风尘仆仆地走过，车上载着一口通红的棺，棺的上面拴着一只大公鸡。老人告诉我们，这就是闯关东的死在东北，他的儿子又把他拉回到老家来了。到我们这一代闯关东的已经没有这风俗了。我相信真让他们选择的话，他们也不会再想回老家去了。在那条小小的山沟里，虽然我们吃尽了辛苦，但我们的青春年华在那里度过了，我们对它的依恋已经远远地超过了故乡。

那是一条苍黄的山沟，在东北很少有黄色的土地，但那条山沟里的土是黄色的，和我们家乡的土地的色彩很接近。那地方也可以说是中国的最东北部了，再向东五公里就是俄罗斯的土地。我从那里走了出来，他们绝大多数的人都将葬身在那里。我不知道我将在哪里"回归大自然"。

11

我已经很麻木，对同事、对朋友的死都表现得无动于衷。我也常常为此怀疑自己是不是有点儿不通人情，唯独对小宁的死感到了震动。

小宁是刘在凤的儿子，他和我的儿子是同学。他的母亲常常对妻子说，你们家有没有孩子用完了的本子，给小宁用反面写作业？他上学时就是连本子都买不起，总是捡别人用过的反面纸写作业。终于小学没有念完就不学了。他体格很好，有一次全乡开运动会他曾赛跑得了个第一。

他在井下被砸死的事情是我的伙计王子常告诉我的。王子常到哈尔滨来要账。他在我家的沙发上刚坐下就说，伙计，你说他妈的，刘在凤的儿子小宁死了，在井下片帮砸死的。"片帮"是行话，就是煤壁在巨大压力下突然坍塌。

我问，什么时候？

他说，昨天。

我觉得心里有什么东西咚地响了一下，半天没说话。我的下一代已经开始死亡了。我才刚五十岁，还不算老呀。怎么也不应该轮到我的下一代开始死亡呀。

114

我说不上是很悲痛，只是觉得很震惊。如果他是出车祸了，或者是发生了别的意外事故死的，例如像亮那样，我也不会感到震惊。天有不测风云，在煤矿，他这应当算是正常死亡。

　　我们国家有明文规定，百万吨死亡率是三人，即是说每生产一百万吨煤允许死三个矿工。这为正常。事实上那些小煤矿全都远远超过这个数字。这是按产量算的比例。如果按下井的人数来算，那么一百个人下井干上三十年的话，大约总要有五六个人死在井下吧？小宁的死就是说我的下一代人已经正式进入正常死亡的程序了。

12

　　上个月我回到我们那个小煤矿去了。王子常让我回去给他在法庭上做证，证明他曾到过哈尔滨要账。原来法律上还有这样一条，如果你没有一直进行追要，过了年限就不能起诉了。

　　做完证之后他自然要请我回煤矿看看。我们俩正在街上走着，我忽然看见一个三岁左右的孩子一只手抓住一只大狗的尾巴，一只手在空中挥舞着，那只挥舞着的胳膊上缠一块黑纱。他走路还不能说是很利索，他毫无畏惧地抓着那只比他大得多的狗的尾巴。那种表示着服丧的黑纱如果佩戴在一个成年人的胳膊上是没有什么特别之处的，在一个刚刚学步的孩子的小胳膊上就触目惊心了。我站住了，看他摇动着那只小胳膊，觉得他像是在摇一面黑色的旗子。

　　王子常说，这就是小宁的儿子。

　　我大吃一惊，小宁有孩子了？你上次没告诉我他有孩子呀。

　　在我的印象中他还是一个孩子。

　　这有什么奇怪的。王子常说，他今年二十五，二十一那年结婚。

　　真是生生不息啊。

　　他向那边一撅嘴，我看到一个年轻的女人在院子里举着斧头劈柴。我们一边走，他一边说，看到了吧？那就是小宁的媳妇，他娘的，已经给了两万还不满足，说还要再要一万，理由就是这个孩子，那小娘儿们

115

真他妈的不讲理。

我说，如果按照法律规定，怕是再给一万也不行，这不是打官司要回十万吗？你就给她一万让她立个字据完事吧。

现在，小宁的儿子仍然在我眼前像摇旗子似的耀武扬威地摇动着他小胳膊上的黑纱。想不到他也有接班人了。我想。

同时我又在想，这将意味着什么呢？又多了一个下煤矿的，对这个世界是一种什么意义呢？对这孩子本人又是一种怎么样的存在呢？在很多年前，当我在山林里开荒刨地时，我就常常停下镐头陷入沉思。我和老婆只凭一把镐头，开荒种地打下的粮食就足够我们全家吃的，而且还能养猪。也就是说我用几千年前的原始生产方式就能自给自足了，那么人类几千年的科学发展，几千年的文明进化和我有什么关系呢？对我有什么意义呢？何况，我还要天天拼死拼活地在井下挖煤。我的血汗流到哪里去了呢？为谁、为什么流的呢？

林德、小宁、孩子，他们一代代地来到这个世界上，又一个个地很快消失掉，他们生存的意义何在呢？

在当年我就常常对伙伴们说过，我们这些人和膘子比起来，到死那一天回想一下，很难说谁活得对谁活得不对。膘子没准那样不干就是对了，他常说，我反正也不可能发财，我他妈的受穷也不干了！林德是一个最能吃苦最能干的人，他几乎一年到头儿不歇一天班儿。他省吃俭用，李秀芝从供销社里打回一斤酱油他都要骂半天。他说有盐吃不是一样吗？花那冤枉钱干什么？他的一生就是在流血流汗、省吃俭用中度过的，结果是没攒下一点儿钱。如果让他再活一生，他会怎么过呢？他会说些什么呢？

多少年后我来到省城里，第一次听到我的一位领导发牢骚说，我卖命卖了这么多年……当时我都感到脸上一阵发烧。在我看来，他这一辈子没有给这个世界干一件有用的事，只不过是徒然烂了些农民打出来的粮食。现在我还常常听到身边的人发牢骚说出类似的话来，但我不再感到替他们害臊了。我已经听惯了。只是我永远不敢说那样的话，我知道我今天在干什么。恰恰像林德和小宁那样流血流汗的人从来不向谁发牢骚。

山　民

　　已近中秋，阳光分外明亮起来，我不断地在想那蜷缩在昏暗炕角里的庄仕友。他此时正挣扎在生死线上，大约不会活过中秋节了，他已经几乎连一个鸡蛋都吃不下去。那天早晨我去看他时门闩关着，吃过早饭又去时，从门缝里一看，门闩开了，只搭关着。我心里一阵暗喜。他们告诉我他已经下不了炕了，看来，他还能下炕，要不，谁能来打开门闩？我打开门，径直往里走，首先看到的是门旁那棵苹果树底下落了一地苹果没人动，踏着洁净的石阶，心就悲凉起来。

　　我在此之前只见过他一面，他跟我本无瓜葛，妻子五年前回老家盖房子，请了几个乡亲帮工，他就是其中一个。好像讲好的是六十块钱一天，他干了十三天，结账的时候他少要了四个工。去年听说他忽然得了胃癌，妻子就拿了二百块钱去看了看他，二百块钱当然做不了什么，只是我们是觉得不能亏欠他的。哪知第二天他专门从山上下来，把二百块钱给送了回来。本来是无所谓的一件事，一下子就变成"有所谓"了。我和妻子商量一定还要再送回去，不能就这么拉倒。阿陀的人都说，送回去也是白搭，他这个人就是从来不收别人的东西，哪怕是亲戚也不行。我说，我去送，就不相信他会不收！那天晚上我和妻子一起又爬上了西山，他正和另一个光棍汉在屋里说话，电灯都没有拉开，两个人就那么在黑暗中待着。我们去了他就打开电灯，我看到的是相貌很端正的一个男人，不卑不亢，气质不错，完全没有乡下人那种委琐愚昧。他比我小两岁，但看上去差不多比我要年轻十岁，那时他的病相还没显现出来。住在这条山沟里的只有三家，都是单身男人，也都进入老年了。当年他们没结婚，只有一个原因，穷。但奇怪的是他们又不离开这里，就这么一辈子了。也许他们有自己的道理。

我把准备好的四百块钱掏出来拍在炕沿上，对他说，你不收别人的钱，也有道理，他们的钱来得不容易，一滴血一滴汗挣来的，但是我这点儿钱你是必须收下，这钱来得容易，我什么也不用干，就这么一天到晚闲逛，到日子就来了。最主要的，这几百块钱对我来说算不得什么，我一个月就是四千多，这点儿钱算什么呢？……我第一次在人面前摆出一副百万富翁的架势。他没什么表示，好像被我说通，把那几张钞票用手拿起来，放到了他身边的桌子上。之后，又说了些闲话我和妻子就下山了。在昏暗的山路上，我得意地对妻子说，怎么样？只有我能说服他收下！我觉得我说的话非常诚恳，我表达得也非常恳切，他没有理由不接受。

哪想到我们在离开阿陀村的时候，就要上车了，岳母忽然说，你们不在家的时候，庄仕友那东西，把钱又送回来了……我愣了。

以上是去年冬天的事情。今年又来阿陀祭扫，我第一件事就是再去看看这个固执得惊人的山民。他的重山兄长金堂说，不用去看他，看他干什么？我昨天给他上山去送饭让他没把我气死！嫌我用不着给他送，又嫌我送得多了吃不了，我冒火了，说，我这么大年纪了，用不着你来教训！

上次来因为是晚上，没看清他住的房屋，现在我才真正看到了这个单身山民的家，草屋，屋顶上的草都朽烂得乌黑了，土墙被风吹雨打得坑坑洼洼。最特别的是窗户依旧是那种不能打开的栅栏样的窗棂，糊着窗纸。在昏暗的炕角儿，我看见一个人形的东西，蜷缩着，头抵在墙上，无声无息。我站在炕前，仔细打量着，他穿着一件蓝布上衣，下身好像是一条黑色的裤子。我注意到他赤裸着的双脚已经肿胀，有一种说法，男怕穿靴，女怕戴帽，据说男人只要脚肿起来，女人只要头肿起来，就完了。我问他，你吃过饭了吗？他抬起头来，人已经瘦得脱了相，但眼睛仍旧很明亮。他说，热了点儿，吃了。我问，你还认得我吗？他微微一笑，你不是韩玉花掌柜的吗？我问他，很痛吗？他点了点头，痛，吃上一口饭就聚在这儿难受得要命。我要给它治住了，没办法。说完，他又把头抵在了炕上。我问，你能喝牛奶吗？他抬起头很警惕地说，不喝，喝不下去，他们有送来的放那儿都要坏了。看样子他是怕我给他送牛奶来。说完他又闭上了眼睛。他在强忍着剧痛，始终不吭一声。我已经什么也不能为他做了，哪怕一点儿小事情。在我告辞的时候，他吃力地抬起头说，你给我顺手把门带上。他下炕确实已经很困难了。

院子里一片宁静安详，树影婆娑。

永远的老师

　　张老师到哈尔滨去我家做客，我切开一个西瓜。当我拿起一块刚要往嘴里送的时候，张老师惊讶地说，呀，你怎么先吃这样的？西瓜一切开，当然就每块的质量不会一样了，有的是瓤多，有的是皮多，我相信大多数的人都会不自觉地先拿瓤多的吃。我告诉她，大家都是这样吃的。张老师说，俺不，俺从来都是先吃这样的。说着就挑了一块皮多瓤很少的吃起来。这样的一个微不足道的动作表现出的是一个人的思维习惯，这就是她的为人处世——尽可能地给别人留下选择的余地。从此，我改变了吃西瓜的方式，也挑质量最差的吃。

　　四十多年过去了，少年时代的老师还保持着联系的她是唯一的一个了。我发现我少年时的朋友们也都同样只和她还保持着联系，这就不能不让人沉思了。那个年代，阶级斗争就是一切，学校里也同样，大部分老师对我们这些出身并非贫下中农的学生都敬而远之，唯有张老师对我们一视同仁。甚至对一些出身特别不好的学生，因为他们处处受排挤，她反而更加特别关照。我家是中农，属于不是好出身但也不是很坏的一类，我的朋友李学满家是地主，他的体会当然就更深了，他在东北至今还感念着的老师也只有张老师这一位了。如果把事情完全归咎于时代的错误也不对，一个人的品性还是起着重要作用的。越是这种非常时期，一个人的高尚品性就发出它独具的光辉来。

一提阶级斗争就会认为是"文革"，其实这是健忘症，远在"文革"之前，阶级斗争这咒儿就念得非常紧了。出身有问题的学生想升学，绝对没门儿。前些日子见了两个同学，他们当年都是班上学习好的学生，但同样没考上学，大家都很感慨，一问出身，中农。中农就是中性的，不好也不坏，这也不行。就连中性的都在排斥之列。在车站我遭遇了非常尴尬的一幕，老师去送那些考上学的弟子，喜笑颜开，而对我们这几个没考上学的，眼珠儿都不曾转过来一下。这时候张老师送给我几本书，也没说什么鼓励的话，只是说，有时间看看吧，看看总比不看好。

　　前几天去看张老师，她说，当年你们念书真是艰苦啊，有的学生两分钱一碗的菜汤都吃不起。那时候张老师就常常给那些特别困难的同学悄悄地塞点儿零钱，或是粮票儿。当然她是不管什么出身的，贫农也好地主也好。在那严酷的年代里唯斗争是真理，她却保持着一颗慈善的心。

　　七十岁的张老师还在竭尽全力地忙着她的慈善事业。她是一个非常虔诚的基督徒。

　　同样从事慈善事业，中国有些人的方式就很难让人接受，比方有家报纸，专门把受捐助的学生照片登在报纸上，否则就不予捐助。还有一位名人，在一台晚会上当着亿万观众的面让一个受他捐助的孩子给他跪下了。他是否想到，这个孩子这一跪会让他一生都背上一个羞辱的包袱？有一位美国的捐助者对受他捐助的人说过一句话，让我差点儿流下眼泪来，他说，感谢你给了我一个服务于上帝的机会。他认为自己虽然是捐助者，但与被捐助的人是平等的，也是谦卑的，他说这句话就是出自内心的，而中国有些捐助者却认为自己是高高在上的施舍者，让人感谢，上报纸上电视，唯恐天下人不知道。张老师做慈善事业从来是不张扬的，连亲人都不让他们知道她捐助的是何人。她认为说出受捐助者的名字那是对人的不尊重。

　　事情的真相往往不是从行为人的嘴里说出来的，而是从被行为者的表现才能得到的。张老师捐助一个父母都是残疾人的孩子，从小学一直捐助到大学，这孩子几乎就不拿他的捐助人当捐助人了，想要什么东西了直接打电话开口就索要。

张老师是一个瘦弱的老太太了，她的学生我也是一个鬓发如霜的老人了，但她永远是我的老师。她具有的品质我一生都学不完。

到底意难平

哈尔滨的春天迟迟未到,冰雪仍未化尽,然而早晨的阳光穿窗而入,已经分明将春天的意思传达到了人的心里。在漫长的冬天里,太阳只是从窗前匆匆而过,昏黄而无力。只有春天才能有如此明艳的阳光。从外面跑步回来,妻子正在放《红楼梦》插曲,凄恻哀婉。我一下子浑身发软,跑步的意气烟消云散。那曹雪芹一生有了一部《红楼梦》足矣,那王立平一生有这一部《红楼梦》曲谱也足矣。王立平该感谢曹雪芹给了他这样一部能得以发挥音乐才能的文学作品,而曹雪芹地下有知,也会感激数百年之后还有王立平这样一位知音。

好像所有好的中国音乐最终总归是一个静字。一种激烈争斗后的平静,大起大落后的平静,过度悲伤后的平静。让人在平静之中品味生命。

阳光是如此明艳,又是如此平淡无奇,可是我的很多伙伴已经再也见不到这样的阳光了。不仅是我的同龄人,我的下一代也很有几个给埋在了那深深的矿井下面,永久地在那黑暗中了。再也回不到春天,再也见不到阳光,而我,仍旧能见着如此明媚的阳光,我还要做什么呢?我应该什么都不要了。但是,我还要跑步。跑步干什么?就是贪心不足啊。还要活下去,更长久地活下去,赖在这个世界上不走,赖着这阳光不舍。

人啊,到底意难平。在这个世界上,我还不曾见过真正的超然物外的人。即使那些据说是看破红尘的，都以出家为结局，似乎是一了百了。可是，出家之后呢？他们依然存在于这个世界上。佛门之内无净土啊。你去问一问，寺院之内的争斗何曾有过一刻安静？

我在一个中国偏僻的山寺里见过一位百岁老僧，多年前我就到过此处，并没见有此寺庙，更无此年长者，一问，得知他是五年前从西安大慈恩寺到此的。他到这里就是为了此处的偏远，就是为了到这化外之地建寺弘扬佛法。当年的鉴真大师所以九死一生，千难万险，七次渡海才到日本，大约也是这个意思。佛以四大皆空为最高境界，可这些高僧恰恰最是实践着理想的人，在这荒凉的山林里突兀地出现了这样一座金碧辉煌的庙宇，还有比这更实实在在之物？以百岁高龄，不远万里，从那古都西安到这里，四处募化，辛苦经营，这是多么脚踏实地的实干精神啊。

他到底是一百零三岁的人，精力不济，谈了几句话就昏睡过去，看着他那黑瘦的面容，我想，人生岂止是一个"空"字能了得？到底是意难平啊。

还有，庄子是何等浪漫的人，物我两忘，天人合一，顺乎自然，清静无为。可是他留下了一部书《庄子》，这哪里是无为？在当时的物质条件之下，点着油灯，夜以继日地俯在竹简上，废寝忘食，写下这么大的一部巨著是何等执着啊。不似现在有这么多的文化人，不似现在有这么大的信息库，那是一个多么前无古人的轰轰烈烈壮举。到底是意难平啊。

歌星李娜正当红，突然出家，从此在歌坛上消失。她是逃避还是进取？恰恰是一种大气磅礴的进取。她觉得再和这些真真假假的歌迷纠缠下去没意思了，人生不过这么几十年，我为什么要为他们活着？她寻求了人生另一条路，不甘心就这么活下去。李娜出家从另一角度去看，不是心如止水，而恰恰是心有不甘哪。

那个影视大鳄邓建国，在无数的摄像机和闪光灯下，毅然地让人把他那一头染成金黄色的头发剃光了。他是一种消极？他这人还知道什么叫消极？他从一个穷人突然有了大把的银子，有了银子之后他忽然看清了这些东西的本质不过如此，他又不安分了，他要另开一条路。他在这个世界上再开一把玩笑，人生不过如此，他不能白白地老下去。不安分哪。

不管以后的结果如何，他们到底能坚持多久，我认为这都是一种很了不起的举动，是一种绝望的反抗。能从那么山呼海啸般的掌声里抽身，能从那个五彩缤纷的舞台上退下来，推开那灯红酒绿，抛下那温柔缠绵，这都需要一种勇气，很不一般的勇气。哪怕他们明天就回来，我们也无权嘲笑他们，他们是大勇者。但是，我要说，这只是人生的一种无奈，到底意难平啊。

功成名就的想退出这个舞台，没在这个舞台上占有一席之地的千方百计要走上来。许多让人难以接受的行为就出现了：一个姑娘说某名人要对她如何如何，另一个则说是她掌握着某名人的要害，要曝光，要怎样……不惜抛头露面，不怕身败名裂，说到底，皆是不愿接受命运的安排，不甘心一生平凡，到底是意难平啊。从这个角度上说，我们应该原谅她们。

每个人都是他的欲望的奴隶，可是当你终于摆脱掉了这所有的可怕的欲望，人还能剩下什么？

所有生物的天职就是把你的种族延续下去。玉米在经历了苦旱、洪涝，努力长大，当籽粒成熟时秸秆旋即枯萎；鲑鱼们游经汪洋大海，穿越惊涛骇浪，进入河流，又过浅滩冲激流，九死一生回到了故乡，当它们在产完卵之后，立即死亡，把自己的躯体化作食物，以供养它们的后代，让它们再回大海，再成长后回到故乡，完成又一轮的生命循环。本来，一个人当你把自己的后代已经养大成人的时候，你在上帝那里的任务就已经完成，可有几人能甘于从此退出？

我不能像玉米那样旋即倒地，也不能像鲑鱼那样从容地就地死亡，我还有几十年可以活。我还没完全枯萎，衰老却是不争的事实。面对着参天大树一样长起来的两个儿子，我实在找不出什么冠冕堂皇的理由，还要在这个世界上占一席之地。

天尽头，何处有香丘？笑话！21 世纪了，还相信那个？我的那么多煤矿的兄弟们都先我而去了，有的仅有二十多岁。很多伙伴只下井不长时间就死在了井下，有的仅干几天，而我在那危机四伏的矿井里整整十六年，却皮毛无损地走了出来。对人生，我应该是无怨无悔了。可是，我还要活下去，哪怕落了片白茫茫大地真干净。一朝春尽红颜老，花落人亡两不知，可是，恰似遮不住的青山隐隐、流不断的绿水悠悠。人生一世，纵然是，举案齐眉，到底是，意难平啊。

不被追究的重婚罪

东宁县到绥芬河市的班车是每半小时一趟，那天因为绥芬河市来了"同一首歌"，我要去绥芬河就意外地买不上票了。走出了车站想打出租，一个人正在那儿直着嗓子喊，绥芬河，绥芬河！我问了价钱后，忽然发现这人很面熟，我说，我认识你。那人也叫道，你不是孙少山吗？于是我们一同哈哈大笑起来。当年我们一起办过文学创作班。

在车上，他说，伙计，我们大约有二十年没见面了吧？我说，还要多吧？他说，伙计，我现在是家破人亡哪。我问，出什么事了？他说，老婆离婚了，孩子、房子都带走了，我现在是光棍一条，没家了，住在一个小旅店里，只有这台破汽车挣饭吃。我问为什么离婚。他说，咳，人家年轻，不跟咱了。我问，她多大了？他说，比我小三十岁。我笑了，原来他娶了个"小"的，怪不得呢。他说，前几年还上过报纸，文章的题目是什么《一夫二妻，老牛吃嫩草，老汉娶了小女孩儿》。我说，你有本事呀。他说，还闹到法院去了哪，有人告我重婚罪。我有点儿幸灾乐祸地问，这么说你还蹲过？他说，没有，咱老伴儿承认是她愿意的，把我给要出来了。我觉得有些故事了，一般情况都是前妻给送进去的，她怎么会去要出来呢？下面，他说出一句话，让我的心情一下子沉重起来。他说，我的那个大儿子，二十五岁那年车祸死了。他说出这句话就沉默下来，我看出他在强忍着眼泪。车窗外掠过盛夏的山野，一片葱茏苍翠。

我这伙计叫老洪，他的故事我大体想象出来了，他的做法我也理解，因为我山东老家一个朋友去年也是儿子出车祸撞死了，他悲痛欲绝。到我们这个岁数，儿子就是全部生活、全部希望了。他产生了一个念头儿，一定要想办法找个女孩儿再生一个。这个念头儿一产生，就跟神经病似的再也放不下了。但他的老伴儿坚决不答应。直到今天家里还在闹。没遭遇上这种事的是无法理解这种荒唐念头儿的，但他们竟然产生同样的想法，可见不是偶然的。我不知道老洪的妻子是如何能接受丈夫这个办法的。也许是他们感情太好了，她受不了老洪那种绝望的悲痛。老洪原来开一个小旅店，家里还有点儿钱。这个女孩儿是他旅店里的一个小服务员，后来就成了他的"小媳妇儿"。老洪对外一直是这么称呼的，而且一年之后真的给他又生了一个儿子。这年他和老伴儿都是五十二岁了。他们就这么稀里糊涂地生活在一起。后来就有人检举了。按法律老洪当然是重婚罪。但这种特殊情况，又加上双方是自愿，特别是他老伴儿同意，让法庭没法处理了。老伴儿在法庭上说，这一切都是我的主意，也是我给他们操办的，要判就判我好了。法院最终没有判他重婚罪。

　　据老洪说他的老伴儿也很喜欢这个刚出生的孩子，天天抱在怀里。如果不发生意外的情况，这个一夫二妻的畸形的非法的家庭也许真的可以维持下去。真是祸不单行，天有不测风云。他的老伴儿得了一种怪病。他带着她去了北京、上海，各大医院，都没有办法。为了给老伴儿治病，他花光了家里所有的积蓄之后，又卖掉了小旅店，老伴儿还是在去年去世了。

　　老洪说，小媳妇儿年轻，不懂事，脾气很大，人倒是不坏，我老伴儿一死，越闹越厉害，最后不得不分手了。

　　老洪的这个小媳妇儿是农村里贫苦家庭出来的。当初她愿意给老洪生儿子并且一起生活，当然就是为了能摆脱贫困，根本就谈不上什么很深的感情。说穿了就是为了老洪的家产。她的这种选择是合理的，如果不跟老洪一起生活，要挣几十万块钱怕是她拼死拼活一辈子都没有可能。她给老洪生了儿子，到日后老洪夫妻一死，全部家产也就是她母子的了。她没想到老洪为了给老伴儿治病花光了全部家产。这是任何人都难以接受的。据老洪说他光是花掉的积蓄就有四十多万，不算后来变卖的家产。

我想，其实那女孩子就是想抛开他才闹的，并不是脾气的原因。她才二十多岁已经没有理由跟这样一个又穷又老的老头子共同生活了。

他们是去年分开的，老洪就是现在这个样子，孤身一人了。房子也给了小媳妇儿，还要负担儿子的生活费。那小媳妇儿也很快跟一个年轻男子结了婚。

这是一个很悲惨的故事，但老洪表现得很刚强。他说，伙计，没关系，从头儿再来！他从方向盘上曲起胳膊说，看这肌肉！咱身体还杠杠的呢，小伙子也比不了！你不行吧？我说，我不行，我不行。但我心里很怜悯他，觉得他这是在给自己打气儿。人生就是这样，有什么办法？这一切都是命运。

农民和房子

农民最大的一笔财产永远是房子。不管他是富户还是穷户。很多农民终其一生都在为营造他的房子而拼命劳作。在农村里，一个好农民总是为他拥有一座好房子而自豪。那是他人生成功的证明，而一个失败的农民常常为他没有给儿子留下一座好房子而悔恨。活着在儿孙面前抬不起头，临终时觉得无颜见祖宗于地下，而洪水最先摧毁的恰恰是他们的房子。居住在松嫩大平原上的农民没有石头砌房基，整座房子从上到下全是泥土所筑，于是大水一来就倒得分外彻底，连废墟都谈不到。

作为一个在农村生活了大半辈子的人，我对房子的重要就比别人感受得尤其深刻。那是家，那是温暖，那是借以躲避风雨的巢穴，那是比老婆还要重要的东西，那是赖以生存的所在。

随省作协采访团第二次到灾区，在泰来县大兴镇的新风村，一个失去了家园的农民，蹲在堤坝上看着他只剩了一根烟囱的家（他的房子只有烟囱是砖砌的，所以没倒）向我说，他希望能有人给他担保，让他向银行贷点儿款，他买砖自己盖房子。这就是农民，他不敢对别人有过高的要求，从来都觉得一切要靠自己。

我刚从农村到城市的时候，每听有人抱怨单位不给他分房子就感到奇怪，你没房子住怎么会怨国家呢？国家给你发工资难道还欠你的房子不成？后来我也开始向领导嚷着要房子了，但心里总是虚的。脸上装得理直气壮，心里直打鼓。当我从电视上看到很多灾区，国家已经给用砖砌起简易过冬房时，我心里暗自松了口气，他们总算这个冬季可以逃脱严寒的威胁了。

9月6日第三次到灾区。这次是乘船走了三个小时才到达被大水围困的新肇镇。这是肇源县的一个大镇，有十七个村、三万六千口人。公安分局的吉普车送我们到最近的旭日村，一路上几乎全是霉烂的粮食占据了道路。这是人们从洪水中抢出来的玉米高粱。已经烂得臭气冲天，但农民们仍然不停地翻晒着，指望或许能用来喂家畜。他们连晒粮食的地场也没有，只能晒在公路上，一任来往车辆在上面碾压而无怨言。

旭日村共有二百二十户人家，现在仅仅有十户人家的房子还站着，其余全部倒塌。能进人居住的只有村长一家，因为他的房子地势高。现在全村人都沿公路住在两侧的塑料棚里。这就是用棍子做支架，搭上一层塑料薄膜做成的临时住所。这种棚子别说是御寒过冬，就是一阵大风都能把它们刮得踪影全无。全村最醒目的是几顶蓝色的帐篷。这是他们的村小学。这个小学在8月26日即开学了。虽然受灾却又是最早开学的学校。教导主任说，越是受灾越是要早开学，否则课程会赶不上进度。这位教导主任夫妻俩和他们的女儿一家三口都是教师。尽管他们还住在连风都不能挡住的塑料棚子里，但为了孩子们的学习，他们一天到晚都在兢兢业业地工作着。

这里没运进一块砖头，但村民们不等不靠已经开始自己动手重建家园。他们在一道仅仅高出水面一米多的土坡上挖掘地穴，整整齐齐地排开。每一户都挖得非常认真，长约四米，宽三米，墙壁尽一切可能修理得光滑平整。挖出炕，挖出灶坑，而且像正规房屋那样开出门窗。有人家已经把大水里打捞出来的门窗安装在他们的新居上。他们充满信心地说，只要把上面用木料架起，然后在上面盖上草就可以过冬了。并且强调说，不会太冷的，很早以前农村里有的人家就是这样居住的。有的人家已经用塑料布在上面盖起来，有的烟囱里面已经冒出了一缕炊烟。这缕炊烟虽然在一片大水的背景映衬下略显孤单，然而它又是那么生气勃勃。它在9月的晴空下旗帜一般耀武扬威地竖立着。

也许是受了灾民们这种不屈精神的鼓舞，我们早晨从大庆出发就没吃早饭，一直到下午五点还没吃也不觉得很饿，这整整一天只在晚上才吃了一顿饭。当我们乘船离开新肇时已是黄昏时分，驳船在茫茫的大水中前进。东边的一带堤岸承接了夕阳的余晖显得金碧辉煌，那水边一些人和一辆马车也在一片金光中平静而安详。这风景就如同一幅俄罗斯风光油画一样优美。我们的船就像行进在夏天的伏尔加河上。驳船的左侧是一片大水淹没半截的杨树林子。只有这些杨树在洪水中安然无恙。林中已经有些昏暗，光线虚幻缥缈，杨树一株株如同一群无忧无虑的少男少女，趁这如画的傍晚时分在那儿相聚，成群的喜鹊在林中欢快地叫着、飞着。黑龙江地区喜鹊是比较少见的鸟儿，这是我第一次见到这么大的一群。洪水过后竟出现了如此的美景，不能不让人感到吃惊。它把千万顷良田吞没，杀死数以亿万计的绿色生命却又表现得如此若无其事。这就是大自然。它永远是一个无所谓善恶的存在。只有它能在瞬间让腐烂的生命上面开出鲜艳的花朵。

我在旭日村看一位青年农民挖地窖子时，他曾经问过我，你能不能向上级反映一下，拨给我们一些建房子的材料？当时我支支吾吾什么也没说出来。人微而言轻，谁会理会我的反映？回来后我的眼前一直出现着那位青年农民一双企盼着的眼睛。

花开花落两由之

1

我原以为一个经过那么多苦难折磨之后，又蹲了七年半监狱的女人一定不像样子了。见面之后叫我惊讶的不仅是她比同龄人看上去都要年轻，而且她依然是那么开朗，两眼也神采奕奕。我第一次见到杨春花时她刚十三四岁，是一个真正意义上的女孩子。今天她已经四十岁了。

那是一个冬天的早晨，我用辘轳绞上水桶来之后，把铁链递给下一个打水的人。但是这个人没有接。我抬头一看，是一个十三四岁的女孩子。她愣愣地看着我发呆，忘了该她打水。一双眼睛又黑又大，就像那井底的水一样清亮。不知道是因为我刚到胜利村她不认识，还是什么别的原因，她发呆了。她那愣愣的样子给我留下了很深的印象。她身穿一件毛蓝色的棉袄，高高的个子，还没发育成熟，细得像根高粱秸。

后来她长大了，又高又健壮，而且成了胜利村最能干也最漂亮的姑娘，再后来就当上了妇女队长，再后来就嫁给了煤矿工人刘忠宾，再后来就杀了人。

2

在肇州那里有一个全国闻名的女子监狱，好像叫革志监狱。她不忌讳提蹲监狱这件事。我装作无所谓地问：你们都在那里干什么活儿？她也用一种很平常的口气说：做衣服，你看到过警察穿的那些衣服吧？那全是我们做的。

不管她这种无所谓是真的还是装出来的，都使我很感激。她使我们的谈话能始终保持在一种轻松愉快的气氛里。

我调到东安矿的时候恰巧刘忠宾也调到那里，我们在同一个井口里掘进。那时候杨春花的妹妹杨春梅嫁给了我的表弟，我们也算是亲戚了。刘忠宾个子不高，但是眉清目秀，最大的特点是话少，可以说是沉默寡言。他这种过于内向的性格就是后来促成悲剧的主要原因。但当时大家都认为他是一个很老实的人。那时候他和杨春花已经有了一个男孩儿，是一个和和美美的小家庭。

事情发生时我已经调离东安矿了。东安矿有一个看场员又黑又丑，大家给他起了个外号叫老鸹子。谁也没想到漂亮的杨春花能和这个老鸹子发生了关系。

煤矿的看场员管卖煤，同时又负责管理那些装煤车的妇女。他成天就是和这帮女人打交道，他有权让谁挣钱多让谁挣钱少，他要打她们的主意当然首先就是杨春花，她是这帮妇女当中最漂亮的一个。煤矿是一个很特殊的群体，这里的人是真正的来自五湖四海，而且人口的流动性特别大，因此就形成了一种男女关系很乱的风气。一旦发生了这种事大家也都是一笑了之，唯独刘忠宾却做出这场轰动一时的杀人案。

3

她毕竟是农村里生长起来的，事情发生后她自己首先认为是犯下了严重的罪行，因此在刘忠宾打她的时候她心甘情愿地忍受着。如果她反抗，以她的体格，很难说谁比谁厉害。她的个子和刘忠宾一样高。从小就干活儿，力气也不比他小。

东安矿矿长修平是个很聪明的人，他对这件事的处理应该说是很妥当的，大家都不许声张，一、把老鸹子调离东安矿；二、老鸹子赔偿刘

134

忠宾三千块钱。修平威信也挺高，他们双方都接受了这个处理决定。但后来老鸹子却反悔了，拒不交这三千块钱。他没想到这是他的买命钱。

三千块钱对于刘忠宾来说还有另外的一种价值，那就是，你伤害了我，让你拿出三千块钱来也等于割了你一刀，让你也受到另一种损失。所以老鸹子拒绝出钱对于他是一种加倍的伤害，我名声宣扬出去了，却一分钱没有得到，这口气如何咽得下去？他气疯了。老鸹子已经不在本矿，他只能把所有的怨恨都发泄到杨春花身上。

4

杨春花经历了她一生中最黑暗的日子。刘忠宾残酷地毒打她，用各种方法打她。他用劈柴打她的腿，打她的肩背，用皮带抽她的胸，用脚踢她的肚子。他打得杨春花跪地求饶也不住手。他越打越来气，越痛苦。他是深深地爱着他的这个漂亮又高大的妻子的，正是因为爱，他才特别痛苦。他过去有多爱她现在就有多恨她。他认为她是不可替代的，她是他生命中的唯一。现在这唯一的破灭就如同一个无价之宝的花瓶打破了，再也不能复原。绝望使他陷入了一种疯狂的状态。为了不让邻居们听到，他总是关起门来打，或者半夜里起来打。为了不让儿子知道他把儿子送到了他奶奶家里住。刘忠宾的父母在一百里之外的二道岗子村。他的日子也同样不好过，他吃不下饭，睡不着觉，人一天天消瘦下去，头发也不理，胡子也不刮，像鬼一样。支撑着他精神的只有一种东西，那就是无边的仇恨。他变成了一只嗜血的野兽，每天都要见杨春花的血才能生活下去。当用各种方法打也不能消解心中的仇恨时，他就用烟头去烧杨春花的皮肉。通红的炭火钻进皮肉里吱吱地叫着，冒出一缕青烟，他听着这种声音永远绷紧的神经才能略感一点儿放松。

煤矿是一个特殊的环境，由于井下工作的极度繁重紧张，而又险象环生，造成了人的情绪上的躁动，这种情绪的不稳定就必然容易使人产生暴力，所以煤矿工人是所有产业工人中最野蛮的。他们经常打架，打得头破血流都是平常小事。我所在的那个很小的煤矿都天天发生打架的

135

事件，有的煤矿甚至规定下制度，谁打架就罚款五元。别人打你，你不还手可以不罚款。有的人就先到队长那儿提前缴上五块钱，声明我今天要打某某人。就是这种环境使得刘忠宾很容易地要把心中的怨恨诉诸暴力解决。

他要老鸹子死，他要与老鸹子同归于尽。他已经将死置之度外，他本来可以亲手去杀了老鸹子，但他认为那样也不能消除心头之恨。他给自己定下了一个最高的目标，让杨春花亲手去杀掉老鸹子。这无疑是最解恨的结局。他死死地咬定了这个目标，一步步向这个目标推进。

5

杨春花认为自己罪孽深重，所以打死也不出声。她坚强忍受着，刘忠宾让她脱掉衣服用皮带抽她，她把眼一闭，咬紧牙关一声不吭，直到刘忠宾打得实在累了才住手。当通红的烟头烧进她的肉里时她把嘴唇都咬穿了也不出声。她苦苦地哀求着。她指望刘忠宾能出够了气之后饶恕她。她没有想到刘忠宾的仇恨是无边无际的。他把她打得浑身上下没有一点儿好皮肉了，真正是新伤痕夹旧伤痕。她实在无法忍受下去了。她想一死了之。她喝上了农药，却被刘忠宾及时地发觉了。她没死成，刘忠宾一时也停止了打她。她以为他会放过自己了。她还年轻，她还不想死。看看太阳，看看天空，看看这些青翠的山岗，还有碧绿稻田。她想起了当妇女队长时带领大家插秧的日子，那时候虽然累，但真正是无忧无虑啊。

刘忠宾并不能忘记老鸹子给他的耻辱，一看到杨春花他就立刻联系到了那个让他恨得咬牙切齿的仇人。这些仇恨像毒蛇一样啃啮着他的心。他仍然要杨春花亲手去把老鸹子杀了。杨春花已经恨透那个人了，但是要她去杀人她是无论如何也做不到的。她于是就又招来了毒打。她曾经跳到一口井里去自杀，但没想到那水根本就淹不了她这么高的个子。煤矿常常有人一不小心被电死，她曾经把手伸到电闸上，但是她被电打出了几米远，人却安全无恙。

136

她跪下哀求他说，我对不起你了，只求你放我一条生路，让我离婚吧。他说，除非把老鸹子杀了。她逃跑了，跑到她的一个亲戚家里躲藏起来。刘忠宾很快就找到了那里去，他说，谁要敢收留她，我就和谁同归于尽，反正我是不想活了。杨春花只好跟他回家。杨春花的老母亲也恳求过他，老人家说，求求你了，别打她了，难道你真想打死她吗？你就把她当成一只狗养着不行吗？有，就给她口吃的，没有就算了，让她给你做做饭，看看门也好啊。当只狗也不行！要他不折磨她，只有一条路，那就是杀了老鸹子。

　　她彻底绝望了，她对自己下了狠手。她用菜刀在自己的脖子上一左一右砍了两刀。当时血流满地。她自己以为这次必死无疑了。但是刘忠宾又一次及时地把她送到了医院，抢救过来。他不要她死，他要她活着，去杀老鸹子。

　　在当时杨春花也许还有一条路，那就是去派出所或者法院告刘忠宾虐待，寻求法律保护。一个人死都不怕还有什么可怕的？但她是个要强又要脸的女人，她总认为这事就是打死也不能厚着脸皮去对人讲。她克服不了那种羞耻感。况且自己有错在前，刘忠宾就是杀了自己也理所应当。这种沉重的犯罪感使她只能忍受不能反抗。如果她确是那种真正的丢掉了羞耻感的风流女人，她会大吵大闹，那不过是一夜风流，算得上怎么一回事呀？要么你离婚，要么你忍下这口气，什么也别说，反正这种事也不会再发生了。你动她一指头她都不干。也许那样倒会使刘忠宾醒悟。她越是忍气吞声自认为有罪，刘忠宾越是把这件事情看得过重，越是感到这种耻辱无法忍受，越是不能从痛苦中解脱出来。就按当时的社会进程，我们已经进入 20 世纪 90 年代，但那种封建观念在农村妇女的头脑中仍然根深蒂固。杨春花是被一种沉重的罪恶感给彻底压垮了，如果她能理直气壮地和刘忠宾以死相拼，结果就会完全不同。那就救了她自己也救了刘忠宾。归根结底是这种罪恶感害了她。要想做到真正的男女平等，首先是女性要彻底消除性行为在心理上的罪恶感。在某种时候，是人的一个错误观念决定了一个人的命运，而非不可改变的客观条件。这是最令人痛惜的。

当矿长修平又一次要老鸹子交出钱来平息这场纷争时，老鸹子竟然理直气壮地说，是她自己愿意的，我为什么要给钱？对这种无赖修平毫无办法。他毕竟没有犯国法，也没有犯矿规。老鸹子也深知在这件事上谁也没办法治他，但是他这等于宣判了自己的死刑。

当这话传到杨春花耳朵里时，她对这个人的愤恨达到了极点，她同意了，亲手把老鸹子杀了，大家一起同归于尽。

6

老鸹子在东方红煤矿看煤场，东方红煤矿在高安矿的东边，只隔一道山梁。那天晚上杨春花手里拿一把镰刀，刘忠宾拿一根柞木棍子，两个人悄悄地翻过山来到了东方红煤矿。刘忠宾把镰刀磨得锋利无比，这是那种专门割稻子用的牙芽形状的朝鲜镰刀。但这一天是老鸹子命不该绝，他的看场小屋里睡了两个矿工，他们没法下手。

第二天晚上他们又来到了东方红煤矿。天渐渐黑下来，最后一辆拉煤的汽车开走了。装车的妇女们收拾了一下场子也都回家去了。老鸹子也锁上了门，进村子里买吃的东西去了。杨春花和刘忠宾就蹲在煤场上面的树林子里等他回来。刘忠宾忽然想起一件事来，悄悄跑出树林子把老鸹子的锁孔里塞进了一根火柴梗。月亮升上来了，又大又圆。杨春花这时忽然觉得老鸹子不会回来了，她也在心里祈祷着：你千万别回来了，你千万别回来了。她觉得自己怕得不行，杀人对她来说是比死还要可怕的事。但是老鸹子回来了，嘴里还哼着小曲儿。他来到小屋门前掏出钥匙开门，钥匙捅不进去。就在这时刘忠宾从树林子里跳出来，举起棍子向他打下去。但是这一棍没打中要害，打在了他的肩膀上。他大叫一声拔腿就跑。他命已该绝，刚跑出几步，脚步下被一个树桩一绊，差点儿跌倒，刘忠宾赶上一步，一棍把他扫倒。杨春花跑过来对准地下这个人的脖子狠狠地抡起了镰刀。月光下觉得这个人丑陋得让人不能忍受。她半年来所受有一切委屈和痛苦一齐发泄出来，她一下一下拼命地砍啊，砍啊……直到地下那个人不再动。

在我们这个世界上，妻子伙同情夫谋杀丈夫的案件比比皆是，妻子伙同丈夫谋杀情夫的世所罕见，所以这起凶杀案成了轰动一时的新闻。

杀了老鸹子之后，刘忠宾就去找修平报了案。他们已经是做了以死抵命的准备的，在监狱里刘忠宾天天大闹，只求快快处死他。但法院最后判了他无期徒刑。在审讯杨春花时，她每次都哭得什么也说不出来。她何曾想杀人啊，却成了杀人犯。她被判十年徒刑，由于在监狱里表现突出，最后减到七年半获得了释放。

7

她说：刚进去的时候，我觉得活不下去，我想孩子啊，天天哭，饭也吃不下去。大家都劝我说，进到这里面来了，你就谁也不能想了，只想你自己，只想自己要活下去。后来我就对自己说，不想了，不想了，我谁也不想了。我硬逼着自己不想，真的就不想了。

七年半，对人生来说也不是一个短时间。她就那么一天天熬过来了。一般犯人都还时常有家人来探望，有亲人的来信，她在这七年半中却是什么也没有。有时看着别人收到家里送来的东西或者是一封信她都羡慕得要命。她多么盼望自己的儿子能来让她看一看啊，他已经十七八岁了，该懂事了，我是他亲妈呀。可是她一直也没有等到。

她的出狱又和别人不一样。别人是有亲人到监狱来接，接到家合家团聚。她只是自己提一个小包，爬上汽车，在一片苍茫的北方大平原上奔跑。还不知道回到哪里去，也不知道人们对她的归来会持一种什么样的看法。煤矿那个家已经没有了，回不去了，刘忠宾家的人把他们的一切家具，甚至一只饭碗都拿走了，房子矿上收回去了，已经分给了别人。回胜利村，这里已经不是她当女生产队长的时代了。地分了，生产队取消了。回娘家去，父亲去世了，弟弟也结婚了，而且和媳妇感情不和，总是打架，成天吵着要离婚。如何能容得下她这个外来人？但是既然出来了，就要活下去，她硬着头皮回到了胜利村。

她没有地种，要想生活下去就只有重新嫁人。现在她已经和一个丧妻的农民组成了一个家庭，但是又面临着一个新的难题，他们要想结婚她就要首先和刘忠宾离婚。刘忠宾当然不会在离婚协议书上签字。同时监狱方面也不支持找犯人办离婚手续，他们怕犯人情绪波动，给他们的管理带来不必要的麻烦。所以即使法院的人找到刘忠宾所在的劳改部门，这也是一件很难办的案子。她得不到刘忠宾的离婚应许又该怎么办？

电　影　院

　　我已经很少到电影院，每次进去都不免要生出很多感慨。坐在空荡荡的大厅里，前后左右张望，看那一排排整整齐齐的座椅空对着银幕，一种惶愧感就生了出来，常常使我忘记电影上的故事。有一次我看一场电影，认真地数了数，只有六个人。真的，那么大的一座电影院里只有六个人。我恨不得出去拉几个人进来坐下。

　　我想起年轻时家乡的电影院。那仅是一个土墙围起来的大院子而已，不要说没有屋顶没有座椅，连那围墙都是破烂不堪。是用土夯起来的，风吹雨淋，有的地方已经形成了豁口，有的则剥落得只剩下薄薄的一层，几乎一阵大风就能吹垮。特别是冬天，空荡荡的一个院子里只竖三根木棍的一个空架子和散场后扔下的几块石头，几截断砖。时而起一阵小小的旋风，黄色的尘土和鸡毛就在院子里走动，那墙头上莠草的枯茎，也被吹得瑟瑟作响，这时的电影院如同一个坟场，真是要多荒凉有多荒凉。但是一到晚上放电影，那里面立刻就热闹起来。人声鼎沸万头攒动，孩子哭女人叫，你推我攘拥挤不堪。你挡了我，我挡了他，吵起来，骂起来，以至动手打起来。柴油发电机在最后头的墙角那里嗵嗵地响着。放映机亮了，强烈的光柱打在了幕布上，开演了！开演了！一片欢腾。有孩子也有大人就把手做成各种形状高举到灯光里，于是银幕上就会出现一只汪汪叫的狗或者是一只扇动耳朵的兔子。狗追着兔子逃窜，逃不脱时忽然兔子又变成一只狼，于是就咬将起来。终于放映了，有一个人戴狗皮帽子的脑袋却投映在了银幕上，像一只张开翅膀的乌鸦。大家于是一齐笑一齐骂，他也同大家一齐叫骂。直到放映员扔一块土坷垃打在他头上他一回头才知道是自己。

那时候的电影票是五分钱，那五分钱能给人以多大的欢乐啊。每星期只有一场电影，孩子们像盼过年一样盼着那场电影，即使在冬天里脚冻得猫咬一样痛也没有人退场。对于情窦初开的青年人，这五分钱便远不是仅仅看了一场电影。他们可以在昏暗中和心中恋着的人相会。或是相隔着几个人悄悄地不断地望上一眼，或者是有预谋地紧挨在一起，那样他就整场电影都看不明白了。那时候给我印象最深的是《我们村里的年轻人》，因为我也进入了青春期，非常盼望着我们的村子也能像电影上那样，男女青年都在一起去修一个什么水电站。

当我到了东北再看电影时已经没有电影院了，我们那儿是一个仅有一百户人家的矿村，自己有一台十六毫米的电影放映机，就在街上放电影。我已经不是一个单身青年了，每次看电影就要全家四口一齐出动。两个儿子常常因为我们去晚了占不到好位置哼哼唧唧，我就自己动手专为看电影做了一个比任何板凳都高的长板凳。我们一家四口高高地往上一坐，谁也挡不住了。可是自然也就形成了一堵墙，挡住了后面的人，后来只要我们把板凳往那里一放，后面就不会再有人放座位。

我们矿上看电影当然从来不用花钱，但你也要付出另一个代价，听当官儿的训话。他们啰里啰唆总说不完，而且还要抓住机会一个接一个——下面我再说两句……这"两句"一说不要紧，没有半个小时不算完。最熬不过的是孩子，有的哭着要回家，大人就哄他说，马上就完了马上就完了。有的干脆躺在大人怀里或者地下睡着了。电影开演时怎么也叫不醒了。

能坐在这么宽敞的大厅里看电影，坐的又是沙发椅子，是做梦也没想到的。可是，做梦也没想到的还有电影会衰败得如此之快。现在乡里的放映队都黄了，农村的电影院都变为他用，我们煤矿的电影院刚刚盖起来还没有演上一年就再也不演了，没有人看，不花钱也没有人看。

电影院的没落是时代的进步，但是那许多的美好的时光也永远失去了。

朝鲜族朋友

　　当年我居住在一条山沟里，是二战时遗留下的一座日本人的废墟，四无人家，很荒凉。就是火柴、煤油、食盐等日常用品也要到附近的一个朝鲜族屯子里去买。那屯子名叫狼洞沟，距我家有三里路。有一些朝鲜族人就和我们熟悉起来。有一天，一个叫尹东国的小伙子带一个伙伴到我家去要买我家的羊。我那年只养了一只羊，喂得很肥，他们看上了，要买去合伙杀了喝酒。那时他们和我其实是同龄人，但他们过得比我快乐得多。朝鲜族人和汉族人最大的不同就在这里，他们生活得乐观。比如在寒冷的早晨你看到一些进山打柴的牛车，站在车上啊啊地唱着的一定是朝鲜族人，而缩着脑袋闷声不响的一定是汉族人。当时我也很馋，但从来没想到过自己要把羊杀了吃。那天我没在家，妻子自作主张就把羊十五块钱卖给尹东国了。我回到家她兴奋地向我报告，合算呀——她扳手指向我算起来十五块钱可以买多少东西。

　　但是这个尹东国把羊吃了后钱却拖着不给了，于是妻子就一次次地跑狼洞沟去讨债。他总是说，下一个月一定大家凑齐了亲自给送家去。这样一拖就是一年。我很生气，这还不如自己杀了吃呢。不能白送给他们吃，我就自己去狼洞沟讨这十五块钱。朝鲜族屯子和汉族屯子也是一眼就能看得出来，他们的房子都是那种圆形的稻草屋，一个个像灰色的蘑菇。当时的狼洞沟没有一栋砖瓦房。这跟他们经常迁徙有关，经常从这个屯搬到另一个屯子。所以盖房子就准备随时可以扔掉，只有木棍夹起来涂上泥做墙壁，连土坯都懒得做。进到屋子里也极简陋，几乎没有什么家具。尹东国家里就更穷困，我只看到炕角堆着一堆被子，别的什么也没看见。

尹东国没在家，他的哥哥尹东浩趴在炕上做一种纸牌。他一听这事情就大骂他的弟弟，说，你怎么会卖给他呀，我知道，人家早就把钱凑齐了交到他手上了，是他给花了。我很吃惊他的坦诚，看见他的毛笔字写得很好，就问他上过什么学。他说，他原来是当教师的，后来因为打成反革命就给刷掉了。我问他为什么。他就开始向我讲起一些哲学问题了，我大都不懂。只记住了一句话，他说，任何理论都是不完善的，包括马克思主义。当时我心里想，把你打成反革命真不冤枉呀。临走的时候，他一定要留我吃饭，那种热情绝不可能是装出来的。过了几天我又去，还是弟弟没在家。尹东浩说，这次不能让你这么走了，一定要吃过饭等一等看那家伙能不能回来。我还是挣脱了他的挽留。回家我对妻子说，我再不好意思去讨这十五块钱了，要讨你讨吧。

第二年妻子终于把这十五块钱给讨了回来。她拎着一条口袋，跳上炕就要装人家的大米。一家的口粮就存放在炕角的麻袋里，你想想那是过的什么日子？那天尹东国和尹东浩都没有在家只有他的一个妹妹和老父亲在家，他们慌了，到邻居家借了十五块钱交给了妻子。得胜回家妻子豪情万丈，我对她竖起大拇指。

我本来以为妻子的这次行动彻底把尹家得罪了，没料到后来我到朝鲜族屯子狼洞沟去只要遇见尹东浩他就一定要请我喝酒。那份真诚使我们成了朋友。他很自负，说全屯子没有一个有文化的人，全是愚昧的家伙，把他打成反革命他也不服。

再后来，那个好吃懒做的尹东国也到我们煤矿干活儿了，我们又成了一个矿井里的伙伴。他体格很强壮，推车是一把好手。他还有一个让我佩服的特点就是特别耐寒。我们坐在敞篷卡车上去上班儿，寒风像刀子一样，只有他一个人不用戴皮帽子。

去年我又回到当年的旧居去看了看，那座我曾经居住的废墟已经什么都没有了，只剩下一片蒿草。我又走进了朝鲜屯子狼洞沟，向人打听尹东浩。他们说他早就在三年前去世了。他只比我大几岁，怎么会这么早就死去呢？大家都说不知道是得的什么病。他因政治问题老婆离婚了，后来也没有再娶，所以他到死都是光棍一条。

读叔本华，听《二泉映月》

把全部家当，破破烂烂的塞进集装箱之后，我就和妻子偕八十多岁的岳母南归了。我们来到这座四周围绕着杨树林的石头房子里等，等了一天又一天，集装箱却杳无消息。在那四十多天里，我真正是坐困石城，没有电话，没有电视，更没有互联网，连邮路都不通，彻底与外界隔绝了。从随身带的衣物中翻出一个二十多年前的旧录音机，这是打包时在丢弃与带走之间犹豫了半天之物，还有一本叔本华的《作为意志和表象的世界》散页，是在行李中夹带来做垫纸用的。万想不到现在它们倒是唯一能伴我度时光的东西了。叔本华这本书我如同读天书，从来没有读懂过；录音机里只有一盘磁带，只能反复地听。

万幸，这盘唯一的遗忘在录音机里的磁带是阿炳的《二泉映月》，据说这首乐曲曾经让小泽征尔一听就跪下了，对我来说已经是"百听不厌"。对我这个从来没受过哲学训练、又不善于思辨的人来说，《作为意志和表象的世界》读来是举步维艰，如同啃骨头，但，这倒也是一不幸中的万幸，天下只有读不懂的书你才能反复地读，百读不厌，如《周易》。现在我终于知道为什么有人提倡让小学生读经了，唯一的原因就是——他们读不懂。

石屋四周是一种速生杨树，据说这是人们培育了在西北防治风沙的树种，特点就是长得迅速。这片树林虽然只有五年的树龄，已经长得很高。傍晚时分我坐在院子里，四周高可参天的年轻的杨树就像一些忠诚的士兵一样守护在我旁边。风吹动时，它们就大幅度地摇晃，像要拔腿飞去。万千树叶就一片哗哗的响声，如同急雨抽打着大地。《二泉映月》一声叹息之后就开始了它那让人心颤的旋律，在这荒凉的夜晚静听这种天音让你有一种恐怖的感觉，不是乐曲的恐怖，而是你觉得生命正在被这一个个的音符融化、消解，你身体里的每一个细胞都在颤动，生命的本能告诉你，这种音乐是危险的，不能不为你的生存担心。

《二泉映月》里面也并不是一贯地悲切，它也有过激烈的抗争，进行到中部的强烈音符表达出了一种不屈与英勇，但最终还是一声无可奈何的叹息。正因为阿炳也曾经历过欢乐繁华又曾经历过哀伤悲苦，所以他才能对人生有着如此深刻的认识。

叔本华哲学认为世界的本体就是意志，我们所面对的一切都是这意志的表象而已。这与我们从小就接受的唯物主义恰恰相反。他对唯物主义是这样批判的，他说唯物主义认为物质是第一性的，是客观存在的，这其实就首先确定了主观世界的存在——意志的存在，也就是确认了主体的存在。一切客体事物既然是客体，那么它们早就由认识的主体通过"认识"的形式加以规定了，所以，没有主体哪来的客体？他的这个论断很让人吃惊，关于唯物主义可以这样来批判吗？

佛教认为世界就是虚无，第一个和尚说，风吹幡动；第二个和尚说，不是风吹幡动，是幡自己在动；第三个和尚说，风也未动，幡也未动，是人的心在动。还有，"菩提本无树，明镜亦非台，本来无一物，何处惹尘埃？"叔本华在这里与佛教的认识是一致的，认为世界是我的表象"本来无一物"，但他承认身体，他认为身体虽然也是一种表象，但同时也是意志。身体是人在这个世界上唯一真实的个体，是唯一的意志现象和主体的唯一直接客体，而佛教则连人的身体也一并否认，认为那只是一个"臭皮囊"而已。

落日时分，悲怆而美丽。太阳透过杨树林子光线如金，我从小河边回来，踩着脚下细沙铺成的小路，觉得此生只要能享受如此时光已别无遗憾。当我登上平房顶再看时，西边天际有一条云，此时给落日燃烧得火红，西边的大片杨树都成了一些剪影在摇曳着。面对着一个如此的世界，哪管它是意志也罢，表象也罢。

他的哲学认为人生是一场悲剧，是注定痛苦的，但他又非常贪恋生命，他夜里睡觉时都要把一把手枪放在枕头边。批判叔本华时，说他是不真诚的，所以他的理论是骗人的。其实这并非矛盾，他的理论和他的行为不一致并非他虚伪，人都是一个矛盾体，他的理性并不能完全控制他的本能。比方说我们都知道在自己的家里并不会有什么危险存在，但是当屋里熄了灯，面对一片黑暗时，很多人都会感到恐惧。

叔本华认为音乐是完全孤立于其他艺术的，唯独它是直达生命本体的。音乐是全部意志的直接客体化，表现着意志本身。甚至可以把这世界叫作形体化了的音乐。

《二泉映月》的旋律回荡在昏暗中，一弯残月在墨色的杨树上飘移，如同在海浪上跳动。我似乎觉得自己就在那动荡不已的树梢上一样。阿炳的竹杖敲击着太湖岸边的青石板，他久久地徘徊在这块生养了他的江南土地上。尽管他已经什么都看不见了。他的演奏所以高人一筹就在于他的哀而不伤。他对生命的深刻理解使他接受了这个对他来说永久黑暗的世界。当无锡的花红柳绿、湖光山色都在眼前消失了的时候，另一个世界——音乐的世界在他的眼前更加明晰起来，他开始明白，那曾经的繁华世界仅仅是一个梦幻而已，只有这个音乐的世界是真实的存在。他把自己的生命注入了他的旋律中，他在琴弦上抚摸着这个如此真实的世界，于是，他并不在意眼前的一片黑暗了。

夜半，为雷声所惊醒，我坐起来数了数，在我的周围响着这样几种声音、雷声、雨声、风声，还有蝉鸣、蛙鸣，一只夜鸟惊慌失措地啼叫着飞过。我长叹一声躺下，这是一声舒服的叹息，在这样的雨夜，只有我在石屋的庇护之下安然无恙。

叔本华与阿炳都是他们各自领域中毫无疑问的大师，叔本华的哲学始终响彻着一曲生命悲怆的旋律，而阿炳在他悲怆的旋律中却贯穿着深刻的生命哲理。

寻访大木匠

　　朋友送给我一方桌，老式的，我们这一带叫作八仙桌。他郑重地告诉我，这是大木匠做的。一位黄岛的亲戚到我家做客，夸这张桌子做得好，我随口说，大木匠做的。这位亲戚疑惑地说，真是大木匠做的？他趴下，钻进下面认真看了看，大吃一惊，说，啊呀，真是大木匠做的！我这位亲戚也是有名的老木匠了，他这一说，那位大木匠让我不能不感兴趣。他告诉我，大木匠是胶南一带最有名的木匠，因为手艺高超，木匠们都尊称他"大木匠"，后来连他的名字都不叫了，在本地区，只要一提"大木匠"，指的就是他，再没有别人。亲戚颇有些骄傲地说，当年他就和这位大木匠一起干过。大木匠曾经是胶南市家具厂的工头儿。大木匠叫什么名字他忘记了，只知道他姓庄。

　　并没费多少事，打听到大木匠叫庄仁星。庄仁星这三个字一进入我的耳朵，闪电一样照亮记忆深处一个黑暗的角落。一个小时候的同学，矮矮的个子，很壮实，憨厚地笑着出现在我的面前。他就叫庄仁星。现在，刚见过面的人立刻把他的名字给忘了，而四十多年前的那些名字却刀刻一样记在脑海深处。想不到这个有名的大木匠竟然是我的同学！小学就是同学，后来中学他没上完就回家了。对他的离去好像从老师到同学都没怎么在意，他学习不好，常常旷课，挨老师批评。学习不好的学生往往就是大家都忽视的学生。唯一我能记得起来的是，体育课学长拳，他那长拳学得很像样子，体育老师就叫他到前面给大家示范了一下，这是他唯一出头露面的机会，当然也就像煞有介事地打了一通。也许，他就是有形体方面的特长。

他的女邻居说，大木匠的老伴儿前年走道儿了，而他本人去年脑溢血，也差点儿，恢复得还不错，西边那个门儿就是他家，只要门没锁，就是在家。

他是一个木匠，大门却是铁皮做的，已经锈得不像样子。真是：木匠安破门，瓦匠住草房。我咣啷啷地推开门走了进去，喊了几声没人，既然是老同学的家，我就毫不顾忌地登堂入室。站在昏暗的屋里，我愣了，不能说是家徒四壁，但没有件像样的家具，一个破衣柜是那种最廉价的纤维板做的，因为受潮都露出了空洞。一个远近闻名的木匠，家里居然没有像样的家具，这让人很难相信。可就是没有，连一把能坐的椅子都没有。后来，我问一个老木匠，这是为什么？他说，年轻时总觉得还有的是时间给自己做，到老了，又觉得没意思了。我这个老同学，这个大木匠，一辈子不知给人做过多少令人咋舌的好家具，自己家里却是这样。

我走出来，对那女邻居说，大木匠没在家。她说，他走不远，就在小学那边的大街上耍。果然在街上找到了他，他在看别人下象棋，依稀还有当年的轮廓。但是他完全记不起我来了，他敲着自己的脑袋说，这儿出了点儿毛病，你看，我这只手也不听使唤了。他在家里被子都不叠了，在外面穿得还算体面，这大约是他多年在外做活儿的习惯，总要保持一位名工匠的尊严。我问他，我们这般岁数了，这些年拼缝儿眼睛还行？俗语说，木匠的缝儿，铁匠的棱儿。他立刻眼睛亮了，说，我拼缝从来不用眼睛，只凭这手感就行。我肃然起敬，他的手艺真是达到了炉火纯青的地步。我又说，我退休了，没事干，也想做点儿木工。他看了看我，说，怕是做不好吧？那目光里明显是不屑。说完，微微偏过头，向远处望去。我心里笑了，这是技艺好的工匠常见的那种傲气。

我告诉他，刚才我到他家里去过，我问，你怎么不锁门？他笑道，锁门干什么？

到我们这岁数，谈儿子是共同的话题，他和我一样也有两个儿子。

我以为他会把自己的手艺传给他的儿子，但他的两个儿子却没有一个木匠。他说，是我不让他们干这行儿的，你看我，一辈子怎么样？

告别后，我一直在想他最后这句话，是的，他一辈子在木工行里可谓出类拔萃，到老来却是一个出门不用上锁的家。

第 二 辑

适得其反

外甥女坐在沙发上全神贯注地看奥运，保姆跪在地板上全力以赴地擦地板，擦完地板又擦窗户，又擦书柜，之后，探进头问，中午想吃点儿什么？电视上中国女排和俄罗斯女排正打得如火如荼，外甥女不耐烦地一挥手，随便。

外甥女送我下楼的时候，我教训她说，我一个堂堂一级作家，这么大岁数了，还能天天擦地板，你一个中专毕业生，还这么年轻，就不能擦地板？你自己有手，吃饭还要人家伺候，不能自己动手？外甥女申辩说，她是自愿的呀，我一个月给她五百块钱呢！我说，那也不行，辞了！

几天后，我打电话问，辞了没有？她说，辞了，可是……

我追问，可是什么？

她说，可是，可是她哭了。

我心里只听得咚的一声响，愣住了。我想起了那保姆跪在地板上勤勤恳恳擦地板的样子。她也许正等这五百块钱给孩子交学费；她也许正等这五百块钱给病重的母亲买药；她也许是夫妻双双下岗正等这五百块钱买米买菜……我这不是一下子打了她的饭碗吗？停了一会儿，我对外甥女说，你再去把她请回来吧。

一定是我的口气软了，外甥女撒娇说，您老人家太自私了不是？您看不惯我太懒，让我辞了，辞了你心里又觉得不得劲儿，又让我去请回来，我怎么去对人家开口？行了，我再去另外请一个吧。

许多天过去了，那个中年妇女跪在地板上勤勤恳恳擦地板的背影一直在我眼前晃动。她心里一定对我充满了仇恨。

这种适得其反，让我想起了多年前我在煤城鸡西采访遇到的事情。因为小煤矿总发生事故，不断死人，为了保护矿工的生命安全，党中央和国务院下决心在全国关停小煤矿，当我们走进那些矿工家里时，却看到了适得其反的结果，这些矿工是因为在国营煤矿干活不开工资，才冒险到小煤矿去下井的。小煤矿一停，国有煤矿又不开支，他们一下子没饭吃了。寒冬腊月，一个挖煤的家里竟然没有生炉子的煤，屋里冷得像冰窖，维持一家三口生活的只有半袋儿面粉和几棵白菜。保护他们的措施反而使他们的生活陷入了困境。当然，这是前些年的事情，据说现在好多了。

类似的好心没有取得好结果的事情有很多。为保护老虎，国家制定了虎骨不准入药的法令，中国最大的老虎繁殖基地里的七十多只老虎立刻陷入了绝境，那本是银行投资饲养杀了卖钱的，虎骨不准入药，还投资干什么？没肉吃，老虎们快要饿死了。是什么东西把老虎陷入绝境？恰恰是保护老虎的法令。

众所周知，有一个时期中国沿海地区曾经大量饲养水貂，皮毛出口。不知哪个国际动物保护组织反对中国的水貂皮出口，貂皮立刻卖不出去。于是，养貂人只能把水貂全部屠杀。我小姨子家里曾经一度满院子都是貂，腥臊难闻，第二年回去一看，干干净净，一只也没有了。是谁灭绝了这些水貂？恰恰是那个动物保护组织！

也说都市

我说都市不适于人类居住，当然不是指的如空气污染、声音嘈杂等生存环境，这方面有它的交通方便、商业发达、医疗条件优越等足以抵消。我所说的都市不适于人类居住是指都市在另一方面，也就是对人类更本质方面的一些伤害，对人类在情感上的伤害。

大家都知道乡下人比城里人淳朴、友善，如果你到一个村里细心观察一下，你会发现，乡村人说话的语气、表情都跟城市人不一样，亲切得多。甚至是街上遇到一个老乡，你会发现他看人的目光也绝对和城市马路上的人不一样，那种目光里有着一种渴望，渴望你和他交流，而你在都市的马路上所遇到的目光，总是充满了一种焦虑和冷漠，甚至是厌恶。你在乡下打听一个人，他们不仅会热情地告诉你，而且会给你带路，把你送到你要找的那个人家里，而你在城里问路，人们能耐心告诉你就不错了，即使告诉了也往往会遇到不耐烦目光。

你在村里骑自行车坏了，一定会有人上前帮你修理；你在城市的马路上坏了自行车，大家会从你身边骑过去，如同没看见一样。

区别最大的是邻居，都市里邻居之间互不来往，甚至住了多年的对门邻居姓什么都不知道。在农村，这是绝对不可能的，邻居之间不来往，除非是仇人。俗话说，远亲不如近邻，近邻不如对门，是指在农村，这话放在都市里就不对了。邻居之间不仅不互相串门，而且说话都懒得说。多年一个楼院里住的邻居，即使已经很熟的人了仍然见了面不说话。走对了头的时候，这让人非常尴尬。说话，不愿开口；装作不认识，连招呼也不打，又觉得难为情。都市里的邻居不串门儿，这首先是因为大家都不喜欢别人到自己家里来，"己所不欲勿施于人"，于是除非有必要的事情是绝对不敲门到别人家里去的。在都市里居住，人人都会有过这样的经验，你因事到一个同事家去，出来后又发现有东西忘记在同事家里了，当你在回去重新敲门时，心里是非常不安的，因为你知道你是在打扰人家了。在农村时，我常听说，城里人坏，你明明找到地方了，也找不到人，打听的时候，就是邻居也没人告诉你，明知道也不告诉。到城里后，我才知道，虽然是邻居，但真的不知道，并非有意坏。

更让乡下人不能相信的是同一个门洞里的邻居，人死了你可能还不知道。除非是见到了。有时候，楼院里挂上了一串黄纸，大家会互相打听，谁死了？在农村，这是不可想象的。甚至邻村有人死了你也会很快就知道。村里的邻居去世了，大家会都心里难过，再也见不到了。因为大家都喜欢见面，再也见不到了对大家都是一种不可弥补的损失。都市里则不同，本来就不想见，再也见不到就对谁也构不成损失。

农村人口稀少，但互相之间的信息反倒传得快。例如我的一个亲戚来我家里一趟，我发现他们那个村里的人很快就全都知道了。这是因为大家愿意互相传递信息。人与人之间不厌烦，有交流的欲望，没有事也想找话说，只要有一点儿新闻，大家就愉快地分享。

电视里天天有防盗门的广告，可是你不会知道，这是专门给城里人看的，乡下人从来就不安装防盗门。乡下也并非没有小偷，但是他们就是没有安装防盗门习惯。不单是防盗门，大约你不会相信，乡村里很多的人家根本就连门闩都没有。我在乡下住的时候是这样，现在仍旧是这样。前几天住在父母家，我发现他们的门在夜里从来不关，原来没有门闩。我想也许是老人了，没有什么怕偷的。又特意去检查了下弟弟的门，也同样是没有门闩。那个杨如海没有任何本领，竟然能轻易地杀害了七十六条人命，我很奇怪，后来看报道，原来他杀的是农民。我立刻就明白了，你想在夜里进一个农民的家，那太容易了。

农村里的偷盗、凶杀绝不比城里少，但是乡下人总是防范意识淡薄，原因就是人与人之间互相亲近，是这种永久存在的亲和力消解了那种偶然发生的恐惧感。有一次我在村里进入一家人家的后园，那是个夏天，后窗开着，图省事，我想从后窗进去，刚跨进去一只脚，发现炕上睡着一个媳妇。要退出来时，她也看见了我，我以为她一定会吓得大叫起来，可是她朝我笑了笑，摆摆手，又指了指睡在怀里的孩子，意思是很抱歉，不能招呼我，因为怕惊醒了孩子。这件事让我感慨万千，如果在都市里从后窗进入一个陌生人，即使男子汉也会吓个半死。在都市里，人与人之间的厌恶感放大了那种偶然会发生的危机感。家家安装防盗门还不行，单元还要安装电子门，不经允许外人不得入内。

人是群居动物，这一点是毋庸置疑的，天性中就有一种互相亲近的情感。那么是什么东西毁坏了这种友善的本性？我觉得首先就是楼房。我进城第一次看到高楼上那密密丛丛的窗户时觉得非常可怕，居住在这里面，这不是跟笼子里养的鸡一样了吗？后来我也成了这种笼子里养的鸡，而且很快就习惯下来，忘记是给关在笼子里了。笼子里太舒服了，不用劈柴担水，冬天不用自己动手烧煤炉，温暖如春，而且边吃边拉都不用出门。但是，渐渐就不再爱见人，见了人就烦。我发觉我对人的亲情消失了，只喜欢关上门在屋里，或看书或看电视。据说同是在北京城里，四合院的邻居就非常亲切，一住进楼里就老死不相往来。那个叫李思怡的孩子竟然饿死在家里十多天没人发现，这在农村是绝对不可能的。邻居就会发现。比方说如果我的邻居不在家，我一定会知道他们哪里去了。如果不知道人哪里去了，而且门锁上了，多日不见人，我就会心里惦念着，一定要扒到窗上看看到底是怎么回事。住在楼里面，结果就大不一样了。只有一墙之隔，但老死不相往来。那个孩子竟然给活活地饿死而没人知道。她出不来，一定哭号得不是人声。

有人做过这样的试验，在一只箱子里养一些老鼠，当你不断地往箱子里加入老鼠的数目而不扩大箱子时，老鼠达到一定的数目后，奇怪的现象发生了，它们停止了繁殖。这是说，即使老鼠生存也需要一定的空间，空间拥挤到一个极限，它们就失去了生育能力。即使食物和水满足供应，营养再好也不行。它们也会产生感情危机，雌雄之间的感情被摧毁了，互相厌恶，失去了交配兴趣。

人作为高级生物当然这方面会更敏感。人除非不得已都是不愿坐在车里的，原因就是空间太小。特别是公共汽车。坐在公共汽车里，那时候你深深地体会到什么是"他人即地狱"。

人与人之间的距离越是拉大，就会越是产生亲情。我曾经独自在深山里住过，大道上走过一个人，我会不由自主地跑过去和他说话，什么原因也没有，只是为了见一见一个人。不管他是什么人。

中国城市人口密度太大，这是人与人之间冷漠的根本原因。尽管"异化"这个词已经不再被人提起，可是住在都市里的人确确实实已经被异化了，成为丧失了本质的人。孔子说："有朋自远方来，不亦乐乎？"这种人类最基本的感觉，我相信任何一个都市人都不会有。都市摧毁了人的本质。如果"存在先于本质"这句话是真理，那么这种现代都市现象就是一个最好的注解了。

中华武术

　　2000 年 8 月 11 日的《参考消息》转载了一篇题目是"中国功夫征服了好莱坞"的文章。到底是否真的征服了，或是"征服了"又代表了什么，暂且不论，近几年这类报道可是很时髦。作为一个地道的中国人，我知道中国武术在中国到底占一个什么地位，我们的孩子只有极少数专练武术的了。

　　中国人在国外教汉语的，教美术的，教音乐的，教数、理、化的都有，唯独教武术的最容易让电视台发现，而且一发现就会大力宣传。好像只有这些武术家给中国人争了光。这很让人心虚，我们自己的孩子上钢琴，上舞蹈班，上电脑班，怎么偏让外国人的孩子上武术班？我们都希望自己的孩子上清华，上北大，上哈佛，上剑桥，怎么希望人家的孩子来上少林寺呢？

　　2000 年 8 月 18 日的《参考消息》又以题为"太极拳在西方日益走红"转载了德国《商报》7 月 28 日的文章，介绍中华武术在国外的盛况。这使我想起去年元旦前，也就是新千年到来之际，中央电视台从世界各国找出一个有代表性的人物采访，让他说出他在新世纪的一个愿望。一个白人青年说，愿和他的妻子白头到老；一个黑人说，愿他银行里的存折不要变成零；一个日本人说，2000 年到来之际他要到全世界旅游；一个英国人说，他要建一个新世界艺术奖，比金球奖更重大；一个法国人说，愿在下届世界杯足球赛上法国还得冠军；一个美国印第安人说，下个千年里要求美国尊重他们的生活方式；一个阿根廷人说，但愿生活在这个地球上的人都认识到海洋的重要性；一个乌拉圭人说，我们人类只作为一个物种生活在地球上，要学会和其他物种共存；一个菲律宾人说，愿在下个千年里依靠科学的发展能找到治疗艾滋病的方法……

可以说他们的愿望各有各的道理。我当然最关心的还是我们中国人的代表说的是个什么样的愿望。虽然他们都不能代表自己的国家，但总能算是一种象征吧？轮到我们中国人了，这是一个头发斑白的老头儿，看样子很健壮，他说，愿在新世纪里，全世界的人都打太极拳。我听得目瞪口呆，太极拳真的这么重要吗？

近几年，中国武术几乎成了一种表演，动作越来越好看，特别是对打，你知道对打的诀窍吗？看起来打得难分难解，但要点是如何击不中对方，而不是如何击中对方。武术家们一个个成了影视明星。《中国时报》说中国功夫征服了好莱坞，这是中国功夫的荣耀？这有什么让中国人自豪的？

把武术冠上"中华"二字，你再对它说三道四就得小心了。实际上我们现在所看到的所谓中华武术并不是老祖宗传给我们的。看《三国演义》你就会发现，关羽、张飞、赵子龙并没怎么学习过中华武术，也没说他们师承了什么派别，但他们是真正的南征北战。看《水浒》我只记得武松打蒋门神用了个什么"鸳鸯拐"，别的好像也没什么精彩的。依我看，中华武术的真正的祖师爷应该是金庸金大侠，你看他创造的降龙十八掌多厉害！关云长的青龙偃月刀也肯定抵挡不了。但他老人家偏偏谦虚地声称自己不会武功。

书的变迁

我搬来新家，放电脑桌的时候把书柜的门给堵住了，帮忙的朋友动手把电脑桌给移开。我一看，又给挪了回去，朋友说，不行，这样书柜的门就打不开了。我说，书柜的门还有常开的吗？朋友不解地望了我一眼。我忽然想，这太荒唐了，书柜打不开要书柜干什么吗？可是，实际上，大部分人家的书柜都是很少开的。你见过谁家的书柜常开？书柜做得越来越漂亮、越来越高级，书籍也印刷得越来越精美，可是书柜却是开得越来越少了。

书的祖宗最初是甲骨，那时候人们把一些记事符号用尖利的器具刻在乌龟的甲板上，或者骨头上，最常用的是动物的肩胛骨。这就是原始人的书籍了。再后来就有铸在青铜器上的文字，这些青铜器具就成了书籍。那时候要制作一个文字都要花费大量的时间，因此这种"书籍"的珍贵可想而知。文字大量制作是在竹简上，把竹子劈成片，用麻绳编起来，在上面写字。这样的竹书可以大量制作了，但是重量也相当可观，现在一页两千字的普通的书页大约也只能是几克重，而两千字的竹简最低也要一公斤吧？据说秦始皇一天翻阅的公文要几千斤重。那么现在一个小学生背的书包里的书若是"竹书"，肯定需要一辆载重卡车才能载得动。

即使后来发明了纸，有了现在真正意义上的"书"，书也是很宝贵的，那个孔乙己不是偷书给人打断了腿吗？印书先要把文字刻在木板上，然后一页一页用手工印刷出来，再用线进行装订，手续繁多，工程浩大。

我对书充满了敬意是因为我在图书馆里干过，那些书给大量的阅读翻烂了，像《青春之歌》《苦菜花》《林海雪原》等，一本本给翻烂了，封面没了，管理员就用牛皮纸包起来，写上书名做成封面，这样的封面也翻烂了就再做，那些书页也没有了边角，成了圆形……不仅图书馆里的书，当年就是学生手里的小说也全是给翻看得面目全非。那时候，手里捧一本书首先就有一种神圣感。

今天，我的柜里的书全是崭新的，而且大部分都是没翻过的。面对着这些陌生的书，我常常发愣，像我这样的人都可以书柜不常开，那么那些领导家里的书柜他们能有时间开吗？书柜已经成了一种装饰。书籍大量印刷大量毁掉。今天出的任何一本书也不可能被人读烂了。一本书印出来，能有人读过一遍就是这本书的幸运。大部分的书印出来就放在书架上成了永久的摆设。

还有几人在读书？除非为了考试，除非为了晋级。

我最宝贵的书是一本破烂不堪的《苦菜花》，那是父亲传给我的，是我们的传家宝。父亲是一个农民，在农村也算是个有文化的农民。他只有一本藏书，就是这本《苦菜花》。我很小的时候就知道他有这么一宝贝书，他不让我看，动也不让我动，直到我大了，上中学时他才郑重其事地送给了我。这本书里几乎每隔几页都有一个图书馆的图章，这是为了防止被盗，图书馆有意盖上的，但它还是被盗了，当然不是父亲盗的，不知是一个什么人从图书馆里弄出来，辗转多少人之手才到了父亲这个农民手中的。直到今天，书页残破，已经变成黄色的了，我也没舍得扔掉。我对它已经有了感情。书这东西非常奇怪，衣服是新的好，房子是新的好，家具是新的好，唯有书却是旧的好。现在，《红楼梦》我的书柜里大约有近十个版本了，全是精装的，但是每当要翻一翻，我还是要取那本旧的，拿在手中它有一种温暖的感觉，它是有生命的，而那些崭新的，全都闪着冰冷的光，是死的，没有生命的。书，只有人读过它才会有生命。

正在丧失的

地球上大气正在污染，大海正在污染，江河正在干涸，土地正在沙化，森林正在消失，物种正在灭绝。但我们人类正在丧失的，不仅仅是蔚蓝的天空，清澈的河流，纯净的空气，大片的森林。这是能够看到的，更可怕的是我们人类一些自身正在消失的东西，是看不到的。

全运会的纪录，奥运会的纪录，一破再破，人们越跑越快，越跳越高，越举越重。这足以令全人类沾沾自喜，好像我们人类越来越健康，力量越来越大，正在战胜大自然的束缚，很快就能摆脱地球的吸引力了，而实际上这是一种假象，从某个角度来看是一种自欺欺人。事实上是，奥运会的纪录在一届届提高，全人类的体力在一天天下降。全人类在摆脱繁重体力劳动的时候，必然会丧失自己的体力。就我所见，在农村，二十岁左右的女孩儿个个都不如她们的母亲体力好，也就是说这些二十岁的女性个个不如四十岁的女性能劳动。从生理上来说，二十岁正是体力最大的阶段，但她们就是不行，远不如四十岁的上一代。这是一个不易统计的量，但仅仅二十年人类的体力的确下降了许多。

运动会的纪录只能代表运动员的自身，绝不能代表普通人，当我们为又破一项世界纪录而欢呼的时候，不要忘记你本人实际上比你的上一代差远了，你的体力正在下降。运动员越来越专业，与广大的普通人差距越来越大。开始，奥运会还有一些一般职业的人参加，比方说，搬运工人、邮递员等。在当代，能入选奥运会的运动员都是专业中的专业

165

了。可以说，他们所创下的纪录与普通人绝对无关。我们普通人看他们如同看天人。

　　印度作为世界上第二人口大国，几十年来没拿过一块奥运金牌。在奥运会上你几乎压根儿就见不到印度人的影子。这是一个很奇怪的现象。这除了贫穷落后之外，更主要的是他们的一个对于运动会的观点，他们很蔑视奥运会，他们说，所谓的奥运会，那不过是一种在金钱刺激下的游戏而已，有什么意义？你可以说他们这是吃不到葡萄说葡萄是酸的，但也不得不承认这是一个事实！美国人得到的田径奥运金牌最多，但你能说美国人的体力就比印度人的体力好吗？如果举行一场全体美国人和全体印度人的赛跑，我看一定是全体印度人把全体美国人甩个稀里哗啦。美国有众多的离了汽车一步路都不能走的大胖子，只要一个那样的大胖子，纵有十个约翰逊那样的"飞人"也休想拖动他跑下一千米来。

　　体育的越来越专业化，造成了一种人类体力越来越厉害的假象。事实上是我们人类正在丧失掉我们的体力，有腿不能走路，有手不能端筐。

　　人类的寿命越来越长，其实人的体质却是越来越差。

　　科幻片越拍越精彩，武打片越做越神，但是我们人类的想象力却是越来越萎缩。日本的铁臂阿童木怎么看也是孙悟空的翻版；他们的动画片《圣斗士》在中国演了一集又一集，但越看越像是套了《西游记》的框子。除了在制作上好看外，无论如何也不及《西游记》那般瑰丽。金庸的武侠们够厉害的了，不但能飞檐走壁，手劈巨石口喷烈火也不在话下。但比一比《封神演义》如何？土行孙的土遁，申公豹的把头抛上天空，哪吒的风火轮和莲花化身，多奇妙的想象力呀。上天入地海阔天空，人的想象在自由自在地翱翔。从《西游记》《封神演义》到今天不过才几百年，但人们的想象力萎缩了多少呀？这真是一种可怕的现象，不知再过几百年我们的想象力会萎缩成什么样子，像那种共工怒触不周山，女娲以石补天、用黄泥造人的宏大无边更不必说了。我们看看西方人吧。从诺亚方舟到希腊神话，从特洛伊的木马到但丁的炼狱，而近代就只有外星人和机器人了。当代人只能在技术上折腾，在想象的世界上没有前进一步。人类的想象给套上了枷锁，再也飞不起来了，这枷锁就是科学知识。科学知识越多，人的想象能力就越低，这是毫无办法的事情。它毫不留情地扼杀了想象力。阿波罗号飞船的登月成功就立刻宣告了那个嫦娥和小白兔的死亡。人类已经进入了一个永远不再产生神话的阶段，而神话是人类精神的摇篮。

想象力的萎缩危险在这里，人类拥有的科学知识虽然已经很了不起，但对我们面对的这个宇宙而言还是微不足道的。宇宙的无限是科学知识永远不能穷尽的。失去了想象力的人类将会成为井底之蛙。

人类能感受到大气的污染，却不能感受到自己想象力的丧失。现代科学技术的发展，使人类的体力在生产劳动中的越来越不重要，这就使得一般人对自己本身体力的丧失无动于衷。但丧失了想象力和体力的人就不会是一个真正意义上的人了，人类在取得越来越多的物质的同时，却丧失了人的本身。

年龄的忌讳

古时候，当官儿没有到年龄就退休的制度，好像越老越有资格。当官儿是忌讳年轻。据说只要一当上官儿，无论多年轻也要留起胡子来，那时候县官也叫大老爷，没有胡子哪像"大老爷"？现在太年轻也忌讳，比方前些日子某二十八岁的副厅级领导就在互联网上受到了质疑，最后有人还考证出他有一个亲属是高官。如果他是四十八岁，或更大一些，就不会有这么多流言蜚语了。当然这是例外，现在当官儿基本上还是越年轻越好，到一定岁数就开始忌讳有人说他年龄大。有一位县级领导，我在一篇文章里把他的年龄多说了一个月，他打电话一定要我找编辑部改回来。当时我很不理解，多说一个月有什么关系？觉得他有点儿小题大做。后来看到那么多当官儿的临到退休时那种惶惶不可终日的样子，就理解了。退休，对握有实权的领导是一大灾难。这一个月也非同小可。

最忌讳被人说年龄大的是女士们，如果一个女人被说成大了十岁，那就比被打了一个耳光还痛苦，比被骂了祖宗都恼怒十分。以至男人们对女士都达成了一个"共识"，当面绝对不说她的真实年龄，一般都要少说十岁，比方觉得这位女士应该四十岁了，都会问，你该有三十岁了吧？也许是西方人很早就觉察到了这种虚伪，他们有了一个解决这尴尬的办法，对女士不能问她们的年龄，问一个女士的年龄是种不礼貌的行为，并把这种忌讳定作了男士必备的修养。

领导们和女人这种忌讳都是很有道理，我没想到民工也会有这些忌讳。去年发大水，把我的桥和路给冲垮了，这是我唯一的交通要道，必须马上修起来。我去叫了七八位民工来帮忙。这些在街上的民工年龄都很大，年轻的都进工厂或到建筑工地，年龄大的人家不要，就在大街上"站大岗"等活儿。我喊了一声，四十块一位！他们争先恐后地向我拥来，内中有一位看上去年龄很大了，我问他，您多大岁数了？他脸涨得通红，说，我是属狗的。我不会用属相算岁数，在我犹豫间，他已经爬上了汽车。他们一到就赶紧修桥筑路，我老伴也注意到了这位年龄大的民工，上前去问了同样一个问题，他的回答也一样——我是属狗的。老伴回来掐指一算，这位民工六十二岁了。我心里不是滋味儿，他比我还大一岁。接下来的几天里，我都避免接触这位老民工，而他也从不正面抬头看我。开头，他是因为怕我嫌他年龄太大不要他，不想说出自己的实际年龄，而又不太习惯像某些演艺界的女士那样面不改色地报一个假的年龄，于是就采取了一个迂回的办法，只告诉我一个他的属相，他知道并不是大家都用属相算年龄很熟练的。就在我的犹豫不决下，他已经爬上了汽车，被我"录取"了。现在，他已经猜到我对他的实际年龄了如指掌，但我也不好再辞退他了。这会儿，我们心照不宣达成了一个"共识"，都忌讳着"年龄"这个敏感的话题。他一直干得很卖力，常常是别人在休息他还在汗流浃背地干，直到我上前去叫他一声，老刘，歇歇吧！

　　由于职业的优势，我又不是一个女人，我这一生中从来就没有忌讳过自己的年龄，直到现在老成这样一个残缺不全的模样，仍然可以毫不犹豫地说出自己的岁数。现在我才知道，同志们哪，当你能坦然地报出自己的实际年龄时，你是多么幸福！无论对什么人，他不能坦诚地说出自己的实际年龄时，内心或多或少都会有一丝无奈，甚至是痛苦的滋味。

我退休啦

　　我退休啦，同样的一句话，说出来时因为你的职务不同，心情也就大有不同。一个老工人说出这句话来时，心情是自然轻松的，你想他绑在机器上一辈子了，整个人几乎都变成了机器的一个零件儿，一下子挣脱出来，可以不再去伺候那钢铁怪物他是何等高兴！所以在街头那些打扑克的、下棋的、搓麻将的、吹牛的，大部分是这类退休的工人。一个曾经手握权柄的领导干部说出这句话来时，就不会是很轻松的了，你会听出那语气中含有一种无奈，甚至是苦味儿。最现实的，昨天还是你的专车，今天忽然坐进去了别人的屁股；昨天还对你唯命是从的办公室主任，今天你要办事，忽然变成一种商量的口气，甚至是求告的口气了。任是多么坦荡的人对此变故也难做到轻松。对那些曾经有过某种关系的人说出这句"我退休啦"时，他一定还会含有一种歉意，意思是对不起，你的事我办不了啦，请原谅吧。所有的退休领导干部在说出"我退休啦"这四个字时，你会发现他的表情一定是非常谦虚的。一位曾经权倾一时的县委书记，他曾经在同一个县当过四年县长、八年县委书记，你想想吧，他的权势会达到何种程度？他退休后对我说，伙计，一个人真正谦虚只有在两种情况下：一种是当他犯了错误的时候；一种是当他退休的时候。

　　你会发现所有的领导干部虽然已经退休，但是很难融入普通老百姓群里去，他们常常是孤独的。

农民永远不会说这句话，他们没有退休这一说，八十岁的老人在田野上劳动也不是稀罕事儿。

我因为行业的特殊，对人说出这句话时也是比较轻松的，专业作家，已经多年写不出让人喜欢的作品了，虽然没有什么人来催逼，也毕竟不是很光彩。好啦，我退休啦。"我退休啦"多么冠冕堂皇的一个借口！

回到故乡，我发现"我退休啦"我说得不仅是轻松甚至有点儿得意的语气了。像我们这样当年闯关东的人没有几个能说"我退休啦"这句话的，他们大都是在家种地，到东北仍旧是种地，回到故乡仍然是种地。我退休啦，这句话起码是在声明我在外头混得还行，是吃皇粮的。

我退休啦，开始还担心家乡的什么文学爱好者向我请教写作啦，什么忠实的读者来拜访我这位作家啦，想升迁的干部请我帮他扩大知名度啦等麻烦。住了些日子后，我才发现我是多余了，整整一年也没有遇到过类似的事情。我这才知道，我是自作多情，对于故乡这块天地，我已经是不存在的了。我开始理解电影《甲方乙方》中那个明星了，她厌恶了当明星的显赫，一心想找清静的、没有人认识她的地方，结果不长时间她就受不住寂寞了。何况我还从来没显赫过。

有一天我忽然发现大门前的地上碧绿一片，细一看原来长出苔藓来了，我想起那篇《陋室铭》中的两句话："苔痕上阶绿，草色入帘青。"原来这门前少有人走它真的会长苔藓。几天不到镇上去，小道立刻给野草长满，自行车都不能骑。终于，有了一位拜访者，一只癞蛤蟆爬进院子里来，我一见像久违的伙伴一样亲切，这是世界上最丑陋的动物，但我就是觉得亲切。我真想对它喊一声，伙计你好啊，我退休啦！有一天，我正坐在大门的门槛上看杨树林里那群喜鹊，一只野兔打从门前经过，看到我，大模大样地停下来，好像对我有点儿陌生。我向它笑笑，谦虚地说，我退休啦。黄昏时分，有一只黄鼠狼鬼头鬼脑地出现在小路上，向我认真地看了看。我不动声色，它是很鬼的家伙，立刻知道我不会对它有威胁。它好像做了一个什么动作，后面的草丛里就出来了大大小小一群，排列有序地从小路上走了过去。

　　幸亏，我是这地方长大的。这里的一切都是我所亲切的，每一条小路，每一条河沟，每一块石头，包括每一株野草。有一次我在树林里乱走，忽然发现了一棵样子有些特别的草，我大为激动，少年时这种野草是我所向往的，拾草的时候能发现这么一片野草就跟发现了宝贝一样。它耐烧，火焰旺而且不冒烟，填到灶坑里哗哗剥剥响，白亮白亮的。

　　我整天在山上转，出没在树林里，草丛中，从来没有感觉到什么寂寞和孤独，好像我本来就是草莽中的生物。再一回想都市中的生活，我几乎充满了恐怖，我觉得越是在人多的地方，越是喧闹，我反而越加感到孤独。又是中秋节了，我站在房顶上看着那周围有着淡淡云层的月亮，心里叨念着，可真的，月是故乡明啊。

假如你是一只鸟

　　中央电视台在"爱鸟周"曾举行过一场关于该不该养鸟的辩论。大家都看到了，最后是那些以爱鸟儿为己任的年轻人把那些以养鸟儿为乐趣的老年人打败了。他们的撒手锏是：假如你是一只鸟儿的话，你愿意被关在笼子里呢，还是愿意飞翔在蓝天上？老年人当然只能承认他也愿意飞翔到蓝天上。最后灰溜溜地败下阵来，承认了养鸟儿是不对的，并做出保证回家把笼子里的鸟儿放飞。

　　其实，这个"假如……"是根本不存在的。人类声明要爱护动物，归根结底还是站在人类的立场上，你假如真的站到动物的立场上去，那么会一切都乱套了。如果当时老年人能反问一句：假如你是一头牛呢？你愿意被杀掉给人吃肉还是愿意在田野上吃草？如果年轻人再说：牛本来就是养了杀的。那么印度人肯定就要反对，在他们那里牛是神物，不仅不能杀了吃肉，还要人人都尊敬。

　　如果说，对人养的动物用不着平等讲感情讲保护，对野生的动物应该讲平等讲感情讲保护，那么牛羊猪狗也不是天生就是人养的。老虎也有人养的，可以杀吗？大熊猫也有人养的，可以杀吗？

　　人类提倡保护野生动物，说穿了，还是为了我们人类自己的利益，如果上升到一个和它们讲感情、讲道德、讲平等的层面上，立刻会虚伪得惨不忍睹。大约每个人在喝牛奶的时候都会对生产这奶的牛心怀感激，然而你知道一旦这条牛稍一见老，产奶少了，人是怎样报答它的

173

吗？我参观过一个屠宰厂，这是专杀牛的。把牛牵进一个铁笼子里，一个人手拿一把普通的螺丝刀子，在牛的脖颈上用力一刺，牛就翻倒了。然后把它吊起来，割下头，放掉血，然后用绞盘机把它的皮扯下来。直到这时它的心脏仍在跳动。螺丝刀子那一刺，只是把它的脊髓给破坏了，它的大脑还是清醒的。它在被割头时应该说仍是活着的。对于杀牛我是从不怎么在意的，但是这头牛在翻倒的时候，突然把一个白嫩硕大而又美丽的乳房暴露了出来。我的眼如受到了猛地一击，心都抽紧了，我不敢再看，走下那个平台。我不能不想到曾有多少人喝过它的奶，现在却要吃它的肉。

西方人以爱护动物著称，他们甚至因憎恨韩国人吃狗而拒绝和他们做生意，然而喝牛奶长大的他们却又大口地吃牛肉。这就使得他们对动物那份爱心既让人感到感动而又让人感到假惺惺的。他们会说牛和狗是两种不同的动物，不能一概而论，可是对于一个用牛耕地的农民，对牛的感情是远胜于狗的。那么可以吃牛肉而不可以吃狗肉，仅仅是某些人的一种偏见而已。

大自然是仁慈的、和谐的，这和谐之中却包含着残忍。活泼可爱的小白兔儿是专门给狼和狐狸吃的。为了让虎豹能一口就咬住梅花鹿的脖子，专门给它们安装了一对像钩子一样又尖又长的牙齿。在上帝给就的这个世界上，人类是永远不可能与其他动物和平共处的。即使发展到我们有一天不再吃任何动物的肉，但是我们仍将不断地屠杀它们，因为它们永远不会懂得计划生育。否则我们将连立足之地也没有。保护野生动物是为了让我们的生存环境更完美，要想和它们讲感情论道德是办不到的。这是自然规律。

更有一种令人啼笑皆非的现象，当某种野生动物被我们人类一旦吃起来时，它们非但不会断种，反而会空前地繁荣起来。黑龙江省的牡丹江市有一个猫科动物养殖场，实际上是银行投资养老虎杀了入药的，仅仅几年时间就繁殖到了七十三只。众所周知，后来国家为保护老虎，颁布了一条法令，明文规定禁止虎骨入药。一下子，七十三只老虎要饿死了。因为银行不投资，七十三只老虎吃肉一年要几百万的伙食费，谁来出钱？有人向政府提出了放虎归山的议案，谁都知道这等于开玩笑，据专家说一只老虎的活动范围需要四百平方公里才能生存，那么这七十三只老虎就必须把牡丹江市的人全都吃光了才行。

前些年貂皮允许出口，山东沿海地区大量地繁殖了水貂，那数目何止千万。貂皮不允许出口了，貂们的厄运也就来到了。几乎是一夜之间，它们被赶尽杀绝。直到今天，在那里你找不到一只水貂。

印度人敬奉牛，不杀牛，但是牛的数目并不比别的国家多，这是什么原因呢？据说是他们把许多不想要的牛犊让它们自行饿死。如果他们像我们这样精心地养，却又不杀，那么牛繁殖起来，全印度的庄稼就给牛吃光了，人将无以生存。对于牛类来说，生在印度好还是生在那些吃牛肉的国家好，这是一个让它们很难选择的难题。

无论到什么时候，人类对动物们都是讲不得人道的，不管是家养的还是野生的。这是大自然的规律。

"假如你是一只鸟儿"的设问堂而皇之在中央电视台的节目上提了出来，那些喜爱养鸟儿的老头儿不得不低头认错，面对着亿万观众表示要回家把养的鸟儿放飞，那些年轻人赢得了热烈的掌声。事实上，他们是用一种诡辩术欺负了老年人。

男女有别

书店里有一本书的名字叫作《女人比男人更凶残》，我相信很多人都见过。我不知道这是一本什么书，也不知道作者的名字。因为很明显这书的名字就是为了让人吃惊，所以我决定不去注意。这不是事实。别说世界上历次战争都是男人发动男人实施的，就是日常生活中被枪决的杀人犯也是十个里面有九个是男人。在凶残方面男人是远比女人更凶残的，这也就是说在性情方面女人要比男人善良得多，尽管有的女人的确非常凶残。

一生没结婚的叔本华有专门论女人的文章，他说出了很多正确的见解，但是他也有一个明显的谬误，他说绝对诚实不虚伪的女人难得一见。其实绝对诚实的女人要比绝对诚实的男人多得多。世界上绝大多数的女人都是对其丈夫一辈子忠诚的，对丈夫不忠诚的女人只占极少数。这就出现了一个疑问，一定数目的不忠诚的男人必然要有相对应的数目的女人才行，否则他们怎么实现他们的不忠诚？这个差是由次数来补齐的，即一个不忠诚的女人要相对多个不忠诚的男人。一位俄罗斯人对我说过一句很精辟的话，他说，世界上只有一次也不欺骗丈夫的妻子，而没有只欺骗丈夫一次的妻子。他是说，世界上大多数的妻子都是一次也不欺骗丈夫的，如果一个妻子一旦欺骗了丈夫一次，那么就会如同河水决堤不可收拾。世界上只欺骗妻子一次的丈夫却很多。

女人做饭的时候多，但高级厨师却是男人多。更叫人不可理解的是时装绝大多数都是女人穿，而时装设计大师却又是男人多。

女人没有哲学家而只有诗人。女人直觉远比男人要敏锐得多。尽管常有女孩子说她受了男人的骗，其实那是她的一种借口，男人永远也骗不了女人，你说多少甜言蜜语她只一句就能戳破。她受骗时是她乐于受骗，她的直觉早已明确地告诉她了对方是在骗她，但她那时战胜不了自己的情感，过后，她推说是她被骗了。相反，容易受骗的是男人，无论一个男人多么精明，只要一个漂亮的女孩子要骗他，易于反掌。美人计在任何时代，对任何男人都是屡试不爽的。

男人撒谎有明确的功利性，女人却不一定，有很多女人就是为了撒谎而撒谎。女人不撒谎的一句也不撒，爱撒谎的不该撒谎的事情也撒谎。这种女人常常为自己的谎话而被欺骗，在叙说的过程中自己首先信以为真了。她们会在脑袋里出现一种自己制造的幻觉，由幻觉而产生生理上的症状：浑身发抖、口吐白沫、眼睛发直等。这就是女巫。女巫之所以能欺骗得了人就是因为她们首先把自己欺骗了。

大街上，吵架的女人是已婚的中老年妇女，打架斗殴的男人却全是毛头小伙子。随着年龄的增长，暴徒男人可能变成一个慈祥的老爷爷，温柔的姑娘可能变成一个尖刻的老太婆。这就是为什么圣诞老人是男的而不是女的，这就是为什么有童话中的老巫婆和狼外婆。

有一个哑剧，一胖一瘦两个男人在浴池洗澡，那瘦子能轻易地自己给自己搓背，那胖子却是费了九牛二虎之力也够不着自己的背，因此那瘦子傲气十足，那胖子很羞愧。但是当两个人从浴池里一出来，那胖子穿上衣服原来是个大官，那瘦子穿上衣服是个老百姓，于是那胖子立刻傲气十足，而那瘦子立刻很羞愧了。如果在女浴池里就不会发生这种事儿，她们会互相搓。

女人到男浴池里一看一定会感到很奇怪，这些家伙怎么在各洗各的？够不着也不互相搭个伙儿？男人到女浴池里去一看一定会大吃一惊，她们在互相搓背，两个素不相识的人竟能为洗澡而发生"肌肤之亲"。她们进浴池打眼一瞄就相中了对方，一个眼神儿就情投意合，而两个男人要完成这一过程没有十年工夫下不来。

女人洗澡的时间平均比男人要长一倍还多。

我还有一个发现，女人没有长久的友谊。两个女人在做姑娘时好得"一个心两个头"，一旦出嫁，却立刻"老死不相往来"。很多男人都能是终生不渝的好朋友，而女人根本没这回事儿。

说 "恐惧"

两个坚决反对我打官司的人，一个是我最好的朋友，一个是我的大儿子，这就让我不能不对自己的行为产生疑惑了。昨天发生的一件事却让我彻底打消了疑虑。

这位朋友领我坐汽车去胶州，车在行进中，后排座位上有一个妇女突然嗷的一声唱了句京剧《沙家浜》，朋友神色大变，坚决拉着我中途下车。他惊慌地说，这个女人是精神病，万一她起来打咱们……我大笑，她手中又没有刀，就是真有精神病，咱们俩还怕她？换车时他仍旧紧张得上错车。他是因为恐惧而反对我打官司，我理解了。

大儿子住在广州，广州的小偷是全国有名的，他却总是和小偷们过不去。在公共汽车上小偷们遇到他就非常懊丧，说，今天运气太差了，怎么出门就遇上您？但是，他反对我打官司却同样是出于一种恐惧，是另一种恐惧，对麻烦的恐惧。例如，他因为看到同学们结婚后发生的那些麻烦事，于是就不结婚了。从而我知道了所谓独身主义者们，绝不是因为什么主义或理想而采取独身的，而是因为恐惧，对婚姻的恐惧。作家卡夫卡就是典型的婚姻恐惧症，他从本意上是认同结婚的，但又总克服不了对婚姻的恐惧。

在哈尔滨我有位同行，为人非常豪爽、宽容，有时宽容得让你替她生气，有一次她难为情地承认，她的宽容其实是恐惧，她总怕得罪了别人，别人来报复。当然宽容不等于恐惧，但确实很多人的宽容其实就是由恐惧产生的。

恐惧有许多种，有时会在一个人身上表现得很矛盾。我煤矿的一个伙计，为人非常大胆，他敢在几十米高的大桥栏杆上走来走去。在煤矿里也表现得很勇敢，从不知道害怕。可是他有领导恐惧症，一见到我们工长就要撒尿，他很痛苦地对我说，伙计，我自己也不知道怎么回事，一见到老井就有尿。工长是多大个领导啊！他能把你咋的？老井这人一张嘴尖酸刻薄，总爱训斥人，而我这伙计言语上很迟钝，他怕就怕在老井一张嘴上。他是对语言的恐惧。后来我这伙计终于因为在一场事故上表现得非常勇敢而送了命，他到死都没能克服对老井一张嘴的恐惧。死都不怕还怕一张嘴？事实上很多人就是死都不怕却怕一张嘴，"谣言杀人"就是因为对语言的恐惧。

小儿子是一米八六的大汉，还是大学里的篮球队长，怎么看也不像是个胆小鬼，只有家里的人知道他实在是个胆小的家伙。他每晚睡觉都要把所有的门关上，再反锁上，如果家里只有他一人，他在关上锁上门之后，还要把沉重的家具搬来顶在门上。有一天半夜里吓得睡不着觉了，把媳妇也叫了起来，他也说不出是害怕什么，就是害怕。媳妇给我打电话，相距千里，我能帮上什么忙？只好在电话里安慰他一番。他是黑暗恐惧症。

我老伴儿不怕蛇，但她怕蛤蟆怕得要命。我给她讲，蛇是可怕的，有时真能咬死人，而蛤蟆却是无论如何也不会咬死人的，它的嘴里连牙齿都没有。她说道理她早就懂，可就是怕。这不能说她是蛤蟆恐惧症吧？我讥笑她好像不是农村出生、农村长大的人。本人没有这些毛病，但我对陌生人总有一种恐惧。我到生地方从来不打听路，只靠两条腿跑着找，这样，跑了相反的方向就不可避免。我一生因这跑的冤枉路大约总有数百公里。我常常坐火车三天三夜一句话也不说。我只要一见到对方是西装革履头发梳得溜光，立刻就会心生敬畏。等到对方一开口说话，又发现不过是一个草包。

一些智商很高的人老来一事无成，就是因为恐惧。他们预先就把所有的困难危险统统都看到了，于是就顾虑重重不敢行动，而很多傻乎乎的人不管不顾地去干，反而成功了。

　　我们每个人都会有某一种恐惧，有些恐惧是毫无道理的。那些小贩把叫卖声喊得跟唱歌一样，如果让大家去拿一件东西去叫卖，很多人都会在开口时产生一种莫名其妙的恐惧感。

诗意的年代

在人类的历史上，没有比公元 1958 年的中国那样更充满诗意的年代了。那时候中国人可以海阔天空任意想象，想干什么就干什么，那是一个狂欢的年代，大家的头脑里都充满了稀奇古怪的想法。据说《人民日报》曾经报道过某地小麦亩产十万斤。我亲眼看到的是一块地瓜地里插一块标牌，上面的数字我上前数了数那一串零，是二十八万斤。这个数字我一直记得牢牢的。当时人们就不能想一想？如果把二十八万斤地瓜堆积在一亩地的面积上，也要堆半米高。可是大家就相信地里能生长出来。我们那个地方刚建立的人民公社，提出四个现代化，其中有一个"化"我忘记了，只记得其中三个"化"，一个叫"厕所双罐化"，就是厕所埋进两个瓦罐，方便时一前一后，为的是不使粪便和尿混合。据说这样能提高肥力。一个叫"车辆轴承化"，中国当时农村都用那种铁瓦木轮手推车，是没有轴承的，走起来吱吱叫，很费力。一个叫"道路轨道化"，把所有的道路要铺上轨道，受了火车的启发，因为有轨道运行起来就省力多了。"双罐化"的结果是那些瓦罐很快就给掏粪的捣烂了，不成。"车辆轴承化"是村里的老头儿和老太太都分配任务做滚珠，一上一下两个半圆模具把一些截成段的铁筋一下一下地砸，把它们砸成圆珠，然后再淬火硬化，不知道什么原因，装进车轴里去走不多久，这样手工制作的滚珠全都扁了，最后碾成铁砣，手推车累死都推不动。"道路轨道化"因为没有铁轨就让木工把木头锯成木条钉在枕木上做轨道，那时候，我们田间的道路都铺上了这样的木轨。从铺上那天起，就没运行过一次，后来只好全部拆除。

　　说那是诗意的年代不是形容，那时候的中国人人都是诗人，人人都要求作诗。从不识字的小脚老太太到刚认识你我他的小学生。后来还专门编了一本"大跃进"诗集《红旗歌谣》，郭沫若作的序，称赞说就是杜甫李白也作不出社员们作的这样好的诗，他们读了也要惭愧死！我记得一首是"干劲真是大，顶天天要破，踩地地要塌。天破社员补，地塌社员纳"。老师要求我们小学生也都要每个同学每星期写一首诗交上去。我记得我写的有一首是"烈日炎炎似火烧，东南岭上红旗飘。少年儿童灭灾荒，双手拔草赛镰刀"。好像是马克思说过，巴尔扎克小说中反映的当时法国资本主义社会资料，比所有社会学家反映的总和还要多。我敢说我这首"处女作"比很多社会学家反映的资料还要真实。他们说那是"三年自然灾害"，而"双手拔草赛镰刀"证明地里当年是长满了草的，而且长势很猛成了灾。大家应该知道，草和庄稼其实是一回事，只要长草就长庄稼，根本就不是自然灾害。还有的社会学家说那年不是自然灾害，是下面的干部虚报浮夸，多报粮食产量，都交到上面去了，结果造成下面老百姓没饭吃。这也不对，既然少年儿童都下地去拔草了，证明地里确实是荒了，庄稼没长起来。根本就没生产出粮食，完全不是虚报产量的结果。那年我只有十三岁，几乎是一天到黑都在田里干活儿。我记得我们村里只有村支书一人带领我们这些孩子和小脚妇女在地里劳动，青壮劳力都大炼钢铁去了。这样的人能种好庄稼？这才是真正原因。转眼五十年过了，每当有人为"三年自然灾害"发生争论的时候，我都感到好笑，我"有诗为证"。

我们所面对的世界

人在宇宙中的地位

妈妈把一块做面引子的面团遗忘在厨房的一个角落里了。等到把它找出来时，它已满身生出了长长的绿色的毛。

一个刚刚学到了点儿生物学知识的孩子蹲在地上久久地看着它，他看见菌们在面团上进行着建设。堆起类似高楼大厦的东西，制造出使它们运动加快的类似汽车、火车、飞机、轮船的东西。来来往往匆匆忙忙，煞是热闹。

它们唱歌儿，它们跳舞，它们画画儿，不过在这孩子眼里只是在做着一些莫名其妙的动作而已，但菌们却一个个神色严峻地宣称这是神圣的艺术。

它们拼命地繁殖，终于使又一些聪明的菌发生了恐慌。它们发觉这面团快要容纳不下了。它们呼吁减少繁殖，并且还有一些菌开始制造类似宇宙飞船的东西，以备有一天逃离这个快完蛋的面团，但是逃向哪里它们却不知道。

妈妈进来说：傻孩子，你蹲在那儿看什么？还不赶快扔了，怪脏的。

孩子直起腰来，活动一下蹲麻了的腿，操起一把小铁铲……

孩子觉得他蹲在这儿已有很长时间，菌们更是在这一瞬间又繁殖了好几代。用它们的年历是过了三个世纪。

孩子把这个霉烂了的、繁荣着一个菌类世界的面团投向了燃烧着熊熊煤火的灶坑……

炽热的火焰在短时间使得那些聪明的菌类产生了顿悟：什么永恒的运动规律，千古不变的真理，全是荒唐的异想天开……

然而这孩子在把这面团投向火坑的刹那间，忽然心中一动，也许是菌类们的呼吁感应了他的心灵，也许是他的脑细胞偶尔波动，他把已接近了火焰的铁铲抽回来，把这繁荣着菌类的面团投进了垃圾桶。菌类世界毁灭了一半儿，还残存下了一半儿。它们于是在垃圾桶里又开始了新的建设、新的繁殖、新的争吵、新的战争——

人类在开头认为自己是处在一个神的掌握之中的，正像菌类处在那个孩子的铁铲上。那时候他们对大自然不能解释，到后来大约是牛顿的定律和达尔文的进化论使他们忽然顿悟，觉得自己彻底认识了这个世界。于是他们对一切都充满了信心，认为可以建造一个理想的天堂在地上，可以掌握自己的命运于手中，这一切只要坚持不懈的努力一定可以达到。

然而好景不长，爱因斯坦的相对论证明了牛顿的错误。近年的许多发现又在向达尔文的进化论提出挑战，人类忽然又发现面对的世界不那么简单了，什么特异功能，什么外星人和飞碟，都在使我们陷入一个困惑的世界。

我们所认识的世界

我们所认识的世界不能等同于我们所面对的世界。

我们所认识的世界是一个我们的感觉所创造的世界，在这里我把我们的大脑知觉也归于感觉之内。

对于一只狗来说，气味儿一定是一个非常广大的世界，气味儿的重要性如同人类的视觉所感知的世界。也许狗们可以把气味儿不只分成几千几万种，而且可以分为红色的气味儿、黄色的气味儿、兴奋的气味儿、忧郁的气味儿、波动的气味儿、块状的气味儿、线状的气味儿……

对于人类来说，狗的这个气味儿的世界不存在。同样，对于狗来说，人类视觉中的颜色的世界也可能不存在。它们也许会认为白的雪和黑的煤都是同样的黑色。

由于狗的生存需要，上帝配给了狗一个灵敏的嗅觉，这个嗅觉创造了一个狗的世界。

同样，由于人类的生存需要，上帝配给了我们这样一套感官。我们的感觉创造了我们所感知的这个世界。

可以这样说，除我们生存需要的世界之外所有的世界我们都没有感知，没有认识。这个世界可能是几亿倍于我们所感知的这个世界。那个广大的世界对我们来说是不存在的。我们所感知的这个世界就可以说是我们的感觉所创造的了。

那位有名的大主教说："在我的脚踢到这块石头之前，这块石头是不存在的。"他的这句话曾被我们当作了荒谬的典型来批判。可是我们反省一下：如果我们承认在我们的感知之外的事物的客观存在，那么岂不是说鬼魂是客观存在了吗？因为这些也都是在我们感知之外的呀。

更进一步来说，我们每个人都有每个人所感知的世界，而且你永远无法用语言传达给别人，无法用画图展示给别人，无法把一件实物送到别人手中。

我在书上写道："小河边一棵美丽的小白桦树……"我在写这句话时，我脑海里呈现出了当年我住的那条山沟里的那棵白桦树。而一个读者读到这句话时，他呈现在眼前的却是他坐火车偶尔从窗外看到的那棵小白桦树，他当时忽然觉得那转眼逝去的小白桦树美极了，于是深刻地记在了心里。而另一名读者在读到我这句话时，他眼前呈现的可能是公园里的一棵小白桦树，那枝丫，那叶子，一定是和我和第一个读者所见到的都不一样。他的那棵小白桦树是他谈恋爱时他的恋人所倚的，可比我所见的自然更要美丽。

假如我是一位颇不错的画家，我把这棵"小河边一棵美丽的小白桦树"画下来。然而我们知道，这小白桦树那翠绿的叶子原本并非有绿颜色的，而是光线的作用。首先我本人就未必能真正地忠实于那小白桦树叶的绿色，上午和中午由于光线的变化我无法确定何为真何为假，甚至七点钟和八点钟的绿都不一样，假设我真的忠实地把那棵小白桦树画下来了。由于观赏者的年龄不同、种族不同、性别不同，甚至说这一切都相同，仅只是对绿色的感受力不同，那么他们各人所看到的仍是各人的绿色、各人的小白桦树。

即使用电脑来扩印同一张彩色底片，也无法得到两张同样色彩的照片。

除了色彩之外，我无法把小白桦树的高度展示给观赏者，即便是同一个人，当他成年之后再重游儿时的旧地，一定会觉得街道比原来窄了，路比原来短了，山崖比原来矮了。

我们所面对的是一个均衡的世界，谁也无法把别人的据为己有。上帝制造我们时就已经分配好了，无论是秦皇汉武还是希特勒和东条英机。得到多大的权力便要失去多大的自由，看看深阔的护城河与高高的紫禁城便可悟到。肯尼迪家族出过好几位美国总统，他们却有半数的男性都是死于非命。

科学技术的高度发展，也许有一天可以使你把别人的腿割下来安到你身上，可以把别人的心脏掏出来塞进你的胸膛里，可以把别人的眼睛挖出来放到你的眼眶里，可以把别人生殖器官割下来植在你的两腿间，但是且慢，所有器官都换完之后，活在这个世界上的这个人实际上是你还是别人？

勇敢地面对痛苦

我的同伴因为没去跳成舞，急得如同关进笼子里的一只狼，一边焦躁地走来走去，一边号叫着痛苦。我对他说，你的痛苦恰恰是你的幸福。首先这是因为你的身体很健康，生命力正旺盛，是旺盛的生命力因为没有个姑娘搂着跳舞在痛苦，而不是你在痛苦。你看看窗外工地上推沙子的那些小伙子，累得汗流浃背。若一放工，他们往板铺上一躺，一定会觉得很幸福，绝没有你似的痛苦。

再一方面，是痛苦让你觉得时间难挨，而觉得时间难挨你才能感到自己生命的存在。你现在过一分钟都觉得比一个小时还要长，那么这是真正把你的生命拉长了。假若此时你在舞厅里跳得飘飘欲飞，如痴如醉，欲仙欲死，那么这段时间你会觉得疾逝而过。你会忘记了自己的存在。实际上，人趋向快乐正是趋向一种短时间的死亡。给你打上一支麻醉针，让你睡上他一百年。这一百年的生命难道比你清醒着活的一天更有价值吗？

好像是弗洛伊德说过，快感是由于紧张的放松而产生的。凡紧张，必然是一种痛苦，那么可以说快感是由痛苦而产生的，没有痛苦便没有快感。

任何一个人只有有所追求才能活下去。也就是说只有具有一种欲望才能活下去。那么这欲望的产生实际上是来源于痛苦，食欲来源于饥饿的痛苦，爱欲来源于生命力的痛苦，权欲来源于受制于别人的痛苦。

我有一次跟一个人谈话忽然说：一个人当他活得一点儿痛苦没有时，那将会陷入一个非常可怕的境地。比方说他需要舒适的住宅时，他躺在床上不需要动就可以大小便，他吃饭不需要咀嚼，食物可以经过一根管子直接进入胃里，他要钱，金子堆满屋，他想旅游，一按电钮，只一秒钟便可登上万里长城；再一按电钮，两秒钟便可登上金字塔；再一按电钮，一分钟后他到了月球。他想要权力，全世界的人都跪倒在他面前，任他打骂宰杀都不敢吱一声。

我敢说，一个人活到这般地步时，他会活不上两天便自杀。

这个世界上没有永久的幸福也同样没有永久的痛苦，我相信监狱里犯人也不会觉得永远痛苦，否则他们便活不下去。

当你在追求幸福的时候，得到的往往是痛苦，当你在痛苦的时候往往得到的是幸福。

语言的世界

人类创造了语言，语言构成了一个世界。在这个世界里人类像困于蛛网的蜻蜓一样徒然地挣扎着却给愈缚愈牢。

三岁的孩子都知道要"听话"。这并非他明辨是非，而是为了大人的一句夸奖。一个姑娘忍着疼拔眉毛，为了别人的一句话——好看；一个姑娘在忍饥挨饿，为了得到别人的一句话——苗条；一个姑娘跳水自杀了，为了逃避别人的一句话——不要脸。

我非常巴望能出国，我明知不会因为去了趟美国再长高一厘米，也不太愿意看那什么铁塔，我只为了一句话，能对别人说一句话——我也出过国。

人们成千上万终年不息地涌向颐和园，说实话，十个人中未必有一个人是真正地能领略那园林之美，而绝大多数是为了一句话——我去过颐和园。

一百年以前的一个白种人在某一本书上说过一句话，使得一百年后的万里之外的一群黄种人吵得昏天黑地，打得头破血流，坐牢的坐牢，送命的送命。到后来却又忽然发现那句话未曾存在过，是翻译错了。

在这个星球上每天都有成吨成吨的语言垃圾——书，从印刷机下滚出来，于是我一想便失去了读它们的信心——尽我一生都不能穷其万分之一，我的努力还有什么意义呢？

不可抗拒的宇宙意志

我们嘲讽守财奴的卑鄙与贪婪，而歌颂殉情者的痴迷与狂热。为前者用了最恶毒的字眼儿，为后者竭尽了最美好的词句。然而有一位哲人告诉我们说：这两者同是人的本能，都是上帝制造人时，为了使人类能够生存延续下去赋予的一种本能。

爱情的产生也很荒唐，好比说为了把信寄走，你在邮票和信封上涂上了点儿糨糊，好把它们粘在一起。这点儿糨糊就是爱情。千百年来，人们按住这点儿糨糊拼命地赞扬歌唱。

青年男子为追求女性而不顾死活，原来和雄蜂拼上性命去和雌蜂交配一样，只不过是生存本能驱使他们去做的。你所以感觉到年轻的姑娘美只不过是她们的年龄适合于生孩子，你所以觉得高耸的乳房美只不过是因为它适合于哺育后代。

原来我们辛辛苦苦做着的一切都是在为大自然工作——延续种族。

一些大智者是看穿了这套把戏的。他们进行抗拒，偏不去恋爱，偏不去结婚，他们要按照自己的意志去生活。可是他们挣扎的结果我们都看到了：只不过是挣脱了这副枷锁套上了另一副枷锁。他们即使真正挣脱了七情六欲，其实是深陷入另一种欲望中，希求永存的欲望。扔下麻将抓起扑克牌。

我们都生活在地球上，我们不能不围绕着太阳转。

唱着歌儿走向死亡

不烦恼，不忧伤，唱着歌儿走向死亡。我真不知怎么感谢阎王爷才好，他无分贵贱，赐给我们每人一个绝对平等的死亡。

我天生是个弱者，当年那些家伙欺负我这个盲流时，我恨恨地想：别神气，早晚你也得死！我天生是一个小人，当别人的小轿车差点儿撞倒我，我蹬着破自行车在他后面想：你他妈的再快也逃不脱，前面一样等着你的是一座坟墓。

倘若阎王爷那里和人间一样，也都分一分等级，这如何是好？比方说，科长活六十岁死，处长活七十岁死，厅长活八十岁死，部长活九十岁死，副总理活一百岁死。那么，自然像我这类的只能活五十岁便得死。这倒还可以忍受，倘若他分得再详细一些，在一个附件上规定儿子们也要按照父亲的级别来规定寿命的长短，这叫我如何忍受得了？如果他有一天接受了人类的建议真的实行这样的方案，那么人类社会将是个什么样子？人们将用什么手段来争官夺位子？

我赞美这个均衡的世界，我赞美这个绝对平等的死，我崇拜这个无所不在的宇宙意志！

善意的谎言

　　陪同两个朋友到东宁县公出，一个是作家一个是诗人，至于他们的名字，"打死我也不说"，因为他们都是全国知名的。一位在某协会供职，一位在一家大报供职。这也不便说。他们还是哈尔滨一家最高级的乒乓球俱乐部的成员，据说都是名列前茅的选手。诗人还是那家大报社的乒乓球冠军。所以，两位出现在车站时，身穿名牌运动服，肩背那种电视里常见的乒乓球运动员专用背包，包里放着据说仅球板就一千多元的乒乓球拍。这不像公出，倒像古代大侠，身背一口宝剑出游，俨然一副要打遍天下无敌手的气概。诗人到县城一下车说，咱俩可以打他们一个县队。在一旁我想，他们一个县队总有十几个人吧？你们俩一口气打他们十几个体力可是个问题。

　　我对接待的文联小武说，你先给找几个女的打一场吧。我想让东宁的女乒乓球选手也认识一下省城乒乓球选手的风采。

　　在一栋简易小楼里，一个大房间摆放着几个乒乓球台子，一位女士正在给一位胖得像汽油桶般的女孩儿喂球，这孩子最多也不过十二三岁。胖孩子累得汗流浃背，女士还不停地给喂。很明显这是胖孩子父母的一片可怜心，他们花钱不是让孩子来练球，而是花钱来让她减肥的。还有一位女士正在给一个只有球台般高的五六岁的孩子讲怎样握拍，怎样挥臂。看来这一位的主要任务也不过是在执行保姆的责任而已。我不懂乒乓球，看得也不来劲，只觉得这两位女士打得很不认真。那位高个子的女士像根树桩一样脚底下生了根，几乎身体不移动。东宁文联主席告诉我说，她是下岗职工，原来是在市场摆摊卖小吃的，因为从小爱好乒乓球，就来这里教教孩子乒乓球，比摆小摊还挣得多。她的体重原来二百多斤，现在正减肥，只有二百斤了。她一边跟我们的作家打球一边教导那个五六岁的孩子，这样打那样打。我心里想，人家本来是教孩子挣钱的，陪我们打不挣钱当然不会用心。另一位女士也同样不尽力，她个子矮，但腰围也相当够数儿。我心里想，倒要看看她怎样弯下腰捡球？后来我发现她别有妙招儿，她不弯腰去捡，而是用脚去踩，一踩，球弹起来，她只需伸手就给接住了。我的两个伙计却打得尽心尽力，脱光了膀子，一会儿就大汗淋漓，那汗不是用手擦，而是用手甩，一把一把地甩。他们这大约就是俱乐部精神了。文联主席赶紧派小武去买毛巾。反观那两位女士，别看她们胖，一点儿汗也不出。我心想，如果这是干活儿，一准要扣她们的工资，也太不出力了。

这样的比赛太乏味，我走出去看外面的运动场。

当我回来时，他们比赛已经打完了，作家一边穿衣服一边说，我们一盘也没赢。我说，什么？不可能吧？他没说话，我一看那脸上的神色知道不能再问。看一眼诗人，悲壮中还有一种压抑不住的愤怒，鞋带都系不好了。他们怎么会输了呢？叫人不能相信！作家穿好衣服走到那高个子女士面前说，我换新拍子刚用了三十五个小时，没用顺。那女士说，是的，能打成这样就不错了。他又走到另一女士面前，说了同样的话，那女士也很宽容地说他打得很好。他输了大出我意外，他这行为更大出我意外，因为我这位作家朋友是非常之潇洒的一个人，我常见他打牌一把输几百元照样谈笑风生。还有，像我这样的人巴不得电视台能采访我一次，也让我有机会在电视上露一把脸，可有一次两位电视台记者扛着摄像机在我们单位等了他一上午，他打球去了。我怎么也想不到他对输了一场乒乓球如此在意，还如此可怜地为自己找理由，还记得自己换新球拍用了三十五个小时。唉，原来人都是有他的"软肋"的。

那位矮个子的女士一边换鞋一边问我，他们多大岁数了？我说，四十出头了吧。她说，哎，跟我们差不多呀，我还以为是老干部哪。原来她是当陪老干部消遣了，怪不得不认真。

回宾馆的路上，作家说，这场地不行，光线不好。诗人说，球也不行，什么破球！咱们打的都是八块钱一个的他们这是八毛钱一个的，一用就知道。我再也忍不住了，跑到路边笑得直不起腰。多年没这么放声大笑过了。

不采访了，第二天就打道回府。送行的文联主席看看我们忽然说，你们知道吧？昨天打球的有一个曾经是焦志敏的队友。大家一愣，作家立刻高兴地说，怪不得呢。诗人站起来，大声感叹，啊，和世界冠军的队友交过手，和国手交过手，输而无憾啊！

写这篇文章时我本想打电话核实一下，但又放下了，记得有位记者质问美国前总统克林顿的母亲说，您为总统辩护说，善意的谎言是应该被原谅的，请问女士，什么是"善意"的谎言？老太太回答说，就像你刚一进来，我说，嘿，你的气色不错呀！这就是善意的谎言。记者一听立刻一脸灰色。是的，善意的谎言不光是应该被原谅的，还应该是不被核实的。

体育运动与人的攻击性

进入 8 月份，全世界都在关注着两件事：一是北京奥运会；一是格鲁吉亚的战事。这是两起截然相反的事件，一个象征着人类文明进步；一个是野蛮落后的杀戮。但没有人会想到这两件事还会有着一种共同的源动力，那就是人的攻击性。

战争是两个社会集团为了争夺利益而进行的极端的政治行为，这是对战争发动者而言的，而对每一个战争具体执行者却不是这样，没有哪一个士兵是为发财而参加一场战斗。即使他有此目的，他也绝对不会在战斗中冒着生命危险勇敢进攻，因为这与他将获得的利益恰好相反。失去生命即失去一切。是什么在此时此刻驱使着士兵冲锋呢？是命令吗？我询问过许多亲自参加过战斗的人，他们都说在激烈的战斗中没有人会考虑这些，只是一心地想着向前冲杀。这就是人的攻击本能在起着决定的作用。战斗中人的这种本能被彻底激发起来。

攻击本能是所有动物都具有的，人的伟大之处在于他把这种本能升华成了一种无害的释放方式——体育运动。把伟大的体育运动说成是源于最原始的攻击性，这是让很多人无法接受的，但我们认真考察一下会发现，越是争斗激烈的体育项目就越是最"热门儿"的项目，如足球，如拳击。这表明无论是运动员还是观众都是在受一种攻击本能的驱使。拳击是攻击性最明显的项目，是赤裸裸的直接地击打对方，最为运动员追求的就是把对方打倒在地，而这也是观众最喜欢看的结局，全然不顾这是战败方最悲惨的下场。一个著名的拳击运动员一场拳击能获得数千万美元，这也是别的项目运动员所望尘莫及的。

北京在举行着世界的体育盛会，这是人类文明的标志，格鲁吉亚却在进行着血肉横飞的战争，这是人类野蛮的标志。今天作为一个中国人，大家都会为北京奥运会而骄傲，但愿在那遥远的格鲁吉亚交战者的双方能早日把那种原始的攻击性释放在体育运动中。

剧场与观众

　　一帮作家去了趟俄罗斯，在莫斯科大剧院看了场戏剧，回国后感叹不已，他们说，从开场到剧终，整个剧场里静得掉地下根针都能听得见。他们都不懂俄语，让他们感动的只是剧场的秩序。我已经多年没进过剧场，但中国剧场里那种震耳欲聋的喝彩声记忆犹新。我们的结论是中国的观众不懂艺术，或者根本就没有艺术细胞，只会大喊大叫。

　　看李世济唱《六月雪》，也就是《窦娥冤》，窦娥五花大绑，背上插着亡命牌，两旁一边一个手执大刀的刽子手押着，此时她有一大段唱。叫天天不应，叫地地不灵，蒙受天大的冤枉没处申诉，年纪轻轻就要给砍头了。就在她唱着的时候，我忽然听见台下响起一声声："好！好！"这显然不能说是杀得好，是说李世济唱得好。感天动地窦娥冤哪，老天爷都给感动得六月天下雪了，这合适吗？

　　继续看下去，渐渐觉得这可以接受了，这种喝彩叫人心里很痛快。这就是中国剧场。与地下掉根针都听得见的外国剧场确是大不相同。难道中国人真的不懂艺术？喝彩的都是铁杆儿戏迷，如果你说戏迷不懂戏，歌迷不懂欣赏歌曲，这对头吗？

　　要说中国的观众文化素质低，这很有可能，但你要说中国观众的艺术欣赏能力低，那就不一定了。文化素质和艺术欣赏是两回事。艺术欣赏能力除了专门培养外，天生的因素才是最重要的。一个没有文化的人他不一定就不会欣赏艺术。比方说古代的俞伯牙和钟子期的故事，钟子期是一个打柴的，俞伯牙却觉得世上只有他是知音，懂得自己的《高山流水》。比方说今天的那个先天性愚型儿舟舟，他不但能听得懂交响乐，还能指挥。在声乐方面，中国人的艺术欣赏能力应该说比西方人更先进一步，现在流行的通俗唱法那种沙哑的嗓音，在西方过去是不被接受的，他们只欣赏那种洪亮高亢的金嗓子，而中国在 20 世纪 20 年代就有一个京剧名角周信芳，他的嗓音既哑又破。还有现在流行的气声唱法儿，在他那里也是早就有了的。声乐上的"现代派"，中国差不多比西方早了一百年。中国近代的声乐一直受西方理论的影响，以美声唱法为正统。那种破嗓子退回十五年就根本不被接受。中国歌手如腾格尔、臧天朔等人是由于西方通俗唱法的流行才在中国走红的。

我一直觉得梵高的画在当时的中国是会被接受的，但在西方他却不行。据说他送给他的女房东一幅很大的画，结果女房东用来糊门了。他的画被当时的西方人认为很古怪。但你与中国那个时代的画对比一下可以发现并不古怪，完全可以接受，没什么不能理解的。中国京剧的脸谱，那就是现代派绘画，特别是中国的书法，说它是后现代派绘画也不为过。

18 世纪中国的哲学理论，中国的科学技术与西方相比那差距可以说是不可同日而语，但中国的文学艺术就绝对不能这么说了。你把《红楼梦》与同时的世界名著《包法利夫人》认真对照一下，无论从艺术角度还是其创作指导思想，曹雪芹比福楼拜都要高出一大截。

回到剧场上来。戏剧是要求表演逼真，感动观众为标准的。感动不了观众为失败。一场剧下来，以台下观众流了多少泪水为标志。如流传这样的佳话，《白毛女》演出时，有观众冲上台要打死黄世仁；电影《白毛女》放映时，一位解放军连长拔出手枪射穿了银幕。戏剧还有一种标准，那就是观众不投入到剧情中，以局外人的身份来欣赏演出，以审美感觉为标准。

近些年让观众流泪最多的是台湾影片《妈妈再爱我一次》——让我们这些当爸爸的好长时间抬不起头。显然，无论从哪方面说，这绝算不上是一部很好的影片。一部戏，特别是经典剧目，已经演了近百年，演了千百遍，观众早已经对剧情了如指掌，每句唱词都背得下来，你还要求人家要流泪，要感动，那不仅是不合理，而是一种残忍、一种愚弄。让观众还能看下去的不是剧情不是悬念，只有表演艺术了。剧情已经成为次要因素，仅仅是提供一个框架而已。观众要看的是一招一式的表演，要听的是吐字发音的优美，也就是要的是审美享受，粗俗地说也就是耳朵眼睛的快感。绝不要心理上的刺激。这不能不说是一种更高的艺术欣赏境界。

明知斩窦娥是假的，还要坐那里，其实最主要的是听，听李世济的唱，听程派唱腔那洞箫般的发音。他们身心所投入的不是窦娥的死活，而是音乐，所以听到好处不由得"好"字冲口而出。

不错，中国有乱糟糟的剧场，但中国有世界上最好的戏剧，有最棒的观众。

京剧与现代艺术

京剧之"假",假得明目张胆,假得大张旗鼓。胡子是挂在耳朵上的,衣袖长得拖着地,脸花得没边儿——整个世界上找不到那样的人类——看京剧脸谱你不得不感到某些现代派绘画似曾相识。马鞭子假的倒也罢了,还一本正经地当马骑上了。

原本戏台上一切皆是假的,这些象征的东西还可以接受,更叫人吃惊的是连剧情也是假的,这假假得超出常理。《文昭关》伍子胥过昭关一夜愁白了头,须发由乌黑变得雪白。据说是由于太愁,可谁也不是没愁过,再愁也得慢慢变白,一夜工夫仅十几个小时怎么也不至于变得那么白。《武家坡》里那王三姐更是荒唐,十八年之后竟然连自己的丈夫也不认识了,当成了陌生人,连摸一下手都不成。依我看,要么是她受了刺激,失去了记忆,像许多外国影片那样的故事;要么是她玩了一个诡计,假装不认识,以表白自己的忠贞不贰。除此之外,你还能有什么解释?今年回了趟老家,见了一些分别三十多年的乡亲,不但一眼能认得出,而且一口就叫出他们的名字。于是我坚信王宝钏的荒谬,一个被窝里睡觉的人只分别十八年竟然不认识?骗鬼去吧。如果是我老婆,我会抽她顿嘴巴子——叫你装!

《秋胡戏妻》和《武家坡》一样,做生意多年在外的秋胡回家,老婆不认识他了,于是他就百般调戏她。看京剧你若认真,这样的虚假比比皆是。这不是拍电影的"穿帮",那是一个镜头的破绽,这是整个剧情的虚假。如果王宝钏见丈夫回家扑上去一把抱住就哭起来，还演什么戏？《秋胡戏妻》，给老婆一眼认了出来你还装什么疯卖什么傻？这两出假戏演了上百年，久演不衰，千百万人为之发过笑，流过泪，难道大家都没看破？

"一天早晨，格里高尔·萨姆沙从不安的睡梦中醒来，发现自己躺在床上变成了只巨大的甲虫。"大家都知道，这是卡夫卡《变形记》中开头的一句话。一切故事就从这里开头，如果格里高尔不变成甲虫，这篇小说就不会有。这就如王宝钏十八年后不认识丈夫一样。再说伍子胥过昭关，一夜之间头发全白，如果这件事发生在《百年孤独》的马贡多村里，就一点儿不奇怪了。在那里，比这更离奇的事情多着呢。为什么我们要把这类小说叫作现代派？因为我们近代的小说戏剧一直在遵循着这样一条创作规律——除细节真实外，还要再现典型环境中的典型人物。典型就必须经得起推敲，岂能分别十八年就不认识了？岂能一夜之间就白了头发？因为古代的中国没有总结出这条创作规律，于是就有《西游记》，就有《封神演义》，就有《聊斋》，就有《牡丹亭》，就有《白蛇传》，就有《梁山伯与祝英台》等荒诞不经的小说戏剧出现。自20世纪以来，导师的这条创作规律传入中国，中国这类戏剧小说就绝了迹，一部也未曾出现过，在大陆甚至连武侠小说也绝迹了。当今中国人读的武侠小说几乎全是两个我们导师的创作标准未从介入的地方，一个是香港一个是台湾。以大陆之大，文人之多，本来出十几个金庸梁羽生是不难的，可是不知怎么回事都被一个讲话给消化了。

小说一切细节都要经得起推敲，甚至数字都要经得起计算，戏剧一切都要力求逼真，水桶要真的；胡子虽然不能专门留，但必须是粘得不留痕迹；枪虽然不能真发射，却是一点儿不含糊的铁家伙；舞台上不能长出树了，但要画得栩栩如生。就因为小说达到了真实才有了"利用小说反党"一说。

包公头上披一块黑纱，穿越时空进入了阴间；四个小兵台上一站，千军万马；拿根马鞭台上转了一圈儿，跑出了上千里路；叫外国人一看，中国戏剧可真够现代派的。西方现代戏剧是力求真实的，但仅就舞台上的门来说也难做到，无论你做得多么实在观众还是一眼就能看穿。莫如京剧里的门，双手那么一比画，门开了。舞台上要求逼真等于把自己的双手给铐了起来，门窗你还可以搬上去真的，马你骑上一匹真的就有点儿尴尬，如果你开上去一辆汽车就更不像话了。比较起来，中国的京剧才是高明，假就假到底。

话说文化

伙计把他种的芋头和他养的鸡送来给我过中秋节。到我们这个岁数，谈第三代是最感觉兴趣的话题，我问他的孙子如何。他激动得热泪盈眶，好半天说不出话来。人都是"隔辈亲"，他对孙子这无法用语言表达的感情我理解。下面我又问他的孙女可好？他有两个儿子，大儿子生的是男孩儿，二儿子生的就是孙女了。不料他一反常态，愤愤地说，当初一检查是个女孩儿，我就坚决要他们赶紧去流了，可是他们不听话，一拖再拖，现在可好，孙女都三岁了，每当她一叫我爷爷、爷爷，我就心里"拔凉拔凉的"，答应也不是，不答应也不是……

我大吃一惊，他一脸的痛苦让我知道他不是在开玩笑，他怎么会这样？我们是少年时代的好朋友，可以说是一辈子了，是无话不谈，怎么也想不到他竟然如此重男轻女！送他走后，我心里不能平静，真恨不得照他那张"拔凉拔凉的"脸上给他一巴掌。

打开电视，看了中央台一个节目，让我记住了今天这个日子，这一天是 2008 年 9 月 8 日。播出的是医院从一个三十岁的女士身体里取出了二十四根大号的缝衣针，有一根针因为无大妨碍还留在了这位女士的腿里。医生推定这二十五根大号缝衣针是这位女士婴儿时被人扎进身体里去的，这二十五根钢针在她的身体里待了整整三十年！而残害她的是她已经去世的祖父或祖母。当年她的祖父祖母就为儿媳生了她这个女孩儿而恨恨不已，以至她的父母因为她这个女儿而离异。可怎么也想不到祖父或者祖母能对这个襁褓中的婴儿下如此毒手。

其中扎进大脑里的那根钢针是在婴儿的囟门尚未闭合时从囟门里扎进去的。我们不妨设想一下，就是你把一根钢针扎进一个小动物的脑袋里去，你也会恐怖得心都发抖。他们却是对一个婴儿的脑袋里扎进去，而且是他们的亲孙女，而且一次次共扎进去了二十五根。他们决心要杀害这个小生命，想不到她却顽强地生存了下来。这令人毛骨悚然的残忍使那些图财害命的歹徒都相形失色了。和这样的祖父祖母相比，所有的杀人匪徒都可以原谅了。

是什么东西使他们下得了如此毒手？是为了女孩儿不能养老？是为了某种巨大的利益？都不是。有人说农村重男轻女是因为具体的农业生产必须依靠男孩儿。现在的农业生产已经没有过去那么繁重的体力劳动了，凡是男人能干的农活儿，女人都能干得了。是因为经济原因？我的老伴儿有三十几个堂兄妹和表兄妹，他们生活在农村，是地地道道的农民，总起来说，所有的女性对父母家都比男性要贡献大，也就是所有的父母对女儿的依赖都比对儿子的依赖大。那么，为什么当今的农村还要如此严重地重男轻女？

这种重男轻女是来自于一种旧的传统观念，与生活中的实际利益毫不相关。有人会说，这就是农民缺少文化的结果。农民缺少的不是传统的文化而是现代文化，传统文化在中国的农村依然根深蒂固。所有的文化学者要研究某种传统文化都要去农村考察。

当今中国农村的重男轻女观念既非经济的，也非生理的，更非政治的，完全是一种文化传统使然。不要认为凡文化的都是美好的，凡传统的文化都是值得尊重的。

记得《三国演义》里那刘备逃难时，有一位农民因为特别敬重这位刘皇叔，把自己的老婆杀了给刘备当肉菜吃。也许这是一个传说，但为了男人的一种病态的审美，让所有的女人缠足，把数亿女性都弄成残废，我的母亲和岳母就是活证据。中国传统文化把女人不当人看待源远流长，孔圣人如何评价女人众所周知，孔府里的女人是当家畜圈养的。不仅是"授受不亲"，连男人的目光都不能接触。

有学者统计，到 2020 年，中国将有四千万成年光棍汉。也就是按一夫一妻制要缺少四千万位女性。她们都哪儿去了？都是农村人重男轻女造成的。也许到 2020 年也不会觉得有什么可怕，中国人太多了。但是如果设想一下，这等于法国、英国、德国、意大利全都是男人，没有一个女人，整个西欧都没有一个女人。那是一个多么阴冷恐怖的世界！

按照大自然的安排，本来有四千万个女性要出生，可是全给中国的某种文化扼杀了。类似采取不正当的手段，如用钢针来残害的手段杀害了的女婴，一定远远超过了汶川大地震遇难的人数。

难怪鲁迅说中国的封建文化是吃人的文化。

传统文化中当然有人类的精华，也有真丑陋的东西，奇怪的是那些真丑陋的到 21 世纪了，它仍然存在。

当英雄的机会

　　人最宝贵的东西是生命，生命对于我们只有一次。一个人的生命应当这样度过，当他回首往事的时候，他不因虚度年华而悔恨，也不因碌碌无为而羞愧——这样，在临死的时候，他能够说，我的整个生命和全部精力，都已献给了世界上最壮丽的事业——为人类的解放而斗争！——尼·奥斯特洛夫斯基这段话几乎为当年所有的青年人背诵，连我这个素来讨厌背名人名言的人都能记住大概。然而当今世界已不再为青年人提供这样的机会了——为人类的解放而斗争。现在二十岁以下的年轻人谁也不会背诵这段话了。这种两代人的差别，在这件事情上是如此鲜明。指责当代年轻人胸无大志，不思进取，根本的原因在这里，他们看不到有什么壮丽的事业需要他们去投入，如果当真有"为人类的解放而斗争"的事业，他们当然会义无反顾。

　　我所说的英雄仍是旧的概念，专指刀枪中打出来的英雄，而不包括雷锋那样的做好人好事儿做出来的模范。青年人的生理特点，决定了他们崇拜那些在炮火中横冲直撞出生入死的英雄，而不屑去当作好人好事做出来的英雄。勇斗歹徒这种机会不多，纯属偶然遇到。只要遇到，还是有许多青年人奋不顾身的。年年都有许多年轻人死于这种事件，足以抵消那许多世风日下的事情。现在能称得上"为人类的解放而斗争的事业"我看只有航天事业，但又不是大部分青年所能参与的。留给现代青年人的只有平庸。

面对现代的青年人，最让老一辈革命者尴尬的事情还是发生在奥斯特洛夫斯基的祖国，那个国家曾经是"十月革命一声炮响送来了马列主义"，令中国人兴奋。恰恰又是这个国家，一声炮响苏维埃政权垮台。柯察金们抛头颅洒热血所从事的最壮丽的事业，就是让镰刀锤头的红旗在俄罗斯大地上飘扬，一夜之间，在这片世界最广大的国土上红旗纷纷堕落，而为柯察金们所摧折的白蓝红三色旗又在克里姆林宫上升起。柯察金们所认为的"人类解放事业"泡汤了。它并非真正的"为人类的解放而斗争"的事业。

两国元首握手言和，在今天碰杯的一瞬间，昨天所有的战士英勇的光辉立刻被抹掉，他们的鲜血黯然失色。二战时期的英雄将永远地光辉照人，这取决于希特勒和日本军阀们的残暴和愚昧。他们的灭绝人性使这些反抗他们的英雄成为人类历史上真正的英雄，而历史上的另一些英雄用今天的目光去看，都将大打折扣。每天我从电视上看那些正在进行的战争，总觉得他们是狗咬狗两嘴毛。

人类已经进入了一个不易产生英雄和伟人的时代。人却总有一种想做英雄的倾向，特别是年轻人。英雄和土匪其实有相通的地方，那就是都不安分守己，都不想平庸。现在做土匪也难，于是就只有做流氓了。流氓是土匪的变种。大江健三郎的小说中有一个少年在地铁列车里对女人耍流氓被人逮住了，另有两个人同情他，设法把他解救出来，然而少年不但不感激救助者，反倒非常愤怒，原来他之所以耍流氓就是要被逮住，就是要去蹲监狱，救助者实际是破坏了他的计划。他不甘平庸，他要冒险，他要刺激。书中的主人公也在公共汽车里对一个强壮的女人耍流氓，结果被这女人一把揪住了，拖下车，他以为要揪他去警察局，结果这女人把他揪进了一个下等旅店的房间里，你不是要吗？来吧。他一下子在这躺好的女人面前跪下了，他不行了。他耍流氓要的并不是这个结果，他要的也是被抓住，被当众羞辱。

一个青年考上大学突然不去上了，背上书包去流浪。他讨厌平庸的生活，他要追求不同凡响。他希望当英雄，跑到三峡工地去干了几天活儿，结果又回到了学校，他发现那地方更平庸。

社会结构愈趋向合理，个人在整个社会中的作用也就愈加微小。每个人都是社会这部大机器中的一个螺丝钉，都在身不由己地随着一起滚动，而人的天性又恰恰不是都像雷锋叔叔那样甘愿做一个永不生锈的螺丝钉的，于是就精神空虚、苦闷、孤独。

关于"玩儿文学"

其实"玩儿文学"不是从王朔开始的，最早的是搞文学理论的黄子平，当时黄先生年轻气盛，是北大很红的老师。好像有人问他为什么研究文学，他答曰：好玩儿。这引起我们作家班几乎是全体同学的反感。很多人甚至拒绝去听他的课，认为他这是对神圣文学事业的亵渎。我当时认为他这是故作轻松状，也许他背地里点灯熬油苦读苦学，第二天出现在讲台上却一副潇洒状，玩玩儿而已。他当时每堂课都是背一个牛仔包，而且是小学生那样真正背在后背上，直到走上讲台才一甩把后背上的牛仔包放下来。我觉得这牛仔包儿也不顺眼。

转眼十年过去了，我们回头看看文学都干了些什么呢？还不是玩玩而已！黄子平作为搞理论的，他其实是采取的一种游戏说。这也不是他的发明。这种学说是把人类生存需求划分一下，比方说，吃饭、穿衣、性交等，还有一种需求就是游戏。这差不多是任何动物都有的行为。小说和诗歌在诞生时，的确就是一种游戏的需要。比如说《诗经》，还不就是那么在田野上随口唱出来的？当时的人绝不认为他在从事一桩什么伟大的事业。中国的小说起源于话本儿。说书场那是个地地道道的游戏场所。发展到后来"拿起笔作刀枪"已经不是文学。至于说有人"利用小说反党"是查无实据的。如果小说真有那么大的能耐，小说家的地位也绝不会是今天这种样子。有人曾经送给作家一顶"人类灵魂工程师"的纸帽子，谁敢一本正经地戴起了，他肯定精神有毛病。

也有人说《汤姆叔叔的小屋》一本小说引发一场美国的南北战争。其实那是总统林肯对书作者说的一句恭维的话。如果真是那样，我看《飘》写得比《汤姆叔叔的小屋》还要好，也是一位美国女作家的书，对黑奴这个问题恰好和《汤姆叔叔的小屋》观点相反。《飘》为什么就不能消除这场战争呢？

不管你说得多么严重，音乐、绘画、文学都属于游戏范畴。游戏并不等于不严肃，并不等于玩世不恭，足球其实也是一种游戏，你看他们玩儿得不认真吗？别说玩儿的人，包括看的人都极认真，要不，为什么会打起来？游戏是一种极严肃极重要的事情，孩子们不是常为游戏输了气得大哭吗？游戏就是游戏，让它们去干别的都效果不怎么样。有人曾经说音乐可以陶冶人的情操，使人变得高尚起来。我也对此深信不疑。虽然对交响乐一窍儿不通，只要一听见什么地方咚咚地响起来，立刻一脸庄重。直到去年看了许多二战的纪录片，那些希特勒的党徒只要一有时间就开音乐会，甚至外面炮火连天他们都在专心致志地听音乐，于是我知道了音乐的作用。它一点儿也不影响他们灭绝人性地去杀人，还陶冶情操呢！

对文学的教育作用我都持怀疑态度。谁若想从我的作品中受教育那可上当了，我正需要别人来教育教育呢。常见这样的报道，某烈士战场上牺牲了，从他的遗物中发现了某作家的小说，于是认定他打仗之所以勇敢就是因为读了这本小说云云。那么日本兵作战比谁都勇敢，他们读了谁的小说？小说仅仅是小说而已。

很多人都对我讲过周作人的散文写得好，我一直没读过。他的散文集那么畅销大约一定是不错吧，但我心里犯嘀咕，这怎么可能呢？要么他的散文不是真正的好，是大家瞎起哄，要么他不是一个真正的汉奸，仅是有名无实罢了。我把这疑问去请教王观泉先生，我问，周作人当汉奸是怎么个汉奸法儿？是不是迫于形势写几篇违心的文章？王观泉先生说，他那个汉奸是真心当的，他不仅写过文章，还在伪政权里任职，并且还组织什么团去慰问日本伤兵。

讲到这里，王观泉先生笑着说，你想想，他那么矮的一个小个子，穿着一身日本军装，大马靴，咔咔一走，一本正经地去慰问伤员，多可笑！

我一点儿没笑，我很震惊，那些日本伤兵是去打中国人才负的伤呀，你再圆滑也不至于这样做呀。可他就这样了，而且他的散文写得很好！

用"文如其人"讲不通。如果用文学的游戏说就讲得通了。写散文仅仅是玩玩而已。杀人的恶棍照样可以弹一手好钢琴，在很多时候文章与人格是分离的。

当今社会，大庭广众面对的宣言，签字画押的合同，许多公章的红头文件，都如同儿戏，怎么好意思和专讲瞎话的作家们较真呢。

往事如烟

　　落叶纷纷，两个老人在收拾树叶，一个老头儿一个老太太。从地图上看七宝山距大袁家沟很近，进了村子才发现无路可走。我停下自行车问老头儿，请问，到七宝山怎么走？老头儿抬起头说，没路，回头过桥洞往北走，从河西董到黑埠沟。我又问，有没有小路？他说，小路你骑车走不了。我说，这车很轻，不行就扛起来。老头儿说，小伙子，那崖陡，你扛来也爬不上去。我笑了，头发都没几根儿了还小伙子？问他，您八十几了？他说，哪儿去找八十几？九十五了。我肃然起敬，相对这九十五岁老人我这六十七岁的可不是"小伙子"了？

　　忽然想起一个人来，问他，这村子可有个叫肖继林的人？他盯着我略一想说，有啊，去东北了。扭过头去对老太太说，大日本。我哈哈笑起来，对，大日本，就是大日本，我们是亲戚哪。

　　肖继林是我母亲的姑夫，我叫他姑姥爷。大约年轻时长一部络腮胡子样子很凶，外号叫大日本，其实是一个很温和甚至反应有些迟钝的人。到了东北后又叫另一个外号：不怕。牛跑了，他说，不怕。猪死了，他说，不怕。火上房了，他还说不怕。生产队的人就给他起了这个外号。有一次我坐他的牛车过河，眼看牛在桥上走偏了，我叫起来，不好！他说，不怕。是那种四个铁轮的牛车，眼看前轮下了桥，他扬了下鞭子还说，不怕。后轮也下了桥，我俩一起翻到河水里，还好水不深，

212

他爬起来还是说，不怕。

我说，他死了。老头儿不相信地睁大眼睛说，他死了？比我大不几岁啊。

我姑姥爷活到现在一百多岁了，可在这老头儿的记忆里仍是去关东时三十多岁的样子。

我问他，您贵姓？他说，姓葛。我又想起一个人来，对他说，肖继林的姑娘就是嫁给你们姓葛的吧？他说，好眼神儿。老太太也说，对，好眼神儿。

一帮孩子在吹牛，一个说，我看见七宝山顶上飘着一杆旗。另一个说，我看见七宝山顶上两头牛在吃草，一大一小。又一个说，我看见七宝山顶上两只羊在抵架，一黑一白。又一个说，我看见七宝山顶上两个乌蚜子（一种比蚊子还小的小虫）在负群儿（交配）。大家齐声喝道，好眼神儿！"好眼神儿"这绰号一直叫到他死。年轻的姑姥爷好赌，把祖宗留下的几亩山地输了之后，过年揭不开锅了。一狠心把十七岁的姑娘给了"好眼神儿"，换回两扁篓地瓜干加上五斗高粱。"好眼神儿"又矮又丑，比新媳妇大十五岁，我的表姑如花似玉，一朵鲜花生生地给插在了牛粪上。

我说，"好眼神儿"也死了。老人叹了口气，伤感地说，俺俩同岁啊。

我说，走啦！他说，记住啊，两个桥洞走西边的那个，别走东边的那个。

这是过高速公路的桥洞，到跟前却见只有一个，走走看吧。过桥洞走了一段发觉不对头，七宝山在西路却向东。一个年轻妇女推着独轮车走来，我问，这是去河西董的路吗？她说，错了，这是河西庄。河西庄是我的姥姥家。这时才想起那老太太在我背后喊的话——出村两条路，向西走啊。

我已经错过了。只有先到河西庄，从河西庄再去河西董。这是一条干涸的河底小路，夕阳衰草，风动疏林，似有一个年轻的女孩子匆匆地走过，我心中一阵发颤——这就是那条从河西庄通往大袁家沟的路啊，这是当年母亲无数次走过的路。母亲常说，大兰曼儿是我抱大的……如花似玉的表姑乳名大兰曼儿。十岁左右的母亲经常去帮她的姑姑照看孩子。母亲在东北远隔千里，如果她在老家，我一定用车推着九十三岁的她重新走一走这条小路……

逛曲阜爬泰山

孔　庙

老韩抱怨连泰山都没去过，说再不去就爬不上去了。我说，明天就去，咱旅游团都不用。

曲阜距泰山不远，尽管孔圣人对女人不怎么待见，也要带她先逛逛孔庙，这是国家五 A 级景点，和故宫一个级别。曲阜我来过，到孔庙的路却不记得了。两人上了一辆电动三轮车，只要五块钱。老头儿边开边说，先逛院后逛庙，神仙都知道。先逛院后逛庙，神仙都知道。这句话他叨念了一路，我并没在意，进了大门才知道他把我们拉到了《孔子研究院》而不是孔庙。门票都买了，逛逛也好。这是一座中国古式建筑，里面金碧辉煌，而且规模很大，比孔庙还要大得多，一看就是国家工程。上次来还没有，也就是最近几年建设的。孔子研究了两千年还没研究明白，看来还要继续研究下去，方兴未艾啊。研究院里没研究人员，按说研究院应该是一个需要安静的地方，这研究院却是个卖门票拉游客的景点，但游客也只有我跟老韩。我连《论语》都没读过，只知道孔子说的"学而时习之"还有"有朋自远方来不亦乐乎"，在研究院里逛岂不是假充有学问？草草看了几眼就拉上老韩往外走，老韩懵懂，紧紧跟着。

出来要去孔庙时那"神仙"却不见了，一个年轻的三轮车夫上前说，你们要去孔庙我拉你们。

一进这条小街我就觉得有点儿不对，但又一想，他也许是拉我们走后门吧？进到庙里完全明白了，这根本不是孔庙，像小卖店一样的几门小屋，里面供着神像，极力推销香火。连忙叫老韩出来，告诉她这不是真正的孔庙。多了个心眼儿，这次没先给车费，电动三轮还等在那里。上了车我愤愤地抱怨说，不在于门票这几十块钱，你不应该耽误了我们的时间！他狡辩道，没错啊，这是孔子家庙呀。"孔子家庙"和"孔庙"有分别吗？看这些孔子的子孙！

总算真正到了孔庙，给老韩在门前照了相，她很兴奋地说这里一看就跟别处感觉不一样。我不能给她说"唯小人与女子难养也"这样的大道理，就给她讲孔子的功绩，说在很早以前学识字不是我们一般老百姓的事儿，是孔子最早创办学校把读书识字教给咱们老百姓的，否则你连自己的名字都不认识。"天不生仲尼，万古如长夜"呀。对于这位圣人我只能讲这么多。对于她，这就足够了。

在逛孔府时，她发现了墙上嵌着的那个石槽，问这是干什么的。我也曾经在别处专门讲过这个石槽的特殊用处，想不到她一眼就发现了，可见我们这样的人往往会在意这种很不起眼的小处。我就给她说很早以前没有自来水，这是孔府的供水系统。我让她向里面伸手试一试能不能伸进去——她当然伸不进去。这个向里面流水的洞，就像地下工事那样是拐了两个直角的。她一脸惘然，我就说这是为了防止外面的男人通过孔洞向里偷看，也防止孔府里的女人向外偷看。

其实，真正能透露历史上人们生活状况的就是这样的细节，这也是真正的历史。孔府真正的历史绝对不是那些九龙盘柱的大殿，也不是那些年代久远的一代代帝王的御碑，甚至也不是那些千年的古柏，就是类似的细节。游古迹如读书，千万请注意细节，如看看乌进孝的账单就大体能知道当年农民的生活；如看看博物馆里那些石斧石镰刀的刀刃就知道原始人采伐木头收割庄稼有多艰难；如读"李白乘舟将欲行，忽闻岸上踏歌声"，特别注意"踏歌声"三字就可知道那时候的人们都神经兮兮的。

那时候担水肯定都是用木桶，就是那木桶也把这石槽给磨损得凹了下去，可见使用岁月的久远。早晨的梆子响了，女人们赶紧端着铜脸盆睡眼蒙眬地来到这里接水，孔府里的女人太多，而只有一个取水口，她向墙外喊一声，好啦！外面就有一股清水哗哗地流进来。墙外的汉子已经听声音就能够分辨出墙里女人的身份和年龄了，而且也能分得出这其中的某一个，甚至性格也猜个差不多，但是，看不见面貌。他一面倒水一面大口地吸气，灌进鼻孔里的那股女性的体香让他如痴如醉。他好似看见一股气流逆着水流顺洞口向外徐徐地流出。春色满园关不住，红杏一枝出墙头。

第二次游孔庙让我感触的地方是那个审案子的大堂。当年这里曾经"私设公堂"，当然是经过了历代政府允许的，说"私设"不太准确，但这又绝不是政府官员在这里办案，只能是孔家的族长。看看这些设备就可知当年的威严。"文化大革命"时曾经展出过各种刑具，现在不知弄哪里去了。中国有句俗语叫"国有国法，家有家法"。所谓的"法"只不过是一些纸上的条文而已，关键在何人来执法。纸上的东西是可以有多种解释的，看对有解释权的人利益如何了。孔家的家法就看族长怎么来解释了，而且政府都不能有异议。

游孔庙听到的最有意思的话是孔鲤那句"你父不若吾父，你子不若吾子"。据说孔子的儿子孔鲤一生没有多大建树，而且早孔子而亡，但孔子的孙子很有学问，而且也封了大官。孔鲤临终时很惭愧地对儿子说，儿子，你的父亲不如我的父亲啊。又回头有些骄傲地对老父亲孔子说，爸爸，你的儿子可是不如我的儿子有出息啊。这句话很像是一句绕口令，不知道是不是后人编撰的。也许就是因为这句话让大家都知道孔子的儿子叫孔鲤，而孔子的孙子很有出息却少有人知道叫什么了。

泰　山

中巴到中天门，再往上就要坐缆车了。我和老韩商量了一下，觉得这么点路程就要一百块钱太不划算了。老韩要去问问老年人能不能像门票那样优惠一下，我拉住她说算了，别丢人，爬上去吧，爬泰山就是要爬的嘛。泰山我来过三次，有一次就是坐缆车上的，结果那天小雨，有雾，坐着上去坐着下来，什么也没看见，就等于白坐了趟缆车。

泰山挑夫在激励着每一个爬山的人。他们挑着一百多斤的担子，一步一步向上攀登，让所有空着两手还气喘吁吁的游客不能不觉得羞愧。特别是坐缆车的年轻人。泰山上所有的建筑材料和旅游用品包括吃的喝的全是这些挑夫担上去的。老韩问一个年纪大的挑夫多大岁数，他答道，六十一。老韩吃惊地说，啊呀，你和我同岁呀。

行了，我放心了，她不再有理由向我诉苦有多累了。人家和她同岁哪，还挑着一百多斤的担子。接下来她又问了句大不该的傻话，哎呀，这么大的岁数了怎么还挑啊？

年老的挑夫说，唉，没办法呀。

我觉得老韩应该掏出点儿钱给人家，但是她没有，我也没有。就这样我怀着一种歉意错过了。第一次爬泰山我还年轻，遇到一个挑夫感冒了，走不动，我还替他挑了好长一段路，今天是不行了。这次爬泰山遇了最好的天气，真正是秋高气爽，许多树叶已经红了，黄了，紫了，一片一片的。特别登上玉皇顶向四周一看，真正是"会当凌绝顶，一览众山小"，山岭苍茫，大地无边，泰安城就在脚下。泰山海拔不高而让人感觉高，原因就在于它是拔地而起，不像别的山峰那样本身就地处高原或是在众多高山的簇拥之中。面对大好河山我非常想背诵一首咏颂泰山的诗给老韩听，搜肠刮肚却只记起张宗昌的一首："远看泰山黑乎乎，上头细来下头粗。有朝一日倒过来，下头细来上头粗。"老韩评论道：瞎说，倒过来立不住！

奇怪吧？泰山诗好诗千千万，包括李白杜甫的，我怎么就一首都记不起来呢？

泰山的有名不在它的高度，它的海拔高度仅有一千五百多米，不要说比八千八百多米的珠峰，就是比峨眉山也要矮半截。泰山压顶，重于泰山，泰山石敢当，五岳独尊，孔子登泰山而小天下，等等，好似它是中国的老大。原因是它地处中原，交通发达，文人墨客和皇帝们来玩儿方便，据说每个皇帝登基后都要来泰山举行一次"封禅"大典，乾隆登泰山八次之多。泰山能列入世界文化遗产名录就在于历代名人留下的碑刻。一路上从汉代一直到当代，数不胜数。其实这就是现在被禁止和谴责的"某某到此一游"，只不过年代久了而已，当然知名度也是一个因素。如果"普京到此一游"会有人禁止吗？

众多碑刻中最奇怪的有两块，一块是重达十几吨、高达六米的无字碑，光光的，没有一个字，千古之谜，一说是秦始皇立的，一说是汉武帝立的，考古界至今争论不休；另一块是民国二十一年"潍县众学子"立的字形古怪的碑，碑上的四个大字无人能识。这很明显是几个青年一时兴起自造的字。可惜已经过了那个造字的时代，不会流传开了。

我忽然领悟到汉字绝不是什么仓颉一个人所造。曾经有一个轰轰烈烈造字的黄金时代，你我这样的人都可以自己造字，你可以给自己住的村子造一个字，可以给村边的小河造一个字，可以给门前的小山造一个字，可以给自己用的碗造一个字，甚至可以给你自己这个人特别造一个字，如武则天就给自己造了一个字。只要能得到了别人的使用就算是造成了。所以泥沙俱下鱼龙混杂，合理的不合理的，好用的不好用的，美的丑的，难的易的数不胜数，甚至有一个一百多画的"庙"字（我会写）。据说一气儿造了十几万个字，太泛滥，康熙皇帝决定整理一下，《康熙大字典》把那些得到了公认的合理的收集起来也有四万七千之多。对中国人来说，这么多字依然是一个沉重的负担，经过不懈的努力，到我们现在用的《新华字典》就只有一万左右了。而这一万字中也有相当大一部分是死字，经常用的也就能有三四千字吧。文字，工具也，不合用的自然要死去，毫不可惜。想不到的是到挨到21世纪的有一天，这些"死"字忽然咸鱼翻身有了机会面世，这就是中央电视台举办的汉字听写大会。听写进行到后半程，成人的听写率都为零，这证明着这个字已经死彻底了，在中国这块土地它完全没了生机。但是，这些孩子必须记住，否则就出局。让一个孩子小脑袋里装满这种生僻字想想都可怕。

王蒙是当今作家中笔头子嘴头子都了得的人，据说他试了试某中学语文考题竟然不及格。学语文干什么？不就是表达思想吗？达到王蒙那水平还不行吗？我敢说让莫言参加汉字听写大会他也只能到半程就出局。文字不就是写文章用的吗？文章都得诺贝尔奖了还不够吗？文字是工具，不是财富多多益善，够用即可。"回"字有四种写法你只会一种即可，孔乙己会那么多有屁用？

但是我爱看汉字听写大会，只可怜了那些孩子。

返程的路上经过沂蒙山区，老韩轻声唱起来，人人都说沂蒙山好，沂蒙山上好风光，青山那个绿水多好看，风吹草低见牛羊……我贪婪地望着窗外，景象却叫人失望，不仅是失望，甚至很凄凉。山光秃秃的，灰白的岩石裸露着，向沟底看，没有水，更严重的是不仅庄稼长得不好，连树都低矮瘦小。这里的土质不好，说不上是种什么土壤，反正草都不长，也许是雨水又少，就生成了眼前这般景象。沂蒙山区一直是山东省的贫困地区，看来和这里的土壤条件大有关系，我想很早以前也不会好到哪里去。问题来啦，为什么《沂蒙山小调》里唱得那么好？一方水土养一方人，一定是这个写歌的是沂蒙山人或是在这里长期居住过。对一个地方的感情是居住日久产生的，绝不会是因为风光好或是富庶而产生的。我想到了我在东北居住过的那个荒沟，在外人看来一定丑陋不堪，但我每次一走进去心都发颤。

尴尬的角色——父亲

一部电影《千里走单骑》，一部电视剧《我们的父亲》，立意都是在颂扬一种伟大的情感——父爱。但是展现在我们面前的更多的却是父亲这一角色的尴尬与无奈。那个日本父亲，漂洋过海，来到中国，又千里迢迢地跑到一个偏远的山区去拍摄那个在中国都无人看的傩戏《千里走单骑》，为的是完成儿子的心愿。其实，儿子并不很看重，只不过随便一说罢了，他却千难万难地在异国他乡为此奔波，甚至给人下跪。令人感慨的是，他跟儿子的关系并不是很好，儿子甚至都拒绝跟他见面。《我们的父亲》中那个农民父亲总是千方百计地想为儿女们做点儿事，想帮忙，结果却总是出错，帮了倒忙，招来的总是埋怨，他却无怨无悔不顾一切，拼上老命地努力，直到最后生命结束。

父亲，这是一个非常尴尬的角色。当儿子还小的时候，他充当的是导师与统治者的双重身份，而当儿子渐渐长大的时候，他就不得不变换自己的身份了。父亲在儿子年幼时，他是凭着力量和权威让儿子敬佩的，我们都会记得小时候自己对父亲某次表现出来的神力吃惊得目瞪口呆。父亲的知识也让我们佩服，在我们孩子的眼里，几乎是无所不知无所不晓。渐渐，我们的身体壮大起来，肌肉膨胀起来，父亲当年拿得起的重物我们也轻而易举地拿了起来。更重要的是我们的知识飞速前进，很快就把父亲远远地抛在了后面，差不多刚读完中学，在很多方面就已经超过了父亲，而父亲还在原地不动。于是，我们对父亲当年教导我们的知识开始怀疑，甚至于反感起来。终于，当一个孩子在十六七岁的时候就彻底不买父亲的账了。逆反心理既有生理方面也有理性方面的原因。这时候的统治者日子就不好过了。已经习惯了发号施令，忽然一夜之间不灵了。他都不知道什么时候发生了这种变化。

父权，当年是革命者们革命的主要对象之一，很多革命者都是以革父权的命为首要任务而开始走上革命道路的。父亲虽然在体力和知识上已经不能让革命者的儿子敬畏，但是还有财产掌握在手里，金钱、土地、生产工具的支配权都还是父亲说了算，所以他们还能凭借这方面的权力维持自己的权威，发号施令。当年的热血青年们的父权革命，看起来是一种政治行为，实际上就是夺取经济的支配权。解放后，20世纪六七十年代，大多数的中国父亲都没有经济控制权，儿子和父亲一样，我们都是公社的社员，都挣工分吃饭，我挣的工分已经比你多了，凭什么还要听你的？于是我们做儿子的革命也就提前到来。去年发生了一个奇怪的案件，一个人在夜晚被人抢劫，还被打成重伤，公安机关侦察，发现抢劫并打伤他的竟然是这个人十七岁的儿子。儿子要钱父亲不给，于是就装成蒙面大盗进行抢劫，父亲还年轻，当然要反抗，于是就厮打起来，一失手，儿子重伤了父亲。这就可以看作21世纪的父权革命者。父亲的尴尬在这里：开头要求公安机关破案的是他，后来要求公安机关放人的仍然是他。他不能因为钱而把儿子送进监狱。

流年似水，花开花落，我们也到了父亲的年龄了。当年我们反抗父亲时的义无反顾，现今轮到自己时却是苦涩难言。我还不是一个农民父亲，好赖也算是一个作家，但是仅仅就电脑知识方面我就属于"朽木不可雕也"一类的，任是虚心也让他们不屑于一教。儿子不仅仅是不再佩服你，而且只要是你教导他的，他都会用一种毫不犹豫的反对态度去对待。我有两个儿子，他们最不佩服的中国作家就是我，他们不仅不读我的书，而且凡是我推荐的书他们都会持一种不屑一顾的态度，以致许多优秀的书因我而蒙难。我常常对他们说，这本书不是只我认为好，是首先别人认为好推荐给我的。尽管这样，还是不能让他们像对那些胡编乱造的书一样一视同仁。

父与子这种尴尬的关系很少有人提到，更多的是父子情深，即使说起两者的矛盾也都是封建与革命、先进与落后的矛盾。现实生活中这种尴尬关系却是满眼都是，实在不知道为什么大家都视而不见。就我身边来说，我和儿子的关系尴尬，而父亲和我的关系也是同样，我的祖父和父亲关系更是紧张。如果说我们这是家族遗传，那么我的岳父和儿子的关系也是一辈子互不服气。在我的朋友和同事里我认真地找了一次，父子之间相处融洽的很少。都说是"多年的父子成兄弟"，那仅仅是指父权丧失逐渐平等而已，父子之间永远不能像兄弟之间那么融洽。当然也有真的能做到兄弟一样融洽的父子，像葛优和他的父亲葛存壮那样，但那是极少数。父子之间这种尴尬的关系在公共场合也能表现出来，两个岁数不同的男人，既不像上下级那样恭敬有礼，也不像陌生人那样淡漠，更不像朋友那般亲密，真正是不冷不热。如果你发现在公共场所有两个人这样不冷不热，那就有可能是父子。古有"父子不同席"的说法，今天仍旧如此。这种不冷不热的关系如果在一个桌子上喝酒的确是很不方便的。除非是家宴，只要儿子发现父亲在座他肯定会逃开另找座位。同样，父亲要是发现儿子在座也会知趣地走开。

人与人之间的冲突永远都是双方各不相让，只要一方相让就会使冲突消失。父子之间的冲突特殊，永远都是一方不断地退让，一方不断地进攻。退让的一方永远是父亲，进攻的一方永远是儿子。这种冲突直到父亲实在不能动，甚至直到死那天才结束。

那个日本父亲，甚至儿子都不让他进病房探视，他却要漂洋过海为儿子一句话去奔波；这个中国父亲，演的本来是一部喜剧，可是他那种为儿女执着的牺牲常常让人流下眼泪。为什么父亲就要如此"孙子"？他们就不能挺起腰杆来说一声，你不理我我还不理你呢！现实中能做到这么有骨气的父亲是非常少的。原因其实简单：儿子是父亲生命的全部意义，而父亲却不可能是儿子生命的全部意义。那时候我们还年轻，我的上铺何志云有一天晚上忽然探下头来对我说，伙计，细想想，人生其实能在这世界上留下的，只有儿子，除此之外什么也留不下。这句话让我记到如今。是的，你能留下什么呢？金钱？地位？事业？官衔？荣誉？这些都会在你即将离开时化为虚无。只有儿子，儿子才是你真正的存在。这里也指女儿。当然，如果能为人类留下一项伟大的发明创造，像牛顿，像爱因斯坦，那就能够自豪地说是你的生命的意义。可我们大多数人都不是牛顿也不是爱因斯坦，我们都是平常人，不可能留下那么伟大的发明创造。

父亲最悲惨的结局发生在猴群里，当猴王父亲年老体衰之后，它就会被它的儿子赶出猴群悲惨地死去。人当然不是猴子，但儿子们也会希望在父亲年老体衰时退出自己的世界。这是生理方面的原因。文化方面的原因就像是一个人在荣升之后，绝对不希望他原来的上司现在还在他的手下工作，也就是他不愿意当他原来上司的顶头上司。那情景会很尴尬。

生命的意义

生命的意义在人类这里给复杂化了：什么人生如梦，什么人生是一场悲剧，什么人生虚无，什么人生没有意义……而在别的生物那里，生命的意义是非常简单明了的，无论在动物或者是植物那里，生命的意义都只有一个非常明确的意义，那就是种族的延续，也就是生命的传宗接代。只有人类把生命的意义和人生的目的给复杂化了。

麦熟一晌，你会看到成熟了的麦子只在一个晌午，原本还是一片郁郁葱葱的麦田，就忽然变成一片金黄了。其实这是作为植株的麦子的突然死亡。金色的麦浪让人看上去很是壮观，其实是一种死亡现象。玉米就没这么好看了，当玉米棒子成熟之后，那苗壮墨绿的玉米植株立刻就枯黄下去，宽大的玉米叶子变得像一条条的破旗子垂了下来，皱皱巴巴的，这就是死亡的本相。这些叶子为种子的成长曾经不遗余力地吸收阳光，吸收空气中的碳元素，拼命地从地下汲取水分，为的就是把生命用另一种方式延续下去，一旦完成了任务，它立刻就死亡。当你走进秋后的玉米田里，你会听到一片萧瑟的声响，深切地感觉到生命的悲凉，但这就是生命的意义。

鲑鱼的传宗接代会让你感觉到生命的悲壮。成熟之后的鲑鱼成千上万地越过大洋向它们的出生地进发。在此之前它们游历了上万公里，穿越了无数的惊涛骇浪。拿黑龙江的鲑鱼来说，它们沿北美洲西海岸向北进发，直达阿拉斯加，然后在北冰洋的白令海峡掉头向西，穿过鞑靼海峡才游到黑龙江口。进入黑龙江，真正悲壮的历程才开始，一路上人类的网、熊的利爪都在等待着它们。但是它们一往无前，昼夜兼程向那适合于它们子孙繁殖的上游进发。逆流而上，穿越大江的主流之后就游进了那些水浅的支流，在这里，真正的考验来临了，细小的水流已经无从掩蔽它们的躯体，凶恶的水鸟和狡猾的狐狸都能轻而易举地捕获它们。队伍开始了巨大的减员，众多的兄弟姊妹被屠杀了。但活着的就互相鼓励着继续前进，它们一定要把繁衍种族的职责承担下来。飞流直下的瀑布是它们的鬼门关，如果水流下降的速度是每秒十米的话，鲑鱼必须把自己加速度到每秒二十米。它要克服水流的速度再提升自己的速度腾空跃起。很多瀑布高达六七米，鲑鱼就必须越过这个高度才能跃上瀑布。它们在瀑布前勇猛地向前冲击，摔下来鼓动起勇气再跳，有的就摔在岩石上给摔得昏死过去。这种不屈不挠的奋斗真可以说是惊心动魄。我们在电视上所看到的棕熊捉鱼的场面就是这种情况。有人做过这样的试验，他们在一道水坝的上游放一批鱼苗，三年之后，这批成长起来的鲑鱼就聚集到了这道水坝下面向上冲锋，结果可想而知，它们无法越过这道数十米高的水坝。后来这些鲑鱼就摔死在了这道水坝下面，也不退却。鲑鱼的出生地给它们的躯体里植入了一种生命密码，告诉它们在这道水坝上面是适合鲑鱼生长的河流，于是它们就永远记住了这一指令，历经浩瀚的大洋而不迷失方向，一定要回到出生地来繁衍后代。当河流越来越浅的时候，已经不能浮起它们的身体了，脊背露出水面，背鳍旗子似的竖在阳光下，鲑鱼开始用肚皮在卵石滩上爬行。粗粝的沙石磨掉了它们的鳞甲，鲜血染红了河水，鲑鱼们还是义无反顾地向着前方行进。千难万险，在终于到达产卵场时，所有的鲑鱼都是遍体鳞伤。聚集在这狭小的水域里的鲑鱼开始交配产卵，一旦完成生殖程序，所有的鲑鱼都已经筋疲力尽。在最后耗尽了它们所有的生命力之后，立刻全体死去，没有一条鲑鱼能重返大洋。成千上万的鲑鱼的尸体布满了整个河滩，那悲壮的场景让人惊心动魄。

就是鲑鱼的成片尸体下面，新的生命在孕育，当这些上一代的生命全部解体时，小小的鲑鱼苗孵化出来。它们在这充满了营养的河水里再一次顺流而下，开始新一轮生命的征程。

生命传承最为惊心的情景发生在螳螂的交配时，如果说鲑鱼的生命传承是一种悲壮的话，那么体现在这种昆虫的生命传承过程就是一种惨烈了。当雄性获得与雌性交配之时，也就是它的生命终结之时。在雄性接触到雌性的身体的同时，雌性就一口咬住了对方的头颅。就是雄性向雌性体内注射生命的过程中，雌性就一直在吞食雄性的脑袋。难道螳螂这种昆虫没有痛神经？雄性像毫无感觉似的一点儿也没有挣扎的动作，只是一心一意地在完成它的生殖行为。开始，当雌性螳螂一口咬住了配偶的一只眼睛时，你会以为那是它在极度亢奋下的无意识动作，螳螂的脑袋呈三角形，它只是咬住了配偶的一只角，但是，它开始咀嚼，把它所咬在口里的部分吞咽下去。这让你不能不毛骨悚然。它并不停止，继续啃咬，一点儿一点儿，雄性螳螂的整个脑袋渐渐被吞食了，你这时候已经看得惊心动魄。但是作为正在被毁灭的雄性螳螂，它的生殖行为没有一刻间断，好像它没有痛感，没有觉察到自己正在被撕裂。最后雄性螳螂已经只剩下了一具没有脑袋的躯体，但是仍然在顽强地履行着它的天职。我们可以看到，当雄性螳螂失去了脑袋的尸体从树上像一片叶子似的掉落在地下的草丛中，它仍在努力做着生殖的动作。这时候让你感觉到的不仅仅是惨烈，而是感人至深了。生命就是如此顽强。

20世纪五六十年代的中国年轻人，几乎人人都能背诵保尔·柯察金那段名言："人最宝贵的是生命，生命对于我们只有一次，一个人的生命应当这样度过，当他回首往事的时候，他不因虚度年华而悔恨，也不因碌碌无为而羞愧——这样，在临死的时候，他能够说，我整个的生命和全部精力，都已献给了世界上最壮丽的事业——为人类的解放而斗争。"

人类最壮丽的事业是什么？说白了，就是适宜我们的后代生活的社会环境。这种为生命的繁衍宁可牺牲本身而保全后代、牺牲个体而保全

227

种族的行为并非人类所仅有。工蜂可以终生为养育他人的后代而忙碌，母狮能全心全意用自己的乳汁哺育别的母狮的遗孤。人类社会无论发展到哪一地步，人的生命最根本的意义永远都会是生命的延续。

人类永远讴歌的主题是爱情，爱情是什么？相对于生命的整体而言，它是主旋律上的一小段前奏，它是整株植物花朵上的颜色，它是邮票背面的那点儿胶水。如此而已。

民工与奥运

　　我们这栋楼由单位供热改为集中供热，楼院里住进了一支民工队伍。这是一项浩大的工程，旧的暖气片、旧的管道都要拆除换上新的，而且管线也要重新安装，在楼墙上打洞，在水泥楼板上挖槽，到处弄得天翻地覆。恰在这时奥运会正在进行，有一天，我有意打开电视让抬暖气片的民工们看一看奥运会，并且颇为自豪地告诉他们，看看吧，中国昨天得了二十二块金牌，又超过美国了。不料他们很淡漠地看了一眼说，得一千块金牌跟我们也没关系啊。我愣了下，什么话也没说出来。

　　他们抬起几百斤重的旧暖气片下楼去了，我看到他们汗流浃背的脊梁。在三十多摄氏度的气温里他们要把这沉重的钢铁在七楼抬上抬下，的确难有关心奥运的心境。

　　从那天起，我开始注意他们，这些民工来自通河县，其实是一些农民，他们就住在用一些塑料布搭起的棚子里，居高临下，在楼上往下看，他们的生活尽在眼底。在电视前看完奥运节目的时候，我就来到窗前看一看正在忙碌着的这些农民。他们每天五点半起床，简单地洗一把脸就开始吃饭，六点准时开工。中午吃饭休息半个小时，晚上六点收工，几乎是每天满满地工作十二个小时。每次从楼下走过遇见他们吃饭，我都禁不住要往他们的饭盆里瞟一眼，我从来没看到他们的菜里有过肉，只是一碗菜汤、一盆米饭，维持繁重的体力劳动，他们每个人都要吃一盆米饭。菜汤里漂着一点儿油花儿，我是体力劳动出身的人，我知道如果你吃上一顿肉，会让你整整一天都浑身充满力气。他们多么需要吃一顿肉啊，哪怕是那些宴会上被人们扔掉的肥肉。

每天他们吃过晚饭就钻地工棚里睡觉，以备明天早起上工。不看电视，也没有电视可看，也不关心奥运，不关心中国得了几块金牌，这一切好像真的与他们无关。

在世界上，中国无疑是金牌大国，现在来看，很有可能超过俄罗斯成为仅次于美国的世界第二金牌大国。可是，中国的体育并非和金牌一样是体育大国。中国大部分人是和体育运动无缘的。农村人口占中国总人口的百分之七十到八十，这百分之七八十的人口从来就没有体育生活。并且，越来越和体育无缘。在我小的时候，虽然还穷，但是村里也有人偶尔玩玩篮球。到我成年后，公社也常常举办运动会，而现在，农村再也没人打篮球了，乡里也从来不举办运动会。甚至现在的机关单位也没有什么篮球赛了。中国的金牌可以说是突飞猛进，中国的体育运动却是不能相提并论。

舍 墓 田

　　童年时让我最恐怖的地方是舍墓田，也是所有孩子的噩梦。大人们在吓唬孩子时也都要说，把你送舍墓田里去！中国有句成语叫"死无葬身之地"，那时候没有公墓，在土地私人所有的时候，一个人没有土地，当真就是死无葬身之地。但是穷人也要死，有人行善，就施舍出一块田地给这些死无葬身之地的人埋葬。这地就叫舍墓田。施舍出来的地自然就很小的一块儿，而穷人又何其多？于是这块地就坟茔层层累加，白骨堆积。舍墓田里又是孩子的尸体居多，过去未成年人是不能进祖坟的，那些有地的人家也把死了的孩子扔进舍墓田里来。这里又成了葬死孩子的地方。没有避孕措施，孩子就大批地出生；没有医疗措施，又大批地死亡。孩子有病并不吃药打针，只是让他依仗自身的抵抗力靠时间，能熬过去就活下来，熬不过去就死掉。死了的孩子叫一个孤老头子抱出去就完事。他抱出去就扔在舍墓田里，连挖个坑埋都省略了。差不多每个村里都有一个专门扔死孩子的人。舍墓田里每天都有新扔进去的死孩子。或是一块破席头，或一点儿花花绿绿的破布一卷。远远望去就如今天的垃圾场。舍墓田里扔的死孩子多了，自然就引得野狗来吃。有一些狗吃死孩子多了，看人的眼神就很不一般，看见活人也想吃。

　　舍墓田里人骨堆得多了，就常有磷火出现，绿莹莹的，飘忽不定。我们就叫作鬼火，以为那是鬼魂在游荡。夏天的夜里，四周一片漆黑，我们一帮孩子在村口看着舍墓田里那忽明忽灭的绿莹莹的鬼火，浑身的汗毛都竖起来。孩子就是这样，越是恐惧的地方越是充满诱惑。我常常觉得舍墓田里是另一个世界，那里熙熙攘攘，人来人往热闹非凡，卖糖葫芦的，摆地摊儿的，耍把式的。我们曾经打过赌，看谁敢进到那里去走一趟，标准是从舍墓田里捡出一块瓦片即可。但是从来就没有一个孩子敢进去过。在我们村邋里邋遢的傻二喝醉了酒进去过，而且在里面睡了一夜。他是我们最敬佩的大英雄。我们围着他请求，二爷你给我们讲讲吧，那里是个什么样子的？二爷一瞪眼，什么样儿？说出来吓死你们，我一进去就给小鬼们围住了，他们每人手里提一只布口袋，你猜，里面是什么？全是黄泥巴。他们嗷的一声一齐向我身上掷泥巴，把我的眼睛、耳朵、鼻子、嘴巴全给糊死了，憋得我放了个屁，一个小鬼儿说，嘿，这里还冒气儿呢！又一阵猛掷，把屁眼儿也给糊住了……我们问，以后呢？他说，后来嘛，后来我就记不得了。

据傻二说那些小鬼儿个子都矮矮的，只有二尺高，一跳一跳的……那么，这自然都是些孩子。再说他们的行为也像孩子，拿泥巴掷人，只有孩子们才干得出来。

五十年在人类历史上短短的一瞬间，可是在几十年间人的生活已经天翻地覆的变化。今天的孩子多么珍贵！当年死一个孩子几乎没人当回事，只有他的母亲哭几声，哭过之后也就马上忘记，而且有的孩子病重还没有完全咽气就给扔到舍墓田里。那时候我已经是成年人了，给生产队去舍墓田里挖土，那里面的土很肥，蒿草汹涌，当然是由于死人多的原因。挖出来的土可以运到田里当肥料。忽然我看见一个破布包在动，开始我以为是幻觉，因为我一直提心吊胆，神经紧张。可是指给伙伴一看，他也说那个破布包在动。我们大着胆子走近一看，是一个孩子，还活着。但是我们俩谁也不敢上前去抱。喊来一个年纪大的人，他上前去抱了起来。一打听，这是我们邻居家的孩子。他们家以为孩子已经死了，就扔了出去。这个人现在已经是三十多岁的大汉。每次见了他我都忍不住要多看一眼，心就很是得意，伙计，要不是我眼尖，也许你早就给野狗吃了。

舍墓田里还有两个丘子。"丘"这个字的本意很少有人注意，有字

232

典是这样注的："用砖石封闭有尸体的棺材。"一般情况都是人死在外地又不能及时运回本土安葬，就在当地临时丘起来，等待合适的时机拉回老家去。丘子是长方形，拱形顶，用青砖砌成。其中一个是国民党军官的妻子，据说是个很漂亮的女人。那军官战败换防，再也没有回来，丘子也就只好永远丘在舍墓田里了。这个丘子也是我童年里可怕的凶象之一。成年之后，我们还打赌，看谁敢在丘子上摸一把？到底是谁也没这个勇气。

我在俄罗斯参观的时候，惊讶地发现在对待死人的心理上西方人跟中国人是大不一样的。你看看他们的公墓就会发现，很亲切，放着鲜花，修剪得整齐的草坪，而中国人的坟墓只供奉黄色的纸钱。这些黄色的纸钱就让人产生阴阳相隔的意象，这些草纸到那边就是钱？特别是在一些教堂里还存放着棺材。它不是放进一间不见人的小屋里，而是赫然放在人们做礼拜的大厅里。真正是死人与活人共处一堂。这是一种荣耀，只有德高望重的主教才有资格放在这里。中国人在心理上对死者存在着一种巨大的恐惧，活着时最好的朋友，甚至是最亲的亲人，只要一死之后立刻就变得非常可怕。俗话说，人死如猛虎，虎死如绵羊。我不知道这是生理上的差异还是文化的影响。

这个童年里的令人恐怖又充满了诱惑的舍墓田，已经随着时代的进步永远地消失了。到处是新建的楼房和大道。当我重回故乡时非常想寻找它那荒草萋萋影像，可是连它的位置也没有找到。

我看《动物世界》

　　对于我来说，是《动物世界》，而不是精确制导炸弹更让我佩服美国人。《动物世界》这是我数年来一直最爱看的电视节目。有好几个方面都让我感到非常震撼：首先是制作者的那种认真态度，是我们的电视片制作人远没有达到的。在科学技术上比不上他们，这是多种原因所造成的，在工作认真这方面比不上他们，真是不能不让我们感到羞愧。比如在沙漠里拍那些小动物的生态，需要吃多大的苦啊。长时间待在荒无人烟的大沙漠里，烈日暴晒，气候炎热，生活单调，都是让人难以忍受的。洋鬼子们生活条件优越，但在某些方面却是比我们更能吃苦。比如拍那些非洲大草原上的动物，有很多镜头都是要长时间等待，有的甚至需要等待几年的时间，这需要何等的耐心和毅力！比如，拍海洋中的那些巨大的鲨鱼和鲸鱼的恐怖镜头，需要多么大的勇气啊，让我坐在沙发上看都心惊胆战。

　　《动物世界》还让我们了解了许多日常生活中看似很平常的一些昆虫的奇妙的生活情趣。如蜜蜂和蚂蚁。在它们的王国里，一切都是那么分工明确有秩序，有专门生产食物的，有专门搞房屋建设的，有专门保卫的，有专门清理卫生的，气温太热有专门扇风的，太冷了有专门进行供暖的，分工细致而合理……更让人吃惊的是它们还能进行种植和饲养，如蚂蚁会饲养一种蛹的幼虫，把它们养在圈里，一刻不停地喂给这些幼虫食物，让它们快速地长啊长啊，长得白白胖胖宰杀了吃。这跟我们养猪一模一样。还能用人类饲养奶牛的方法，饲养一种蚜虫，喝它们分泌出的汁。还有，蚂蚁们会种植一种蘑菇，精心地进行培育、施肥、浇水，让蘑菇迅速长大了好收割。几乎人类社会所有的行为在蚂蚁的社会里都会发生，它们也有使用奴隶的行为，把别国的幼虫掠夺到自己的国家里让它们长大后充当干苦力的奴隶。

在蚂蚁和蜂的王国里，是一个法制严明的社会。一旦遇到外来侵略的时候，就会有它们的国防军进行英勇的抗击，而对内部一些不遵守纪律的，就由警察来进行处罚和惩治。蚂蚁的国家有时也会发生战争，一旦战争爆发就是全民皆兵。为保卫国土，所有的蚂蚁都会英勇战斗，甚至牺牲自己的生命也绝不后退。在小时候，我亲眼看到过蚂蚁王国之间的战争，常常有成千上万只蚂蚁被杀，死伤一大片，黑压压地覆盖在地面上。那壮烈的场面让人惊心动魄。

在蚂蚁和蜂群的王国里，蚁王和蜂王有至高无上的地位，它们的吃、喝、拉、撒、睡，生活一切都有专职的臣民为它服务，它不仅可以不劳而获，而且要吃最好的食物，还要工蚁毕恭毕敬地送到它们的嘴边。甚至洗脸刷牙之类的也都要照顾好。因此它们长得体形最大，一只蜂王和一只蚁王的体重常常是一只工蜂或一只工蚁的几十倍。这当然是养尊处优的结果。一旦发生洪灾，大水冲垮了蚁穴，蚁王生命受到威胁，蚂蚁们立刻全体总动员，个个奋勇上前，为抢救它们的王奋不顾身。在蜂王国里发生了火灾时，当蜂王来不及逃离火场的情况下，你会看到让人感动至深的场面。所有的蜂都趴在蜂王身上，以自己的身体来保护它们的王，即使被活活烧死也绝不自己逃命。

是它们在模仿人类的行为，还是人类在模仿它们的行为？

以上我所说的在电视里都已经看到，本无须我再叙述，我在这里真正要说的话是：无论蚁王还是蜂王，它们是确确实实的王，没有它们就没有这个王国。所以，这些为此而牺牲的蚁群和蜂群都是值得尊敬的，死得其所，这种行为都是伟大的行为，而人类的国王呢？同样要求他的臣民忠于他，为保卫他而奉献生命，可是他实际上并不能完全代表这个国家。他充其量是一个象征而已。当我们看到伊拉克士兵高呼着保卫伟大的萨达姆总统的口号而英勇地冲向死亡的时候，我们只能说那是一种极其可悲的愚蠢。在这里，人，表现得比一只蚂蚁更愚蠢！人类是我们这个星球上最具有智慧的生物，但是在某些方面，却表现得比所有动物都愚昧。

当看到蚁王和蜂王受臣民那样侍候的时候，我们常常对它们的不劳而获会产生一种愤怒，但是细一想，它们实际是在侍候它们的母亲啊！是它给了它们生命的，而人的王算是什么呢？是他给予了我们生命吗？他配得到别人的侍候吗？他仅仅是一个利用了人类愚蠢的假王。人类的王权社会是一个延续了数千年的大骗局。

勇敢的小牛

　　这是一条不怎么引人注意的新闻，某动物园为了训练狮子的野性，把一头一岁半的小牛放进狮栏里，让狮子捕食，不料，出现了让人尴尬的场面，狮子逃跑了。当这头小牛一下子面对数头要吃它的狮子的时候，它先是要逃命，可是在无处可逃之时，它忽然奋起抵抗，用它那刚刚长出来的稚嫩的角向狮子顶去。长期喂养的狮子们是吃惯了牛肉的，但那都是人类宰杀好了的，对于这头活着的小牛，它们很不习惯；当这头小牛要向它们进攻时，它们大吃一惊了，可以说是猝不及防，而且小牛那种拼命的勇气让它们害怕了，四散奔逃。在网上只看到了其中一头狮子和追逐它的小牛。小牛是黑色的，像一个勇敢的少年，高高地昂着头，头上的角短得可怜，只有二寸长。可是它就用这微不足道的武器向敌人发起进攻。那头雄狮则是舞台上常见到的坏蛋被勇士追得狼狈而逃的形象：一边逃跑，一边还回头看追赶自己的对手，眼里一种哀求讨饶的神情。

　　人们总是歌颂马，其实马在这种时候是非常委琐的，它们只能逃跑，跑不掉的时候就会吓得浑身发抖，听天由命。牛相反，它会奋起反抗。农民都知道，当马调皮时，只要你狠狠地打它一顿，它就会乖乖地听话，而牛不能打，激怒起来它会发狂，只能耐心地安抚。这头勇敢地向狮子进攻的小牛让我敬佩得五体投地，它多么小啊，才一岁半，正经是个孩子哪。可是面临着就要被吃掉的危险时，它不哭泣不哀求，勇猛地向那兽中之王冲过去。这是何等的勇气！那些长着利爪巨牙的狮子，面对这种大无畏的勇敢时，害怕了。

这条新闻太微不足道了，当我再一次上网时，已经找不到了。但小牛的形象深深地印在我心里，面对凶猛的兽中之王，它高昂着头，天真又无畏。真正是"初生的牛犊不怕虎"，我敬佩它，热爱它。我想，所有看过这条新闻的人都会被它感动，当然也就会关心它的命运。可是，在这里，我不能不说，它的命运不会因为它的勇敢有任何改变，最终还是要给狮子吃掉的。既然狮子不敢吃，那就只有麻烦人了，人会把它抓出来，杀掉，卸成一块块没有任何危险的牛肉再给狮子们吃。在这里，人表现了他们的残忍与无耻。对动物讲感情啊，讲热爱啊，都是虚伪的。多么可爱的小牛，多么勇敢的小牛！可是人们偏要杀了它去喂狮子。本来，把活生生的它推进狮子栏里去已经够狠心的了，当它凭自己的勇敢，战胜了被活活吃掉的命运之后，人还是不放过它，重新用屠刀把它宰杀。

在如何对待动物的问题上，我们人类面临无法自圆其说的难题。比方学校里都在教育孩子要热爱动物，对动物有感情，可是，小猪和小鸡是不是动物？我们不是天天都在吃它们吗？牛呢？羊呢？它们不也是动物吗？如果你去看看那些刚出生不久的小猪，那粉红的皮肤，憨态可掬的小脑袋儿，真是可爱。可是，它们就是要被人类吃掉。如果你说人类养的，就是为了吃的，天经地义，可是人类养的老虎就不可以吃吗？

如果说，猪应该照样吃鸡应该照样吃，我们讲热爱是对野生动物的。那么，请问，老鼠是不是野生动物？

说到底，人类对动物所讲的道德其实就是利益。符合人类利益的我们就对它们讲道德，讲人道，不符合我们利益的我们就对它们实施格杀勿论。当老师教育小朋友们说，要热爱熊猫宝宝、狮子宝宝、老虎宝宝，它们是我们人类的朋友，要培养对它们的感情的时候，千万别忘了告诉他们，只限于关在笼子里的。

洗　　脸

天天洗脸是人类共同的生活习惯，如果不天天洗脸，或者从来都不洗脸呢？一天不吃饭不行，一天不洗脸是可以的，甚至一年不洗脸也没问题。我刚到黑龙江的那一年在一个小农场落脚，我们那个农场的场长就天天都不洗脸。人问他为什么不洗脸，他振振有词，洗脸干什么？给人家看呀？是的，人的脸是距自己眼睛最近的地方，最难看见的却是自己的脸。洗脸绝对不是给自己看的。天天洗脸和天天洗手不是一回事，并不能说是一个卫生习惯，洗脸的最主要目的是给人家看的。如果你不想给人家看就可以不洗脸。我问他，你不可能一辈子都不洗脸吧？总有洗过一次的记录吧？他说在他出生的三日那天，他母亲给他洗过一次脸，他就再也没有洗过。但他天天洗手，他很讲卫生。他姓石，我们都叫他老石。惊人之笔在这里，老石是北京下乡来的知青。我们千年文明的古都、伟大的现代化首都北京竟然会生出天天不洗脸的人来，真是匪夷所思。我们那地方只有他自己是北京人，看到他就觉得是看到北京人了，也就是说看到他的脸就代表北京人的脸了，他竟然不洗脸。真正是给北京人丢脸。

老石从来不洗脸在我们那里已经是司空见惯，不是什么新闻，如果他有一天洗脸了，那才是新闻呢。一个人一辈子不洗脸不是新闻，那么一群人呢？只要大家都天天不洗脸也就算不上新闻了。据说，有一个民族，他们整个民族都是一辈子不洗脸的。这有他们的道理，那个地方地

239

处高寒带，气候又干燥，洗了脸就会皮肤干裂。他们那里又不兴涂抹护肤霜什么的。如果为了不干裂涂上猪油，那就不如不洗脸。因为人的皮肤也会自己产生保护作用，分泌一些皮脂之类的，所以不洗脸就是为了保护皮肤。

大家一定会以为一辈子不洗脸的人一定会脏得不成样子吧？其实不然，脏不到哪里去。我们的场长老石在我们这些天天都洗脸的人当中并不怎么看得出脏来。如果不是共同生活在一起，一个外人绝对不能发现他是从来不洗脸的人。我们的皮肤它自有更新的机能。灰尘不可能长期在上面保留，它会自然脱落，也就是说你想让它长期粘在上面都做不到。其实，皮肤是最不容易沾染脏东西的，不管多么光滑的瓷器、玻璃、不锈钢，只要万能胶粘在上面，你怎么洗也无济于事。只有皮肤，你涂上看看，根本用不着洗，只要过上三天，保准自动脱落。

认为天天洗脸是为了保护皮肤，是为了美容，这更是一种误解，或者是一种误导。那些美容师要求女士每天最少要洗三次脸，也就是早晨一次，中午一次，晚上一次，可是你脱光了衣服自己看一看，你全身最衰老，皱纹最多的皮肤在哪里？全在脸上和手上！这就是因为你天天洗，把它们给洗老了。能保持到老还细嫩的皮肤在哪里呢？就在你不经常洗它们的部位上。

来一句广告词吧，年轻的女士们，知道怎样保护你的皮肤，让青春永驻吗？少洗脸吧，一辈子都不要洗脸！不相信请来看我们石场长，五十五岁的年龄，二十五岁的脸皮！说他二十五岁的脸皮是有些夸张，但他的确是我们那伙人中最不显年纪的人。前几天我回乡下去又看见他了，还是那张脸，除了头发白了些，脸上几乎看不出什么变化。我问，还是不洗脸？他笑笑说，哪还有什么脸？别人都回北京了我还留在这穷山沟里。说来说去，归根结底，是我这个人懒得洗脸。只要头一天晚上我洗过澡了，第二天早晨就一定不再洗脸，因为我知道脸上不可能有多少灰尘。除非你睡在锅炉房里。一想到今天可以不洗脸，我一早晨都很高兴，像得到了一件意外的礼物。

也许是遗传，我的第二个儿子从小就不喜欢洗脸，到现在我还清楚地记得每天早晨强迫他洗脸的情景。妻子一手掐住他的脖子，硬按在脸盆里，一手给他洗脸。他总是哭唧唧地反抗着，你为什么不给俺哥哥洗脸？真有牛不喝水强按头的意思。上大学了，不用他妈强迫他洗脸了，但是我知道他仍然是被迫的，是社会习惯在强迫他。因此他总是敷衍了事，只把双手往水里一放，再一下就是往脸上一撸，完事。前后不过三秒钟。直到他大学毕业，我仍然常常惊讶于他的速度，你洗完了吗？他同样很惊讶，完了，你没看见吗？有一次他刚从澡堂子里回来，我和妻子都大吃一惊，我们的儿子突然变白了。

　　说来说去，归根结底，洗脸是我们人类的一种强迫行为，文明社会的强迫行为。从我们的生理卫生上讲，我们是不需要天天洗脸的。从我们脸的本身上讲，它也是不愿意天天让我们去洗的。

信　仰

令人百思不得其解的是那些贪官，为什么一"双规"很快就会交代他们的问题？而且一旦开了口就像决堤的河水一样，滔滔不绝。据说那个李某某年轻聪明，学识广博而且意志坚强，是审讯人员遇到的最困难的对象了。几个月拒不承认自己的罪行，但是从他开口承认之后，就一发不可收拾简直刹不住车了，已经深夜了，让他明天再讲，他固执地非要接着讲下去不可，明天都等不得了。要知道，这都是对他极端不利的一些口供，可是他就是非要讲出来不可。

这使我不能不想起那些革命先烈，他们为什么就能在酷刑之下坚守住党的秘密，至死不开口？对肉体的痛苦我体验过，有一次在煤矿井下我被塌下来的石头打在背上，我痛得跪在地下一个劲儿地磕头，只求老天爷让我快死了吧。那时候你叫我招供，我会什么都交代，而那些坚强不屈的共产党人受的可不是一般的皮鞭拷打，那太普通了，他们要承受的是"老虎凳"，指甲缝里钉竹签，鼻腔里灌辣椒水，等等。单说所谓的"老虎凳"吧，把人的腿从膝盖那儿用绳索紧紧地捆一条板凳上，然后把你的腿扳起来，往脚后跟下面垫砖头，一块不行再垫一块，那实际等于在活抽你的筋。这个不妨每个人都试一试。可是那些共产党人就硬是挺住了。

可是这些贪官，没用刑就挺不住了。好像没有一个能挺过去至死不交代问题的。这让我困惑了许久，我曾多次向别人请教，他们的回答都

242

不能让我完全信服，有的人说法律上是不准刑讯逼供，实际上还是变相体罚的。可是，比"老虎凳"还厉害？比指甲里钉竹签还难忍受？显然不是。有人向我说，用心理战术，摧毁他们的意志。可是这些人也都不是等闲之辈，岂是你那套战术就轻易能奏效的？当年敌人对付我们的先烈难道就不会用心理战术？这也不可能是一个根本的原因。我问过一位检察长，他说绝对不是靠肉刑使贪官开口的。至于为什么他们坚持不住，他也说不清楚，他说反正对付他们并不比对付普通刑事犯更难。

最近我又对一个同事提起这个疑问，他说，信仰，是信仰的原因，这些贪官都没有一个坚定的信仰，这就是他们和革命先烈们的区别。过去的革命先烈们是因为他们有一个坚定的信仰，所以能挺得住哪怕是最残酷的刑罚，什么心理战术就更不在话下了；而这些贪官他们没有信仰，也可以说他们"信仰"的是金钱，那么一旦金钱失去了，他们的信仰也就自然垮了。

信仰，听起来有些虚玄，实际上，我们哪个人没有？即使一个农民，只要你看他活得津津有味，他就心存一个信仰。物质决定精神是不错的，但在某些时候偏偏是精神起决定性的作用。能战胜死亡的只有信仰。临刑时能从容自若，意气昂扬的只有信仰。当年的共产党人他们百折不挠为的就是共产主义事业，他们坚信"英特纳雄耐尔就一定会实现"，所以他们唱着国际歌走向刑场。

今天信仰战胜死亡的例子仍然比比皆是，那些人体炸弹就是。当然，他们的信仰不一定对。

失去了信仰使得这些冒着人民炮火前进的贪官很容易就"叛变"，同样是因为失去了信仰使得他们很容易就腐败。

于是人们突然发现了一直罩着光环的、高高在上的某些领导者的真面目，也就是发觉了大家一直被欺骗。又于是，那座光辉灿烂的圣殿轰然一声倒塌。人的精神从高空跌落到了地下。没有了永久的信仰，还有什么不可以干的呢？即使不贪污腐败，他们也不会好到哪里去了。其实他们也活得很痛苦，不得不天天面对着一大堆假话生活，以两副面孔处世，还要为自己的非法所得提心吊胆。

可怜的男人

　　每个成功的男人背后都站着一位伟大的女性——这是一句很流行的话。同样，每个贪污的男人背后都站着一位贪婪的女性——这是正在被证明着的一句话。有人专门做了一个统计，百分之九十七的贪污犯都有情妇。也就是说他们贪污的钱绝大部分都是给情妇花掉了。如果这个男人被枪毙，那么，这女人不仅是花掉了他的钱，还花掉了他的性命。这里最典型的是那个成克杰，他所有的贪污行为都是为了一个叫李平的女人。到他这个级别的高官，其实已经用不到钱了，所有的费用都由国家承包下来，甚至包括出国游玩。即使退休之后还要有专车和专职秘书，一直伺候到生命结束，他还要钱干什么？但是他的情妇李平需要。

　　男人为了女人而不惜付出生命的代价这是古往今来的通病。电影电视上两个男人打得血肉横飞，一看就知道是为了争夺女人。甚至那个什么特洛伊战争都是为了一个叫海伦的女人打起来的。

　　男人争夺女人到底是为了什么呢？通常说法是"占有"，某某占有了某个女人。女人和男人一样，同样的一个单独的个体，他能占有她的什么？实际上什么也占有不了。占有一辆汽车，你可以开着它到处跑，它能快速地把你运到你想去的地方；占有一块面包，你可以把它吃进肚子里去，它能让你免于饥饿；占有一间房屋，它可以为你遮挡风雪严寒；占有……总之，占有什么都可以，但是你就是无法真正占有一个女人。所谓的占有一个女人，其实仅仅是你有了一个专门为其服务的机会而已。比方说你包养了一个二奶，算是你占有了，实质上仅仅是你有了一个为了她的吃喝买单、为了她的高档衣装付款、为她的住室全面负责、为了她的出行提供车辆的机会。甚至为了让她高兴你还得提供笑脸。当你占有了一个女人的时候，就是占有了一大堆麻烦。

男人，自古以来，都是为了女人活着，为了女人忙碌，为了女人奋斗，为了女人拼命。男人在消费上几乎不到女人的一半儿，你到商店里面去看看，首饰几乎全是女人的；时装百分之八十是女人的；化妆品百分之九十是女人的，从商店里出来，你会觉得整个商店都是为女人开的。

不能否认，男人喜欢女人最终的目的是为了传宗接代，而在这项最伟大的行为中，我们从别的生物身上就能看到雄性在生命中占怎样的地位，猴群中猴王是雄性，但也只有它是幸运的，其他的雄性猴往往终生被剥夺了生育的权力。就是猴王，最后的结局也是很悲惨的。它们一过了盛年时期会被后来的年轻雄性猴所打败，最后被逐出这个群体，孤独地死去。有的甚至是直接就被杀死了。低等动物中的这种对雄性的淘汰更是赤裸裸地进行，雄蜂完成交配后立即就死亡，连飞回蜂巢都不能。蚂蚁中的雄性，生命也是只有雌性的十分之一。最残忍的是螳螂，雄性是在完成种族延续的工作中就被雌性给咬死而且吃掉的。

人类是高等动物，我们男人不会被女人杀死更不会被她们吃掉，我们应该为当一个男人感到幸运。可是也常常会发现我们是很不平等的。延续种族应该是我们和女性共同的职责，可是现实中却好像只是我们男人的责任，总是我们在追着她们，求着她们。

强迫微笑

　　微笑往往是发自内心的，所以微笑的感染力特别大。一个苦恋的少年，忽然有一天那女孩子给了他一个微笑，如照进了地狱的一缕阳光，他痛苦顿消，霎时间获得重生；一个小干部，忽然有一天那威严的上司对他微微一笑，他如沐甘霖如饮甘泉，整整一天都精神百倍；一位旅人，当他风尘仆仆地到达一个陌生之地，得到了一个微笑，不管给他这微笑的是一个老人还是一个孩子，他都会为此而感到如到了家一般的温暖；一对眼看要挥拳相向的年轻人，忽然其中一个向对方微微一笑，于是，一笑泯恩仇，他们也许会成为朋友。给我留下深刻印象的微笑是奥运会上埃蒙斯痛失金牌后，却又向意外得到金牌者发出的一个微笑；还有瓦尔德内尔世界大赛中输给刘国梁之后，拍拍刘的后背表示祝贺那慈祥的微笑；当然最让我感动的是那个四川地震中给从废墟中救出的女孩子面对镜头时的一个微笑；跟我直接有关系的是有一次我骑自行车撞到了一个女孩子，把她的裙子都弄上了泥水，我正在道歉，她却微微一笑说，没什么。

　　所有的服务行业都要求它的员工对顾客给以微笑。据说礼仪学校专门有一项就是要学习微笑，这微笑已经不是出自内心的，但它同样会有给人以温暖的效果。可微笑是很微妙的，这种职业的微笑无论你做得如何到位总难比得上那种发自内心的微笑。我不知道为什么苏联的服务员不是女孩子而是一些老太太，大饭店服务员和火车上的乘务员都是上了年纪的老太太。她们的微笑让人非常舒服，那是一种长辈对晚辈的慈祥的微笑。那时我还年轻，正为国内一家大酒店那些女服务员的微笑感到愉快，一见到这些年长的苏联老太太的微笑，我立刻感觉到了什么才是真正的温暖。

我不清楚人微笑时面部肌肉是如何控制的，微笑似乎比大笑更不容易控制，只要时间一久，即使训练有素也无法保持。北京奥运会开幕式上那些礼仪小姐开始一个个微笑得非常灿烂，到后来就有些坚持不下来了，虽然她们仍旧在微笑着，但那笑容就不如前。当时我已经困得不行，觉得这些女孩子微笑得几乎让人心疼了。

让我永不能忘记的微笑是那次在一个国家参观幼儿园，孩子们给我们表演节目，脸上始终保持着微笑。他们表演的节目，水平绝对超出了他们的年龄，看着那些小小的身躯完成那么高难度的动作，让人心疼。但到后来那微笑看上去不对劲儿了，这些孩子太小，他们对面部肌肉控制的能力还没成熟，远不如他们对肢体的控制能力，但是他们为了表现生活得幸福就必须微笑。大约老师教他们时要求微笑时一定要露出牙齿，所以到后来他们全都是努力地龇着牙齿，千篇一律，那样子非常古怪。

参观回来，我一位女同事，以她女人特有的敏感说出了大家心里一致的感觉，她说，令人恐怖。是的，微笑只能发自内心，强迫的微笑令人恐怖，特别是强迫幼儿园的孩子发出的微笑。

自 行 车

偶然从一部资料片里看到了清朝皇妃婉容骑的自行车，我不由得笑了出来，她的自行车竟然跟我老婆骑的坤车一模一样！大梁的弧度，车把的样式……接下来一想，我就有些惊异，自行车怎么竟能一百五十年了还是这模样？这一百多年人类世界几乎是日新月异，特别是在科学技术方面，从电报机到互联网；从火枪到核武器；运载工具中，汽车火车飞机轮船与一百年前的相比，几乎是面目全非。怎么唯独自行车还是老样子？虽然这几年有了什么山地车、赛车，但都不实用，广大群众还是骑着一百多年前的那种样式的自行车。

由此，我想起了一些关于自行车的故事。我年轻时骑过自行车，但从来没有自己的自行车。"文化大革命"的时候，我和几个伙伴决定保我们的公社书记，最重要的好处是他有辆自行车，我们可以骑他的自行车。当然后来失败了，自行车也没骑成。

借自行车骑曾经是我们那一代人都有过的经历，我相信也给我们那一代人都在心理上留下过创伤。一个村子仅有那么一两辆自行车，你去借一定会有被拒绝的时候。张开口而又被拒绝，那滋味是很不好受的，而自行车在当年那种交通工具匮乏的情况下常常遇到你非用不可的事情。我一个伙计有一次要载他的老婆到县城看病，借了人家一辆破自行车。半路上忽然前叉断了，不仅人摔坏了，还要搭上一笔钱，而这笔钱对他来说是一个巨大的数目。他心痛得差不多一年了提起来还叹气——早知这样还不如背着去哪。

到下了煤矿，20世纪70年代末期，我终于有了自己的一辆自行车。我把它用彩色的塑料带子浑身都包裹起来。那时候大家都这样，把自行车打扮得像新娘子一样。包裹起来的主要目的还是怕磕了碰了掉了漆。可是当塑料带子旧了要解下来时，却发现里面的漆皮也剥落了。它被塑料带子常年包裹侵蚀了。这样就等于你从来就没有骑过新自行车。有一个故事说一个俄罗斯女人得了新披肩，她从来舍不得披那鲜艳的正面，总是反披着，当她人老的时候，那条当年鲜艳的披肩也旧了。

在哈尔滨这座城市里，我一直是骑自行车到处跑，一来是公交并不比骑自行车速度快，二来从这座城市的这头骑到那头也从来没让我累得草鸡过，而且我总是骑一辆破自行车。有位老板想给我买一辆新的，我告诉他，骑新的容易丢。可是上个月我要出去，到楼下一看自行车没了。我当时心里想的是，唉，这年代了，还有人偷自行车，也可怜呀。想想他费心耗力提心吊胆，只是为了几十块钱真也是不易。顺便说一下，这辆自行车已经是被偷过两次了。我原来也是从一个小偷手里花了不到一百块钱买来的。骑了这么多年它又一次被偷，不知它本人有何感想？也许它还要再一次被偷，那时它又将有何感想？

骑自行车还有一个好处，它可以让我有种富人感觉。修自行车时，那师傅开口要的修理费总是出乎我的意料，一块，两块，三块，就是这价钱。有一次他忙活了半天，又给换了个零件，当我把十块钱交到他手上时，他高兴地说，那这十块钱就归我？我说，那当然，而我去修相机时，那家伙只捣鼓了几下就要我一百元，气得我和他吵了一架。这让我很感慨，同靠手艺吃饭，修自行车的和修相机的就不是一个阶级，而照相机的用处自行车能相比吗？

在这个汽车时代，你骑自行车不觉得寒酸吗？不。因为自行车和汽车不具有可比性。在这方面我非常同意刘齐的那个观点，他有一篇文章题目就是《一有车就自卑了》，比方说你有一辆几万块钱的夏利车，同事开的却是十几万块钱的桑塔纳，一同开到单位上班儿，你肯定觉得自卑。当你开的是桑塔纳，遇到红灯停下来，却发现身旁停的是一辆奔驰，你自卑不自卑？没有车呢？当然不会去比较。我骑的是自行车，理所当然更不会产生这种感觉。

而且我老婆骑的自行车是和婉容骑的一样，你说我牛不牛？

被掩埋的历史

我们年年都在扫黄，这"黄"却总也扫不干净；为禁毒国家已经耗费了大量的财力人力，吸毒的人数却天天在增长而不减少；反贪力度不断加大，贪污腐化之风却不见煞住；假冒伪劣打了许多年，假货只见多而不见少。骗子满天飞，抓也抓不尽；嫖娼卖淫日益猖獗，因此而性病泛滥，治性病的小广告贴满大街小巷，撕不尽刷不完。于是有人就哀叹世风日下人心不古，于是就有人呼吁重建传统的道德文化，甚至有人说如其这样还不如不改革开放，还不如大家都穷起来的好。面对这诸多的现象，很多作家就开始写怀念过去美好时光的文章了。传统美德使怀旧的情绪一时如同风一样在吹拂着中国大地。怀旧总是忧伤而优美的，但是，我们民族的道德水准真的下降了吗？

如果说我们今天的道德水准下降了，那就必须是过去我们的道德水准很高，可是事实上，今天所有的让我们深恶痛绝的丑行，在我们的老祖宗那里是一样也不缺的。嫖娼卖淫是古已有之的，不仅有古代文人骚客们留下的嫖娼诗句可见当年娼妓"盛况"，而且政府官员们也有允许嫖娼的政策。更有甚者，政府还官办妓院。吸毒的历史也不是从改革开放开始的，看电影《鸦片战争》就可知道，那时的政府大员们吸毒吸得会都开不成。贪污腐败更是历朝历代屡禁不止，数额之巨大也是今天的贪官们望尘莫及的。一个大案犯被抄后的家产竟然比全国一年的国库收入总值还大。

为什么我们都在怀旧了呢？我们的心理结构就是对已逝时光总有一种怀念。哪怕是已往的痛苦回忆都会因时光的流逝而变得有几分甜蜜。在我们记忆的屏幕上，所有的黑暗和污垢都会有一种淡淡的色光照亮。历史上的一些真实都被岁月的风尘一层层地掩埋掉了，露出地面的唯有那枝头干枯了的花朵，愈见其楚楚可怜。江南好，风景旧曾谙，日出江花红胜火，春来江水绿如蓝。这是远离了江南时的感受，对已逝时光的怀念。遥想公谨当年，小乔初嫁了，羽扇纶巾，雄姿英发，谈笑间，樯橹灰飞烟灭。战争的惨烈，死亡的凶丑都因时光的流逝化作了优美典雅的图画。

以我短短的五十年的人生，远远不能做历史的见证。更何况我的上一辈人还在，我也不具备叙说历史的资格。但是他们总是在讲述着自己当年的英勇和忠诚，讲了一辈子，从来不给我们耐下心来描述一个真实的历史，我就只好冒昧地充当一下这几十年的历史叙述人了。

哈尔滨是这样的一座城市，每年当天气还远没有转暖的时候，女孩子们就迫不及地穿上了裙子，而到了夏天，她们的大胆暴露，使人们会产生一种错觉，以为哈尔滨才是中国气温最高的城市。于是一些男人在大饱了眼福之后开始摇头叹气了，哀叹人心不古世风日下。更叫这些道德卫士痛心疾首的是，现在几乎每一个县城里都有了嫖娼卖淫的行业。他们当然要怀念当年那些鸡犬相闻小桥流水的纯洁的田园生活。是他们的叙说使我认真地回忆了已经远去了的 20 世纪 50 年代的农村。吃不饱，挨饿就不必说了，就是在道德上我也想起了许多不尽如人意的事情。人们每当在谈起家乡的时候，总会产生一种温情，回忆起许多美好的事物，还会说起许多值得骄傲的物产和人物。真是对不起家乡的父老乡亲了，我在这里要说的全不是这些，美好的回忆当然也有。

我的家乡在山东的东部，真正算得上是孔孟之乡。每当别人向我说现在世风败坏过去多么淳朴文明的时候，我首先想起家乡的一个人，他是一位饱学孔孟的人物。他姓庄，叫什么名字我不知道，因为他的年龄比我的祖父还要大，他能把一句"子曰学而时习之"滔滔不绝地讲上半天。讲男女授受不亲时讲得口若悬河，而且带着动作，他把手里的烟袋扔地下说，给一个女人东西就要这样先扔地下，让她从地下捡起来，绝对不能手递手地给她。但是，他却和他的女儿睡在一个炕上。这是尽人皆知的事实。因为他把后娶的老婆打出去另睡一间屋子。那是一个脸有些黄肿的老太太，总是神情郁郁地从街上走过。当我认识他们的时候，庄先生的女儿也已经五十多岁了，他们就那样父女在一起过了一辈子。我们那是一个古老的村镇，有寺庙，有牌坊。但是大家对他们从来都没有做出什么干涉的举动。他们家和我家住在一条街上，相距不过二百米，大家相安无事地过着日子。

我来到东北之后，认识了一家由兄妹结婚留下的后代。大家在议论之后也好像没有什么动作。现在世风日下，类似父女同居、兄妹结婚的事情还没有听说过。我甚至无法设想当年的这两户人家如果活到今天，在村里怎么样过日子，怎么样面对这个"世风日下"的世界。当然，我也听说过从前有家法严厉的同族人处死奸夫淫妇的事情，但是我想，只要你肯动一下脑子，就不难推测出那个威风凛凛的族长在处死那个如花似玉的年轻淫妇的时候，抱一种什么样的心态。

有一次和母亲闲聊，谈起一位姥姥村的人，母亲说那家人家当年村里住着国民党军队的时候，那家的父亲常常到兵营里去请那些当军官的到他们家去过夜，让他的女儿陪宿。这叫我大吃一惊，这不是比当今的卖淫更丑恶吗？一切都是因为贫穷，他就是为了得到那一块银圆。

败枝残叶都随流水而去，留在河岸的是柳暗花明。提起过去总是礼仪之邦，总是传统美德，总是相敬如宾，总是男女授受不亲，总是仁义道德。岂不知这纸面掩蔽之下多么不堪入目的事情都有。在我仅仅四十多年的记忆中就堆积了那么多的丑恶，真不敢想这五千年的文明掩蔽了多少堆积如山的污垢。

皇帝已经离我们远去了，皇帝们的光辉形象却越来越光彩照人。电视剧里的康熙、雍正、乾隆、唐太宗，还有那虽然生活荒唐却又风情万种对爱情忠贞的玄宗李隆基。他们的雄才大略深谋远虑足以和我们的开国领袖们相媲美，他们的英明决策治国有方足以和我们当今的国家领导人相媲美，他们的文章道德足以和革命先烈们相媲美，他们的体察民情恪尽职守足以和当今的孔繁森相媲美。遍翻古今中外的典籍，你很难找出近年来塑造的这么多的光辉万代的皇帝。就是在中国这个最有名的封建帝国里，歌颂皇帝的文艺作品也是不太多的，如《三国演义》，如《水浒传》，如《杨家将》，如《说岳全传》等小说里，皇帝大都是无能的、残暴的。我们离皇帝越来越远了，皇帝们倒是越来越光彩起来。皇帝们的荒淫无度，皇帝们的愚蠢无能，皇帝们的残暴嗜杀，都被我们掩盖起来了。多少年之后，在我们的后代那里，皇帝将是英明智慧宽容大度的代名词了。

在20世纪中国人打倒了皇帝，在20世纪还有吃人肉的非洲皇帝，到20世纪末就出现了这么多英明仁慈功德无量的中国皇帝，中国人的粉饰太平的本领可见一斑。历史就是这样被掩埋的，只见万里长城的雄伟不见下面白骨如山；只见黄土地上到处都有功德碑不见曾经血流成河。

我们都知道人类社会发展的规律是，原始社会—奴隶社会—封建社会—共产主义社会，其中原始社会也叫作原始共产主义社会。在这个社会里人们没有私有财产，劳动工具和生产资料归公有，大家共同劳动，劳动所得的成果平均分配，因此没有压迫没有剥削。我上中学的时候教科书里就是这样说的，那本书就是《社会发展简史》。当时我正挨饿，一边听老师绘声绘色地描述，一边在脑袋里想象着那番原始共产主义社会的美景；在天朗气晴的晚上，大家围在篝火边，一边跳舞唱歌一边吃着烤羊肉。这样想着，口水就流了出来，我对那美好的原始共产主义社会向往极了。直到今天，我们看到那些原始部落影片也都是这样，大家共同劳动共同享受，相亲相爱，没有压迫没有剥削。可见原始共产主义社会已经深入人心。但是考古学家告诉了一个我们完全没想到的原始社会。那时，人吃人。

中国最早发现的人类化石"北京人"头盖骨，是在20世纪20年代。我们都知道那就是我们中华民族的祖先。我们曾想象在周口店那个有名的山洞里，我们的祖先在那里过共同劳动共同享受的原始共产主义生活。但是到20世纪40年代有一个名叫魏敦瑞的美国人却说，那些辉煌头盖骨是被另一些人类吃掉后遗下的残骨。对这种恶意的中伤我们当然不能承认。到了50年代我们中国的一些考古学家却也做出了和他相同的结论。那些头盖骨上都有尖锐石器打击过的伤痕，的确是同类相食的结果。这已经是不争的事实，但到六七十年代我们中学的教科书上却仍然在描述着原始共产主义社会。我不知道今天的教科书上有没有原始共产主义社会这一章，但我的儿子们仍然知道原始共产主义是人类社会发展的最初阶段。不只是北京人，贾兰坡还发现在距今仅七千年前的，有名的河姆渡人也有吃人的证据，而且是把小孩儿放进陶罐里煮食。有人说，甚至在今天，澳大利亚、印尼、太平洋岛屿上的原始部落和非洲的一些原始部落，仍有吃人肉食人脑的习俗。我们就这样轻巧地把一段人吃人的历史给美化成了原始共产主义社会。

你去翻翻现在出版的辞书，仍然有原始社会平均分配这一条。"平均分配"这需要多么高的道德水准啊。难怪有人要怀念过去了，难怪有人要哀叹今天的人心不古了，难怪有人要说今天社会世风日下了。

事实上在人类社会中，物质水平是决定道德水平的。在一个普遍贫穷的社会里绝无高尚的道德可言。在三年自然灾害期间，我亲身经历的是全村人几乎人人都成了小偷，偷生产队里的，偷公家的，邻居互相偷，夫妻间互相偷。为争一口吃的，夫妻反目成仇，母子打得头破血流。突然降临的灾难可以使人舍己为人，互相帮助，表现出高尚的道德情操。长期的饥饿折磨，就会消解人类几千年形成的文明，使人还原成动物。我在挨饿的年代里深为艾青的一句诗感到震惊，他说，饥饿，使年老的失去仁慈，年幼的学会憎恨。我当时就想，难道说他也挨过饿吗？当时我就对每一个还能吃饱了的人充满了刻骨的憎恨，那种极度的仇恨是可怕的，是一种你想吃了他的仇恨。从那时我才彻底理解了一个成语：食肉寝皮。的确，没经过那种饥饿的人永远不会理解这个成语的准确性。什么也不为，就为他在那里吃东西。那种要在贫穷生活中还保持高尚道德情操的理想，纯粹是痴人说梦。

虽然我们文明古国已经有五千年文明史，而真正能经得起检验的也就是从中华人民共和国成立之后的这一段时间。消灭了吸毒现象；铲除了嫖娼卖淫，消灭了性病；消灭了赌博；清平世界，不能说是路不拾遗夜不闭户也差不多。然而，让我们现在这个世风日下的世界里的任何一个人，再回到那个清平世界里去他都会觉得活不下去。不要说是经常挨饿，单是那种高度的紧张就会受不了。

人们也太健忘了，这才是一些眼前的事情，现在却在怀念那段大好时光了。那时候的确小偷比现在少得多，但是你去查一下，那时的反革命分子比现在的小偷还要多。当年的农民也没有半点儿自由，你出门都要到生产队里请假。晚上你不开会都要挨批斗。有人从大寨参观回来做演讲，说大寨果园里的苹果掉在地下都没有人捡。他是作为大寨人的社会主义觉悟多么高来讲的，我听来却觉得毛骨悚然，当年的大寨绝没有富裕到人人都不馋苹果的程度，而是馋也不敢去捡。对大人尚可，对小孩子这将是一种多么恐怖的教育！

怀旧是人的通病，我的亲戚都是农民，我已经多次亲耳听到过他们怀念过去的生产队了。那种晚上开会到半夜，第二天天不亮就要下地的难受滋味他们转眼给忘记了；那种怀里揣着冷大饼子割庄稼，干慢了就要挨队长训斥的日子他们转眼给忘记了。我相信，用不了多长时间，这段难受的日子就会被人们说成是中国历史上最美好的时光。没有赌博，没有吸毒，没有嫖娼卖淫，没有假货，干部清正廉洁，多美好呀，真正的人间天堂！再过些年，也许会当成人类社会的理想模式写进教科书里去。历史就是这样被扭曲的。

有人说，中国的历史其实就是一部帝王将相们的家史。我说，中国的历史就是浮在历史长河上的泡沫，真正的历史都如同水流在下面流逝了。《史记》最低写到了《刺客列传》，《三国演义》不必说，更与平民无关。就是被称为中国封建社会大百科全书的《红楼梦》，也是仅仅写了荣国府大观园里小姐少爷们的是是非非喜怒哀乐，对乌进孝庄上的老百姓一笔带过，而恰恰是这些不值得一提的中国广大的农民，才构成了中国真正的历史。人类的历史就应该是普通老百姓的历史，就是他们怎么种地，怎么收割，怎么挨饿，怎么死亡。就是他们在那时想什么，用怎么样的方式思维，就是他们的喜怒哀乐、他们的生殖繁衍。但是这种历史又是很难用文字记载下来的。

人类的真正的历史就是这样被有意或无意地给掩埋了。

我有一个梦想

　　我有一个梦想……大人物有大人物的梦想，小人物有小人物的梦想，孩子有孩子的梦想。一位本家叔叔向我抱怨，去年除夕，小弟少光放了整整三万块钱的烟花爆竹。我笑了，这家伙是在了却孩子时的梦想。他小时候家里很穷，非常眼馋别人家过年燃放的烟花爆竹，大约他曾经许过愿：等我长大有了钱一定要……现在他果然有钱了，于是就一下子放三万块钱的烟花爆竹……

　　小时候，每到过年，祖父都会买好除夕夜放的一百响的一挂鞭炮，再给我和弟弟每人一挂五十响的小鞭炮，我为怎样放这挂小鞭炮要反复计划很多次，是一下子放了，还是把它拆解开一个一个放？一次性燃放当然声势要大得多，过瘾得多，但是一下子也就没了，前后只不过几分钟。拆解开一个一个燃放，当然时间要长一些，甚至可以放好几天，但那只能是啪的一声，比一个屁响不了多少。我的计谋就是鼓励让弟弟一次性放完，然后我把自己的拆开，一个一个地放，当他只能看着我放，而自己手里空空，那失落的样子就会让我得到一种满足。现在大约没有这么寒酸这么小的鞭炮了，当年一千响的鞭炮只有机关单位或是企业商家才能放得起。烟花，当年我只放过那种最低等的"嘀嗒金"，那是炭灰做的极细的小烟花，放好长时间才会滴下一朵小小的火花，所以叫"嘀嗒金"。这种烟花黑乎乎的，非常脏，放完之后手都是黑的。有钱的孩子手里拿的那种花花绿绿的真正的烟花让我眼馋得发疯。香烟缭绕，在蜡烛闪闪的红光里，我虔诚地跪下对祖宗的神位磕头，心里祈祷的就是希望祖宗能给我一个红彤彤的、世界上最大最响的大爆竹。

感谢祖宗在天之灵，我二十二岁那年，就让我的这个梦想实现了。我在煤矿干掘进工，每天的工作就是打眼放炮。我们那个煤矿没有瓦斯气，用明火点炮，跟放爆竹完全一样。不同的那是大得多的"爆竹"，一个就是有好几斤炸药。真应了那个梦想，世界上最大的爆竹。我们一上班就打炮眼，然后就装炸药，装好后就点导火索燃放。天天如此，年年如此。我燃放的炸药大约有好几汽车了。渐渐就对放"爆竹"不再有兴趣。因为炮眼里有水，不能让水浸泡炸药失效，导火索的长度就有限制，要尽量短，必须在几秒钟内把几十根导火索点燃，还要在几秒钟内跑出巷道，整个过程都非常紧张。成年累月地紧张，结果就造成了一种从心理上的厌恶。我已经四十年没放一个爆竹了。

现在爆竹越造越大，大到震耳欲聋的程度，烟花也越来越绚丽多彩。在城市里，每年的除夕夜都乌烟瘴气，空气污染会达到最严重的程度。有一年哈尔滨市颁布了市区禁放令，那个除夕夜我注意地听了听，我们那个楼院果然没有一家放的。我欢欣鼓舞，对喜欢放鞭炮的小儿子说，政府的法令从来没有像禁放令这么得到普遍执行过，可见多么深入人心。但后来不知道为什么又开禁了，让我大为懊丧。

孩子喜欢燃放爆竹大约来自人天性中的一种破坏欲望，把一个好端端的东西瞬间炸得粉碎，会得到一种快感，而长年累月地放炮，使我从心理上成了一个烟花爆竹的坚决反对者，别的反对者，我相信他们一是从节省的角度，一是从环保的角度，像我如此彻底的很少。小弟少光一次燃放三万块钱的烟花爆竹，还远远不能使他放弃孩子时的那个梦想。

门

　　打开电视就能看到门的广告，防盗门、防撬门、安全门，等等。无论广告词说得多么动听，安全你我他啦，安居乐业啦，其实只是一个意思，对付小偷儿。前些年刚发明这种门的时候，我想，不就是防小偷吗？用得着这么兴师动众的？我是绝对不会去安装这种用在监狱里的大铁门的。可没想到的是几年工夫，这种防盗门竟然风行起来，一个楼洞没安这种门的几乎没几家。新建的所有楼房绝对完全一定保证都安装这种防盗门。

　　开始我没安，邻居们都安上了，我想，这不是逼迫小偷专门光顾我们家吗？虽然家里没钱，但心里总觉得不安。我相信很多人都是在这种心理作用下被逼安装防盗门的。

　　每年全国制造安全门，安装安全门，浪费的人力物力，加上每天开门锁门浪费的时间，一定大于小偷儿登堂入室的所造成的损失。如果把这大笔的财力赠送约小偷儿让他们休息，那才真正是"安全你我他"。

　　安装上防盗门，心里就有一种安全感，觉得小偷儿这下可进不来了。但是，莫高兴得太早，只要人丢了一次钥匙，打了110，一个小警察来不消十分钟，给你打开了，而且告诉你，没有他打不开的防盗门。当然民警是可靠的，可你想，这技术万一给小偷儿学去呢？小偷儿还学不会这点儿技术？防盗门的安装和推广还刺激了一种行业，那就是"包打开"，专门开防盗门的。不管你是什么防盗门，他们都能"包打开"。

你的安全门还安全吗？只要你留心一下就会发现，所有的防盗门说明都是他们的门多厚的钢板，多么结实的焊接技术，没有一个敢保证他们生产的锁任何人都打不开。既然锁能打开，还用得着去撬钢板？

安全门不安全，又发明了电子门，家家安装了防盗门之后在楼门口再安装一个电子门。现代的人们就是在这样一层层防护中过着这安居乐业生活的。

我的父母兄弟皆在乡下，于是我发现在农村几乎没有安装防盗门的，农村并非没有小偷儿光顾，可他们就是不安装。这里面的道理很简单，家家都安装防盗门也就等于家家都没安装，家家都不安装，也就等于家家都安装了。我发现山东农村很多人家在窗户上安装铁栅栏，而东北农村就不安装。这道理跟门的道理一样，都安装了就等于都没安装，都没安装也就等于都安装了。

透露一个秘密，弟弟家的门里面根本就没门闩，这等于说他们家夜里从来就不闩门。好像也不只是他们一家，我一天早晨去一个伙伴家，推开门就进去了，人家两口子还躺在被窝里哪。同样是门，城市跟农村是截然不同的两种功能，城市里的门是防人的，农村的门是防猪狗的。人比猪狗要高级得多，所以城市里的门也要高级得多。

防盗门，电子门，这一道道铁门所造成的浪费对整个社会来说，远远大于失窃的浪费。同时构成了现代人与人之间的隔膜，这种危害更是用金钱无法计算的。

四大皆空的可怕

　　一位同事给我讲了一件事，她的一个亲戚得了脑癌，经过了痛苦的挣扎后，已经到了最后的时刻。她去看望的时候发现病人表现得非常平静。这是一个还不到五十岁的女人，可以说是上有老下有小，但是一点儿也看不出她有什么牵挂、什么痛苦。对来看望她的人毫无表情，也不说话。平时最好的朋友来了也一句话不说，就好像跟她无关似的。她的女儿对她说：妈，人家来看你了——意思是希望她说两句客气话。可是她就是不开口。她的眼睛明亮，不像是神经受了伤，里面没有高兴也没有悲伤，还什么烦恼也没有。最后还是她的妈妈看不过去了，叫着她的小名说，你说句话呀。她开口了，说道：都要死的人了，还有什么可说的？

　　这是她说的唯一一句话，她的脑子很清醒，可是什么都没有了，什么感情都没有了。对自己的儿女，对自己的妈妈都觉得无话可说。也可以说是她对这个世界上的一切都失去了兴趣。

　　我想起我曾经有过的一次体验。那是在呼玛县的韩家园子金矿，办完了事情后，我独自一个来到了一个山坡上，那里本来就是一个人烟稀少的地区，而我又有意地找了个没人打扰的地方。那天太阳很亮，空气清新自不必说了，大兴安岭嘛，到处是树林。我坐在一段废弃的铁路路基上。我不知道为什么要修这样一条铁路在这里，也许是当年为了运木材吧，反正这条铁路是从来就没用过就废弃了。铁轨锈迹斑斑。四周一片寂静，连点儿风声都没有，好似整个世界只有我一个人了。天气也不冷不热，虽然是夏天。我就那么一个人坐在那里。忽然我觉得进入了一种无比宁静的状态。浑身上下都被一种无边的舒服所充满。什么欲望都没有，什么烦恼都没有，一切都是自由自在。全身每一个细胞都处于一种飘飘欲仙的快感中。这种快感不是那种很强烈的快感，而是一种自在、一种淡雅。令我奇怪的是我远离了亲人却一点儿也不想。我感到我是一个独立的人，或者说是一棵独立的树、独立的草，这个世界上没有一个人是与我有关系的。我只是一个孤独的存在，而我又不感到孤独。什么欲望都没有了，什么烦恼都消失了。只有这太阳、这山林、这条废弃的铁路和用沙石筑成的路基。我的目光安静地落在一株微微抖动着的草茎上，停住不动了，久久地就那么毫无理由地看着那棵小小的草。

我忽然想起我那时的精神状态大约就是跟这个即将离世的人的状态一样，只不过她是快要死去才进入这种状态的。也许这就是生命的本质。

佛教的四大皆空大约也就是这种境界。

人的所有欲望都是生命的附着物，只有当你进入了皆空的境地之后才能摆脱掉，可是这种皆空也只有当你的生命处于一种静止状态时才能进入。曾经有人研究过一个人在死亡的过程中会感受到一种前所未有的宁静和舒畅，我想这似乎与佛的那种最高境界是一样的。

欲望使人活得累，可是当所有的欲望都消失了之后，也就是进入了佛的四大皆空，这时候生命也就进入了虚无。说到底，生命还是为欲望所支撑的，没有了任何欲望的生命也就等于死亡。

真正四大皆空时，生命则完全失去意义。

农　民

　　因生性贪财吝啬，常被同志斥责为"农民"。对此我耿耿于怀。本人从二十岁下井挖煤，一直挖到了四十岁，真正是在一线干了近二十年，怎么会是农民呢？因看问题目光短浅，被斥责为农民意识；因洗脸不净，被斥责为农民习性；因裤子没扣，被斥责为农民习气。进城这些年来，常常被弄得茫然不知所措。大家说说倒也罢了，更叫我愤愤不平的是本人在煤矿里流血流汗干了几十年居然不能算一天工龄。在单位，我这头发都花白了的人居然工龄不如一个毛头小伙子长。众所周知，工龄对我们这些依靠工资吃饭的人是何等重要，长级靠工龄，涨工资靠工龄，分房子靠工龄。只因我们是一个社办煤矿沾上了农民味儿就到死也不能算工龄。

　　好像农民最风光的时代是知识青年上山下乡的那几年，叫作接受贫下中农再教育。可是天知道贫下中农何曾教育过他们。我们煤矿也分去了一个哈尔滨工业大学的学生，尽管他头上还戴着一顶反革命分子的帽子，但是我们仍然对他很尊重，那时候我想跟他套近乎，他几乎都不拿正眼瞧我一眼。也许那些分到农场的知青真的受苦了，分到农村的知青可是处处受优待的，而且地位也比贫下中农要高得多。举个例子吧，我们那个村的一个小伙子和一个县城里来的女知青发生了关系，立刻给民兵抓了起来，拷打完了之后又押到监狱里要判刑，罪名是破坏知识青年上山下乡。幸亏那女知青苦苦去要，坚决表示是自己主动的，终于把那农民小伙子给要了出来。农村青年可以和知青们搞对象那是以后的事了，很长一段时间是以破坏革命论罪的。这种差别不是比封建社会贵族与平民的差别还要大吗？

阴差阳错，本人从农民变成了国家干部，第一次听见同志们向领导要房子感到好生奇怪，你没房子居住怎么向领导要？如果一个农民没房子住去向村支书要，那准是犯精神病了。到后来遇到大家去向领导要房子，我也跟后头去嚷嚷，其实，心里是虚的。人民公社时期，不是社员去向领导要房子，而是公社干部每年春天都要监督农民不让盖房子。有时候农民刚把地基砌好，公社干部们就指挥拖拉机去推倒。理由是，春天影响春种，夏天影响田间管理，秋天影响秋收，冬天该不影响什么了，可是天寒地冻房子又盖不成了。虽然我们是煤矿，我要盖房子的时候领导就不让，说是怕影响抓革命促生产，我要求下了班后自己动手盖。他说，那也不行，你把力气都盖房子用了，还有力气挖煤？至于我没有房子住，他才不管呢。

现在农民都可以进城打工了，退回几十年那可是要给抓起来的。当年如果这样，我哪用得着跑那荒凉的山沟里挖煤？农民的日子正在好起来，可是，如果你到边远的山区，仍然有许多年轻小伙子娶不上媳妇，而城市里却有那么多的单身女人。唉，农民仍然是农民。

女性的危急

多年以来，有一个文艺作品久演不衰的题材，那就是通过改革开放努力劳动，光棍村人人都发家致富了，光棍汉都娶上了媳妇，皆大欢喜。除了电影、电视剧、小品外，前些年这样的小说也不少。如果这单是说某个村子，这可能是事实，但若是所有农村大家都富了呢？女人从哪里来？她们总不会像粮食一样努力劳动就会产量高吧？

女性偏少，大约在中国，这是一个自古以来就有的难题。俗话说，有耽男无耽女，瘸的瞎的都有主。这是说男性总会有找不到配偶的光棍儿，而女的哪怕是瘸的瞎的也能找到主儿。比方说我当年一块儿下煤矿的伙计们，有的娶了完全没有女性功能的侏儒，有的娶了人事不懂的白痴，还有一个娶的是手指全烂没了的麻风病人。这根本原因就因为亚洲人的男女之比大体上是十三比十一。按一夫一妻制，这样就在十三个男性当中必然就有两个没有配偶的。这个差额看起来不算大，但人不是树木，是会流动的，往往会把这一差额集中到某一个区域，这样就会出现一个贫穷的村子有大半的男人娶不到女人。这就是"光棍村"。

农村不比城市，单身生活有许多具体困难。当一个光棍汉的痛苦绝不仅仅是失去生理上的需求，日子也过得很艰难，而且还有一种精神上的压力，农村绝没有独身主义者，凡是娶不到女人的都是生活能力差的。没有老婆是一个男人做人的失败，是一种耻辱，他们会一辈子觉得自己低人一等。

我看到一份资料，黑龙江人口的男女之比在解放前是十比一。这叫我大吃一惊，很有些信不过这资料的准确性，但细一想，这是确实的。在过去的年代里，那些从关内流浪到这里淘金的、挖参的、伐木的、开荒的不全都是男人吗？在广大的山区里女人是凤毛麟角。所以解放后直到20世纪80年代，在东北农村到处都有一些独身的老年男人，他们甚至有了专称，老跑腿子、老冬狗子。他们孤独地在深山里过一辈子，尽管有生产队照顾，晚年也都很凄凉。这一代人，最近几年他们才渐渐地死光。东北地区民间特有的二夫一妻制，拉帮套现象就是这个原因。

　　这些男人的痛苦是很少为人所知的，因为他们是社会上的失语阶层。我所以在这里能提到他们，因为我当年就是他们中的一分子。他们不被人所提及还有一个很大原因是这一现象是发生在农村，而在城市正好相反。城市里往往是女多而男少。有一次我跟一个北京朋友说起这个男女之比，他绝对不相信。他说现在北京生个男孩儿绝对不愁娶不到媳妇，而生个女孩儿却要当心嫁不出去。这现象就是人口流动形成的。

　　一个出生在农村的很漂亮的女孩儿，总有机会嫁到县城里去成为城镇人，而一个男孩儿，不管你漂亮不漂亮，都没有这种可能。特别在过去那种人口控制严格的商品粮时代，一个男孩儿生在了农村就注定了他一辈子与城市无缘了，而出生在县城里的出色女孩儿，或者是高学历的女孩儿又大部分都挤进了省城。省城里出类拔萃的女孩又有比男孩儿挤进北京的可能大。于是，北京的独身女性比男性多，省城里的独身女性又比县城里的多，而农村里你绝对找不到一个独身女人，哪怕她是个瘸子瞎子，哪怕她七老八十。在农村里独身的是男人，贫穷的村子里，数量多得可怕。如果把这种不平衡现象比作是一种灾难的话，那么北京就是女性多的重灾区，而广大农村是男性多的重灾区。

　　一个北京或上海的女孩下嫁到省城，往往会被她的同伴问一个为什么。她们宁肯待在北京或上海当单身贵族也不愿屈尊下嫁，而一省城里的女孩儿若是下嫁到了农村，不管是什么原因，都会被当成先进人物上报纸，上电视大肆宣传，而北京或上海来自农村的女孩儿却比比皆是，她们进城就像水往低处流一样天经地义。

我真正要说的话在下面。前几年就看到一篇文章说，未来的十年之内中国的男青年要比女青年多出三千多万人。这就是说按照一夫一妻制必然要有三千万个男青年娶不上媳妇！这当然又要是农村的青年。今天来说，这一现象的出现已经用不了十年了，也就是在五六年之内吧。对有十二亿人口的中国也许算不了什么了不得的，但打个比方来说可就是很可怕的了。这相当于英、法等国一多半的男性找不到配偶。相当于整个北欧都找不到一个女人！这算不算一场大灾难呢？

　　这一不平衡现象是由于农村人重男轻女的观念造成的。比方说，我和我弟弟两家，我生一个男孩儿，他生一个女孩儿，都不再要了，这就正好平衡。但实际上是我有了男孩儿可以不要，而他却绝不会生一个女孩儿就罢休。他一定会再生一个男孩儿。这样，我们两家就凭空多出一个男孩儿。当然，他也可能第二个仍旧是女孩儿，这种可能是各占一半儿。按照自然规律人类生育的最后一个是男是女应该也是各占一半儿，可我们却把生育的结尾都变成了男的，这当然就失去了男女比例的平衡。

　　可怕的是农村的计划生育政策就是生一个男孩儿要绝育而生一个女孩儿允许生第二胎。也就是说允许增加半个男孩儿。这半个就是比自然状态下多出来的。这是一个人为的大灾难，远比一场洪水、一场大地震还要严重。

　　这又是凭思想教育工作解决不了的，因为农民重男轻女除了封建思想之外，还是因为生产劳动的需要。

　　我相信大自然有它的均衡原则，有它的自我调节功能，但不知它能否注意到这三千万个男孩子的差额。它到哪里去寻求这三千万个女孩子来补齐呢？

把自己养进鱼缸里

　　到北京拜访一个亿万富翁，他办公室里最引人注目的是那个其大无比的鱼缸，高四米长十几米，整个一面墙壁，简直养得下一头鲸鱼。儿子曾经在海洋研究所里待过，他告诉我，这样的鱼缸，水温、饲料、氧及各种维生素都由电脑精确控制。鱼在里面可以从出生到长大各方面都有保障。

　　一边闲聊，一边观察他的这座现代化大厦，巨大的玻璃落地窗是不能打开的，据说这种玻璃用大铁锤都打不碎。也就是说整座大厦是全封闭的。中央空调控制着温度，外面是北京的酷热天气，里面只觉得清凉宜人。大厅里还种有南方才有的芭蕉树、热带花卉，还有喷泉、瀑布、小河、小桥、草坪。有一个专门介绍一座现代化大厦的美国专题片，那座世界著名的大厦里面生活着几万人，有空调设施调节温度，有防震功能保证七级地震安然无恙，还有一套独立的电力设施来保障不时之需的电力供应，有商场，有游泳池，有图书馆，有电影院，有医院，不仅有健身房还有篮球场！总之，人在里面生活不仅保障安全，万无一失，还保证你舒适愉快，终生都生活在这座大厦里都不会觉得乏味。

　　当我在看这部片子的时候，看着在里面来来往往的人群，忽然产生了一个荒唐的念头，这不跟养在恒温箱里的大白鼠一样吗？

　　现在置身在这样一座现代化大厦里，面对这样一个巨大的鱼缸，我只觉得人和鱼也只是一玻璃之隔而已。鱼和鱼聊天，它们会说，隔壁养着人呢。这样的大厦如同鱼缸一样，从出生到长大到死亡，都可以在里面生活而不会有任何不适之感。朋友颇为得意地说，怎么样？在这里没有四季之分，你来这里住上些日子，就在这里写作。我说，我怕我住上就会再不想出去了。其实，这是恭维的话，此时此刻想起自己十几个小时前居住的那座树林中的小石头房子，真是天壤之别呀。每当黄昏时分，夕阳金色的光辉穿过杨树林子，那一缕缕的光线像是伸手可掬，美艳极了。树林里有三十多只喜鹊，当它们在树间翻飞时，那些黑白相间的翅膀就如同动画一样简单明了。我坐在黑漆大门前，久久地看着，生怕在不经意间这一切会消失。直到天色暗下来，阳光收起，喜鹊们也不再飞翔，我才吱呀一声把大门关上。西边天空那绚丽的晚霞倒是把整个院子映照得有种黄蒙蒙的光，像水一样充满着这块属于我的小天地。院子里凤仙花长势很好，通红一片，黄瓜和豆角都爬满了架，茄秧长得像小树一样。我又贪婪地看了一会儿才恋恋不舍地走回屋里去。

富翁哈哈大笑起来，说，不想出去就住下去，保你衣食无忧。

看来他是完全适应了这种大厦里的封闭生活了。他不仅在大厦里是完全封闭的，出门汽车是封闭的，火车是封闭的，飞机更不用说。

人们正在越来越生活在一种人造的与自然界隔绝的生活环境里，在大都市里几乎所有新建设的大厦都是全封闭的。即使在出行的时候，坐的大小汽车也都是封闭的。人其实就是正在努力建造着把自己养进鱼缸里的生活环境。

他是在大兴安岭大森林里长大的孩子，我认识这位亿万富翁时他还是一个小伙子，那时他梦想当一个诗人。后来因为写诗不成开始从商，他的奋斗历史我完全清楚，他曾经在零下四十摄氏度的冰天雪地里和工人们一起抬过大木头；他曾经一连三个月吃住在车间里；他曾经连续在火车飞机上奔波过四十多天没躺在床上睡觉。他经历了数次的大起大落，有好几次我认为他完了，但又逢凶化吉。他被人追杀过，连刺七刀，却没有致命；他被人暗杀过，自制炸弹把他的奔驰车炸飞了，他幸好早出来一步；他也蹲过监狱，差点儿被那位全国闻名的大贪污高官牵连进去；他凭着超人的毅力和智慧，最终战胜了所有的艰难险阻，获得了成功。

　　当他说起自己已经五十岁时我吃了一惊，那个雄心勃勃的年轻人还在眼前，那莽莽苍苍的林海、那呼啸着的风雪都远去了，哈哈，他终于走出大森林生活进鱼缸里来了。

也谈常回家看看

《常回家看看》是一首平易而又充满了亲情的歌，在春节联欢晚会上一唱走红是在情理之中的。就是我这样的已经过了唱歌年龄的人也很受感动，我甚至在心里检讨了自己去年一年里没有回去看望父母的行为，一件文艺作品能达到如此的效果，我想也就算到家了。"常回家看看"是一声亲情的呼唤，是一种人人心里都有却没有说出来的呼唤。最近中央电视台的《实话实说》又办了一期"常回家看看"，专门以此为话题举行了一次实话实说，大家都看到了，好像还有两位心理学家。大家都对"常回家看看"说了许多或深或浅的道理，从多个方面说了"常回家看看"的必要。但是我总觉得有一点儿最基本的东西，也就是深层的原因没有说到，或者是不便于说到。

"常回家看看"实质上是一个不对等的聚会。你想，如果是一对恋人、一对朋友、一对棋友，甚至是一些打麻将的"麻友"，他们的聚会还需要你提醒"常回家看看"吗？"常回家看看"对于父母而言是一种获得，对儿女而言却多多少少是一种付出。与儿女相聚，对做父母的来说是一种本能上、心理上的需求。他们总能从儿女的身上感受到一种幸福、一种满足，看一眼，抚摸一下，听一听说话的声音，都会整个身心立刻产生愉悦，比看一场电影，比饮一杯美酒都要快乐，而做儿女的呢？就不一定了。对他们可能是在尽一种义务，完成一种道德要求。他们有更吸引他们的人和地方。儿女一旦长大之后，天地就开阔了，外面的一切都是新鲜的、精彩的，而父母和家里的一切都是他熟悉的、陈旧的，已经不能提供给他以新鲜的生活了。所以他们急于离开家，到更远的地方去。

我相信任何一个人见了多日不见的父母也不会像见了多日不见的儿女那般亲切，那般激动。简单来说吧，"常回家看看"对父母是一种爱的需要，对儿女是一种"爱的奉献"。人人都知道，需求和奉献是两种天地之差的东西。

即使没有血缘关系，人类也有亲近儿童疏远老人的本能。比方说人人都有喜爱拥抱儿童的行为，而对老人呢？即使你的父母怕也难做到。这不应该受到责备吧？拥抱儿童就是拥抱生命，是一种对生命的热爱。反之，就不好说了。我是一个远离了父母，儿子又远离了我的渐入老境的人。儿子们能每月都回家来看看我也不会觉得满足，而我一年当中能回家看看父母就觉得可以了。把事情说穿了，对老年人是很残酷的，但世界就是如此，生命就是如此。

《常回家看看》是一首唱给年轻人的歌儿，唱给老年人就不太合适了。他们会觉得不公平，为什么我的儿女们就不能做到这一点？年轻人应当时时记得这支歌儿，年老的人最好忘记这支歌儿。老年人要知道让你年轻的儿女和你在一起度过的每一刻时光对他们都是一种付出。如果你让他们成年待在你的身边，那是一种残酷的行为而不是一种爱护的行为，你不觉得把一个活蹦乱跳的鲜活的生命绑在你的病榻之前是一种对生命的谋杀吗？他们应当有他们自己的生活领域，和比他们更年轻的生命在一起。

老年人最好的办法就是自己开辟自己的生活领域，或者学会忍受孤独。

越穷越奢侈

　　越穷越奢侈，这我是看那些古代人的服装领悟到的。所有的古画上，那些人物无一例外都穿着宽大得离谱儿的衣裳。裙子无一例外都是长得拖地，袖子无一例外都宽得足以装得下两个人的腰。他们不像今天有人喜欢宽大有人喜欢瘦窄，一概喜欢宽大；而且也不分朝代，唐、宋、元、明、清，一概宽大。为什么呢？绘画，当然是时装，难道古人的审美标准就是如此统一？永远越宽大越美？后来我忽然想通了，因为当时衣料太缺少，也就是太珍贵。

　　人工织机，不说把那么细的蚕丝用手抛梭子，一下一下要抛多少次才能织成一厘米，就是棉花、麻，要纺成纱线要费多少人工？所以，衣料，在古代是非常珍贵的财产。直到中华人民共和国成立之后，布匹也是珍贵的东西。送礼送几尺布是一种非常大的礼，而地主也是以家里存多少匹布为财产标志。我年轻时，整个夏天只在下身穿一条短裤遮挡一下那个部位，其余部分全是一丝不挂。为什么？为了省布。绝不是今天的女孩子们要的是裸露，是美。其实那时候已经早就有现代织机了，布还是那么珍贵。由此可以推想，几百几千年以前，布该是多么珍贵。人的审美除了受生理的感觉，还受社会经济影响的。你戴一个钻石的和一个玻璃的，一般人是看不出来的，假首饰甚至比真金的还漂亮。你能把衣服做得宽大，就是你占有的财富的象征，越宽大也就越高贵，越美。于是就争先恐后，把衣服越做越宽大，终于宽大得穿起来起居行走都困难。但是，美！这是一种很奇怪的现象，叫什么？叫"反弹"？叫物极必反？

当然古画上的那绝不是老百姓。老百姓的衣服大约比现在穿得还要少，穿短裤的绝不在少数。

仅几十年时间，家具发展得已经今非昔比。但是不知道你注意到没有，洗脸用的脸盆反而没有过去做得精美了。这是因为当年脸盆是一个家庭中的一笔不容忽视的财产。还有，镜子没有过去做得那么大，也没有过的那么花样繁多了。当年一面好的大镜子是一个家庭的标志。如果结婚的新房里没挂上一面大镜子那是最寒碜的事了。我在结婚的时候偏偏就买不到，只好借了亲戚家一个挂在屋里，后来买到了又还回去。

最早我看到吃完饭打包是在北京。多年前，那次是一个什么宴会，要散的时候，我忽然发现我所敬仰的一些大牌编辑，纷纷掏出准备好的塑料袋和饭盒把一些剩菜装起来，毫不在乎地提走。我简直是大吃一惊，这不是斯文扫地吗？他们不至于这么穷吧？现在，在哈尔滨，我也习惯这样做了。扔掉可惜，为什么不可以带回家去吃？可是现在的县城里人们还是不习惯打包。尽管那些请我吃饭的伙计们一个月的工资仅能请吃这么几顿饭，但是他们绝不把剩菜打包。统统扔掉！特别是村里的人到县城吃一顿饭更是不可能把剩菜打包。那会丢死人！物极必反，越穷越奢侈。

下面我要说让国人愤怒的话了，中国的食文化恰恰是因为中国人总吃不饱才发达起来的。食文化一直是中国人的骄傲。的确，哪国的菜也不可能做出中国这么多的花样来。中国人到外国不是开饭馆就是洗盘子，好像这是中国人种的特长，外国人种不具有似的。吃在中国发展成了一种了不起的文化，外国有物理学家、化学家、哲学家，中国有美食家！独一无二，可以毫不夸张地说，中国有五千年的文明史，其实也有五千年的饥饿史。在漫长的历史中，一直在挨饿。直到近二十年，才敢说，中国人吃饱了。在贫瘠的黄河流域种庄稼，一直是非常艰难的事情，拼命地劳作才能刚刚够糊口，而且气候恶劣，非旱即涝，于是，吃就成了一件了不起的大事。民以食为天。怎样把有限的粮食做得好吃也就成了了不起的技术。变着花样做，费心机做，于是，手艺就精湛起来。于是，就形成了发达的举世无双的食文化。

所有生物都有这样一个特点，就是越刺激的部位，越增长。中国人在饥饿的长时间刺激下，食文化恶性膨胀，恶性膨胀就吃蛇，吃猫，吃鸟儿，吃孔雀，吃熊掌，吃鹿胎，吃猴子的脑子还要吃活猴的。

灿烂食文化，一副饿鬼相，有什么值得骄傲的？

革命与婚姻

不知道为什么革命和婚姻会紧密地联系在一起，这应该完全是两码事。我年轻时就读过很多把革命和婚姻紧密相连的小说，那些革命者的最初动机完全是为了反抗父母的包办婚姻，后来就走上革命道路。从五四时期一直到新中国成立之后，很多小说都是以此为主题，反封建必先反包办婚姻，如《青春之歌》就是。

革命者大多是到后来取得了双重胜利，既打败了革命的敌人又取得了反封建婚姻胜利——自由恋爱成功。事实上也的确如此，我的父辈们很多人都是投身革命，当了干部再与家里的老婆离婚，娶上了年轻的女学生。好像他们革命最主要的目的就是争取再娶个年轻媳妇似的。反封建的胜利在这里出现了一种不能两全其美的结局，婚姻是双方的，一方得到了解放，另一方必然被抛弃。小时候，我有一个最好的伙伴，他和母亲就属于被抛弃在乡下的"革命"受害者，从他们家说，"革命"的胜利是一个人的胜利，两个人的失败。很有些不划算。

新中国也曾经把反包办婚姻当作一件关系国计民生的大事，《婚姻法》的颁布轰轰烈烈，游行、满世界贴大标语、喊口号……这是20世纪50年代初发生的事，打败了蒋匪帮，人们把解放的热情全部投入到了反包办婚姻上。中国发生了第一场离婚大潮，那些在土里刨了半辈子食的农民忽然扔下锄头，争先恐后地跑到法院离婚去了。那时候叫作"打离婚"，"打离婚去"成了一个最时髦的流行语，就好像今天的"打

276

比赛去""上舞厅去""抽彩票去"，很热闹，一去就是一大家，牵着的，抱着的，那时候每家都有一大帮孩子，好像去赶庙会。法庭就设在打麦场上，都是在晚上，因为白天还要下地种庄稼。点一盏明亮的大气灯，黑压压的人群。我也是每晚必去，在人们的大腿间挤来挤去凑热闹。那次热潮很快就过去了，打离婚不能当饭吃。

当时看一个人是不是进步，是不是革命，就看他敢不敢"打离婚"。"打离婚"就等于反封建。直到今天，什么是"封建"？老百姓的解释仍然是包办婚姻。比方说一个人在男女关系上太拘谨，就说：你真封建！说一个父母干涉儿女恋爱就说：那是对老封建。就是本人，对"封建"这个概念，到今天仍然解释不清楚，下意识中也是两性方面不开放。把反对父母包办婚姻等同于反封建，这就难怪当年那么轰轰烈烈。所以中国反封建的胜利也就是反包办婚姻的胜利。

到我这一代离婚的人就很少了，好像反封建半途而废，离婚成了一种不正常现象，而且不单是农民，好像知识分子里也不多。一个在中国也算是很有名的作家提起家庭的事情，很沉重地对我说，伙计，我的婚姻失败了。对于离婚他用"失败"这个词，那么足以证明我们这一代人对婚姻的观念了。这与我们父辈在 20 世纪 50 年代初的离婚热情大有不同。

到我们的下一代，对离婚这件事虽然不像我们的上一代那么轰轰烈烈，但是离婚也是很轻易的了。不能说"天亮就分手"，过几天就分手总是正常。

中国人反封建真正取得的胜利，也就是取得了婚姻自由。可是婚姻自由好像也并不等于幸福。这只要看看现代人的离婚率，听听呐喊着痛苦的流行歌曲就明白了。

世界上的人，在圣经故事里，女人是上帝用男人肋骨造的；中国的神话里，男人女人都是女娲用一些黄泥巴造的。如果按圣经故事，一个女人就是一个男人的另一半儿，他们一生都在苦苦地追寻着对方。也就是说，男人和女人，是一些各种各样的规格的螺栓和螺母，只有找到相对的那个，才能拧到一起。如果按中国神话，女娲造人是随心所欲，并没有给他们配好对儿。男人和女人是同一规格的一堆螺栓和螺母，只要是标准的，任何一个螺栓都可以跟任何一个螺母拧在一起。如果我们仔细考察一下，中国这个神话好像更接近事实，现在社会上，凡是能过得好的夫妻，他们差不多换一个也同样能过得很好。那么，反包办婚姻就失去了它反封建的革命意义，而那些总是不能跟女人很好相处的男人，他在一次次离婚之后，还是难找到一个能处好的女人，这就是说他总找不到能拧到一块儿的螺母。那么，他是一个次品。这是一个不合格的螺栓，跟任何一个螺母都不可能拧到一块儿。

体育就是游戏

　　就在昨天，中美散打对抗赛结束了，四场散打，中国队都以大比分打败了美国队，中国散打小伙子们简直是把美国佬打了个落花流水，惨不忍睹。大长了中国人的志气。奇怪的是，美国的选手似乎也没表现出那种失败者的痛心疾首垂头丧气。特别是被中国人打得最惨的那个美国选手刚一结束就非常主动地上前去拥抱他的对手，倒让那位胜利的对手显得有些拘谨。总之，失败了的美国选手都表现得非常大度。他们对失败的坦然就让我们对胜利的激动多多少少地失去了光彩。我们的选手表现得太当回事了，原因当然是我们的选手背负的东西太重。

　　我看过一则报道，中国女足队员在赛前表现得跟美国女足队员大不一样，中国的姑娘们在赛前的几天就开始紧张，而美国的女孩子该逛街了逛街该唱歌了唱歌。评论说，中国的运动员的心理素质普遍不行。心理素质和身体素质不是一回事，不是通过加强训练就能解决的，它的原因要复杂得多。

　　在我小的时候老师给我们讲过了一个非常令人感动的故事，一位中国的马拉松长跑运动员在跑到终点时昏死了过去，人们从他紧握的拳头中取出一张字条，上面写着：祖国人民不允许我落后。这是一个爱国教育的故事。他是为了祖国而赛，焉能不拼命？几十年了，我们参加世界运动会一贯的口号仍然是为国争光。我们中国老百姓也一直这样，中国运动员一取得了胜利就觉得他是为我们整个国家争得了荣誉。在一定程度上这是当然的，但是这里发生了一个无法自圆其说的矛盾，那么，他们一旦失败了不就是为祖国失去荣誉了吗？给中国丢脸了吗？这是一个多么大的负担？这是一个天大的罪名！因此，有一位中国围棋选手在取得了一连串的胜利，眼看到最后决赛时，心理承受不住了，毫无理由地退出比赛，果然也受到了国人的斥责，从此结束了他的围棋生涯。还有一位优秀的乒乓球选手在大赛前忽然用刀自残，声称是被歹徒砍伤的，暗示着是对方国的破坏行为。调查结果很让中国人丢脸。这个运动员也从些结束了她的运动生涯。

中国的足球这些年老输给韩国，令国人痛心疾首，我找出地图看了看，韩国其实只有我们黑龙江省四分之一大。别说输给他们，赢了他们又能怎么样？就是赢了也没有什么可夸耀的。足球就是足球，它什么也代表不了。它仅仅是一种游戏，游戏的一种。

一位中国运动员说，我爱荣誉胜于生命；美国球星罗得曼却说，NBA 的球员们百分之五十的精力用来玩游戏，百分之五十的精力用来搞女人，抽空儿玩一下篮球。当然他这是吹牛。但是，他们在比赛中还嚼口香糖是人所共见的。这在中国的运动员身上大约是大逆不道。一个运动员热爱荣誉胜过生命，这是他个人的事情，无可厚非。如果大家都这样要求他们就太过分了，他们可以有更多的生活方式。人的生命是多彩的，用不着一棵树上吊死。

中国运动员要放下这个包袱，祖国是强大的，你的比赛无论是输是赢都不会有丝毫影响，只管打好你的比赛就是。

桥

连日来坐在家里提心吊胆。复兴街那边在拆一座三层小楼，风镐震天炮声隆隆，我真担心他们那边楼没拆塌倒把我们这边的楼给震塌了。我住这楼虽然建的年代比那边要晚得多，但质量也差得多，一震直掉灰土。不能去找，施工队那边正火气冲天，他们拆咱们20世纪七八十年代建的那些楼时易于反掌，万没想到拆这座日本人建了五十多年的小破楼碰上了钉子。赔账是一定的了，合同签了，赔账也得干下去。他们除了天天痛骂日本鬼子坑害了他们之外，别无他法。于是有人说这座小楼原不是一般的楼，日本人建了也是为了搞科研的，所以修得格外坚固。但是我知道别的楼也很结实。我曾经在一条山沟里住过一座二层小楼，也是日本鬼子建的，后来要拆时也费了大力气。间壁拆除后把楼板都炸得粉碎就是不塌。我不懂建筑学，区区的二三层的小楼，建筑得如此坚固有必要吗？

桥修得坚固就大有必要了。他们修的桥也不含糊。我们都知道去年哈尔滨抗击百年一遇的特大洪水取得了伟大胜利。也都知道在抗洪斗争的危急关头，松花江公路大桥突然交通中断。但是联结江南江北的大动脉301国道却没有因此而中断，原因是在这座松花江大桥数公里处还有座公路铁路两用桥在正常运行。在关键时刻这座修建于20世纪三四十年代的公路铁路两用桥起到了重大作用，而修建于80年代的雄伟的松花江公路大桥，突然空荡荡地站立在洪水滔天的松花江上无所事事了，它眼看着下游不远处那座五十多年前的破桥上车来车往，担负着运送抗洪大军和抗洪物资的重任，不知是何心情。

抗洪期间，我是在午夜一点钟乘车越过那座日本人修的公路铁路两用桥回哈尔滨的。这座狭窄的老桥一下子承担了数倍的汽车日夜不息地在上面奔跑竟还安然无恙。通往佳木斯一带的火车也从桥上奔驰而过。当汽车行驶在桥上时，望着灯火辉煌的哈尔滨我心里很矛盾。说感谢这座日本人修的桥当然不对，但是没有这座桥我却是回不了家。

我不是说我们自己20世纪80年代建的这座松花江大桥不好，这座桥质量也是一流的，完全经受住了百年一遇的特大洪水的考验。只是桥北的引桥高度不够，被大水淹了。我要说的不是这座桥，而是那座全国闻名的綦江大桥，还有前天在电视上看到的那座还没建起来就垮掉的斜拉大桥。那座斜拉大桥规模更大，好像投资数亿吧？竟然还没建起来就塌掉了，真是出人意料。不过也幸亏没建起来。如果建起来再塌，恐怕就要有很多人为它殉葬了。我不知道日本鬼子在松花江上建了多少座大桥，已经五十多年过去了，但至今还没听说哪座垮掉。我亲眼看到过本省东部山区一些日本鬼子修建的桥梁，除了被炮火炸毁的，至今都还弹痕累累却纹丝不动地矗立在河流上，担当着交通重任。

这些仍然联结在今天的交通要道上，忠心耿耿地服役的日本鬼子修的桥梁，恰好是对日本鬼子的一个绝妙的讽刺，你们竟然在别人的土地上做百年大计的梦！而那些建起即垮的桥也是对我们的一个讽刺，咱们竟然在自己的土地上糊弄一时。

这么大个国家，出一两个玩忽职守的人不足为奇。但是我们都知道，造好一座桥不是一两个人的事情，造塌一座桥也绝不是一两个人的事情。从浇铸水泥的工人到施工技术员，到工程师，到监理技术员，到监理工程师，到主管副市长，到市委书记，大家都心里明知手下的这座桥质量不合格，还在心照不宣地一气儿继续把它造下去，想想真可怕。

有造起来一年就垮掉的大桥，有还没造起来就垮掉的大桥，那么造起来后两年、三年、四年、五年经过了风吹雨打，车辆碾压，钢筋老化，水泥风化，垮掉的大桥肯定要以几何的倍数增多，等过五十多年之后通车的还能剩几座？

老虎和老鼠的故事

　　一只老鼠在马路上给汽车轧死了，人们只会觉得厌恶，没有人会产生怜悯的感觉。一只老鼠也是一个生命，在自然界中它也有生存的权力，为什么它不会引起人的怜悯呢？如果一只老虎在马路上给汽车轧死，就是另一回事了，是比轧死一个人还要轰动的新闻。如果一只老虎在山林里给打死，肯定要公安机关进行侦破，打死的人要给判刑。当然，如果退回去许多年是另外一回事，打死一只老虎的武松是为民除害的大英雄。

　　老鼠和老虎恰恰是动物界的两个极端，一个是最弱小的，一个是最强大的。奇怪的现象出现了，最强大的老虎种族一蹶不振，濒临灭绝，而最弱小的老鼠种族却日益昌盛，人丁兴旺。很多年前，国家为保护老虎，制定法律，把它们列为一级保护动物，可是它们总也不见多起来，而老鼠在20世纪50年代就被列为"四害"之一，是全民共诛之全党共讨之的祸害，几十年过去，它们不仅没有给消灭，近年来却愈加猖獗。法律在这里体现了它的局限性。最最让法律尴尬的是在中国牡丹江市横道河子猫科动物研究所，那里的七十三只老虎因为国家颁布了虎骨不准入药的法令之后，一下子面临全部饿死的困境。原来这个研究所是养老虎杀了入药的，由银行投资，赚取利润，所以繁殖得很快。虎骨不准入药了，银行不能继续投资，这些家伙一年要吃几百万元的肉，谁来养活它们？它们眼巴巴地要饿死了，恰恰因为这个为了保护它们的法令。后来的哈尔滨的东北虎林园，就是要养活它们才建立的，据说也很难维持生计。

　　反观在老鼠那里，却是另一种景象。如果你到乡下去看一看，老鼠们大有席卷全球之势。它们杀之不尽，愈杀愈多。各种化学毒鼠药，上过几次当之后立刻就传遍鼠的世界，不再有老鼠吃，使人多年的研究成果几天之内完全失效。又发明了"电猫""电蛇"，还有什么"电子灭鼠器"，连高科技都用上了，还是不行。农民叫苦连天，成片的庄稼给老鼠吃得颗粒无收，他们束手无策。在我种庄稼的时候，老鼠是从来不会爬到玉米秸上去吃玉米的，只有等人把玉米割倒后才能为害，现在不同了，它们有了上玉米秸的本领，不等人动手，它们就开始抢先收获了。老鼠几十年之间的进化，让人类感到不寒而栗。

美国孩子马修

中央电视台的《正大综艺》节目播放了一个专题片，介绍一个美国九岁的男孩怎样赚钱的情形。九岁的美国男孩马修很会赚钱，他会自己制作钥匙链，自己去推销，他赚了钱每个星期都到银行里去储蓄起来。他赚钱的办法多极了，甚至学校里本来是可以随便喝的自来水，他都能想办法让同学们掏钱给他买着喝。

节目主持人赞扬美国孩子从小就养成的商品意识，旨在教育中国的小孩子不要依赖父母，要养成自立的精神。我看后却小半天不舒服。中国人从前些年以谈钱为耻辱，一下子转到以挣钱为光荣的道上来了。

美国孩子马修看上去，已经没有一点儿小孩儿的那种活泼天真，那表情和动作都是一个呆板的小老头儿了。甚至他走路都在低着头，好像是一心一意地盘算着怎样赚钱。这叫我不由得产生了一种悲凉，一个孩子刚刚九岁就投入到成天想钱的行为中，他这一生什么时候是个头儿啊。他的一辈子注定是要在钱眼儿里度过了。这是一种多么可怕的人生！我们人类的生命难道除了赚钱再无别的出路了吗？我们活着难道就是为了赚钱吗？

美国鬼子在教育孩子方面，的确有许多值得我们学习的地方，但也不见得他们什么都对呀。

美国孩子马修的目光和行为，都使我想起我小时候的一个同学，他就是那样一天到晚处心积虑地想赚同学的便宜，对谁都没有一点儿感情。大家都讨厌他，没人和他玩儿，而他也一点儿不需要别人，他总是孤独地走着。我相信每个人用心搜索一下，都会在记忆中找到这么一个令人厌恶的童年的伙伴儿。

商品社会是一种进步，然而进步的社会中也并不是一切都是好的，金钱对人性的毒害是令人痛心疾首的现实。这是我们人类无可奈何的事情。

但愿中国的孩子别学那个美国孩子马修。

图书在版编目(CIP)数据

花开花落两由之 / 孙少山著. — 北京：中国文史
出版社，2020.2

（中国专业作家散文典藏文库·孙少山卷）

ISBN 978 - 7 - 5205 - 1407 - 1

Ⅰ．①花… Ⅱ．①孙… Ⅲ．①散文集 - 中国 - 当代
Ⅳ．①I267

中国版本图书馆 CIP 数据核字（2019）第 245052 号

责任编辑：卢祥秋

出版发行：**中国文史出版社**

社　　址：北京市海淀区西八里庄 69 号院　　邮编：100142
电　　话：010 - 81136606　81136602　81136603（发行部）
传　　真：010 - 81136655
印　　装：廊坊市海涛印刷有限公司
经　　销：全国新华书店
开　　本：720 × 1020　1/16
印　　张：18.5　　　字数：275 千字
版　　次：2020 年 2 月第 1 版
印　　次：2020 年 2 月第 1 次印刷
定　　价：59.80 元